La mente alien

La mente alien

Philip K. Dick

Director de colección: Elvio Gandolfo

Diseño de tapa e ilustración: María Wernicke

Traducción: Luis Pestarini

Los cuentos de este volumen fueron seleccionados entre los que integran **The Eye of the Sibyl**, *quinto y último de los que recogen* **The Collected Stories of Philip K. Dick**. *Se agrega al pie de cada relato su fecha de publicación, y en un apéndice las notas que el propio autor hizo a algunos de ellos.*

© Ediciones Colihue S.R.L.
Av. Díaz Vélez 5125
(C1405DCG) Buenos Aires - Argentina

I.S.B.N. 950-581-582-4

Hecho el depósito que marca la ley 11.723
IMPRESO EN LA ARGENTINA - PRINTED IN ARGENTINA

Philip K. Dick

*Philip K(indred) Dick: nació prematuramente el 16 de diciembre de 1928 con su hermana melliza, Jane Charlotte, que falleció un mes más tarde (hecho que aparece con disfraces simbólicos en su obra). Dedicado a arreglar equipos de audio o televisores, y convertido en experto en música clásica, se dedicó al fin a la ciencia ficción, a partir de su primer cuento, publicado en 1952. En una primera etapa escribió decenas de novelas breves, de prodigiosa imaginación (*Ojo en el cielo, Tiempo desencajado, El mundo que hizo Jones*). Con* El hombre en el castillo *alcanzó una primera cumbre, al describir un Estados Unidos futuro dominado por el Eje. Cuando el género hablaba del espacio exterior, un futuro venturoso, o veredas rodantes, él insistía en la importancia de los medios, la presencia masiva de las drogas, el carácter dudoso y virtual de la realidad, o la súbita muerte de Dios. Las novelas de su último período (*Una mirada a la oscuridad, Fluyen mis lágrimas dijo el policía, *o* Sivainvi*) lo confirmaron como un autor*

que excedía todo marco genérico. Después de su muerte (ocurrida en 1982), se difundieron las novelas literarias a secas que había paseado sin suerte por las editoriales de la época: Ir tirando, Un artista de mierda, El hombre que tenía todos los dientes iguales.

El artefacto precioso

Por debajo del helicóptero de Milt Biskle se veían las nuevas tierras fértiles. Había hecho un buen trabajo en esta zona de Marte, floreciente gracias a su reconstrucción del antiguo sistema de riego. La primavera llegaba dos veces al año a este mundo otoñal de arena y sapos saltarines, de un suelo alguna vez reseco y resquebrajado que soportaba el polvo de tiempos pasados, de una desolación monótona y sin agua. Había sido víctima del reciente conflicto entre Prox y la Tierra.

Muy pronto llegarían los primeros inmigrantes terráqueos, harían valer sus derechos y se apoderarían de esos terrenos. Ya se podía retirar. Tal vez pudiera regresar a la Tierra o traer a Marte a su familia, utilizando su prioridad en el otorgamiento de terrenos por su labor como ingeniero reconstructor. El Área Amarilla había progresado mucho más rápido que las de los otros ingenieros. Y ahora esperaba una recompensa.

Inclinándose hacia adelante, Milt Biskle presionó el botón de su transmisor de largo alcance:

–Aquí el Ingeniero Reconstructor Amarillo –dijo–. Necesito un psiquiatra. Cualquiera estará bien si puede estar disponible inmediatamente.

Cuando Milt Biskle entró en el consultorio, el doctor DeWinter se levantó y le tendió la mano.

–Me han contado –dijo el doctor DeWinter– que usted,

de entre los cuarenta ingenieros reconstructores, es el más creativo. No es sorprendente que esté cansado. Incluso Dios tuvo que descansar después de trabajar duramente durante seis días, y usted lo ha estado haciendo durante años. Mientras lo esperaba recibí un memo con noticias de la Tierra que seguramente le interesarán –recogió el memo de su escritorio–. El primer transporte de colonos está a punto de llegar a Marte... y se dirigirán directamente a su área. Felicitaciones, señor Biskle.

Tomando fuerzas, Milt Biskle dijo:

–¿Qué pasará si regreso a la Tierra?

–Pero si puede hacer que le otorguen terrenos para su familia aquí...

–Quiero que haga algo por mí –dijo Milt Biskle–. Me siento muy cansado, demasiado –hizo un gesto–. O tal vez estoy deprimido. De todos modos, me gustaría que dispusiera las cosas para que mis pertenencias, incluyendo mi planta wug, sean llevadas a bordo de un transporte que esté por partir hacia la Tierra.

–Seis años de trabajo –dijo el doctor DeWinter–. Y de pronto renuncia a su recompensa. Recientemente visité la Tierra y todo está como usted lo recuerda...

–¿Cómo sabe lo que recuerdo yo?

–Más bien –se corrigió DeWinter suavemente–, quise decir que nada ha cambiado. Superpoblación, departamentos comunitarios donde se hacinan siete familias con una única cocina. Autopistas tan sobrecargadas que casi no se mueven hasta las once de la mañana.

–En lo que a mí respecta –dijo Milt Biskle–, la superpoblación será un descanso tras seis años trabajando con el equipo robótico autónomo.

Estaba firme en su decisión. A pesar de lo que había logrado aquí, o tal vez precisamente a causa de ello, pretendía regresar a casa contrariando los argumentos del psiquiatra.

El doctor DeWinter agregó:

–¿Qué pasará si su esposa y sus hijos, Milt, están entre los pasajeros de este primer transporte? –Una vez más tomó un documento de su escritorio cuidadosamente ordenado. Estudió el informe, luego dijo–: Biskle, Fay; Laura C.; June C. Una mujer y dos niñas. ¿Es su familia?

–Sí –admitió en tono seco Milt Biskle y miró directamente al psiquiatra.

–Se da usted cuenta de que no puede regresar a la Tierra. Póngase el pelo y vaya a recibirlos al Campo Tres. Y cámbiese los dientes. Todavía lleva los de acero inoxidable.

Biskle asintió a disgusto. Como todos los terráqueos, había perdido el pelo y los dientes bajo la lluvia radioactiva durante la guerra. En los días de servicio en su solitario trabajo de reconstrucción del Área Amarilla de Marte no usaba la costosa peluca que había traído de la Tierra, y, en cuanto a los dientes, personalmente encontraba que los de acero eran más cómodos que la prótesis de plástico de color natural. Eso mostraba cuánto se había alejado de la interacción social. Se sintió vagamente culpable; el doctor DeWinter tenía razón.

Pero se había sentido culpable desde la derrota de los proxitas. La guerra le había dejado una sensación de amargura; no parecía justo que una de las dos culturas que competían tuviera que desaparecer puesto que las necesidades de ambas eran legítimas.

El mismo Marte había sido el centro de los combates. Las dos culturas lo requerían como colonia para establecer allí sus excesos de población. Gracias a Dios, la Tierra se las había arreglado para mostrar la supremacía táctica durante el último año de la guerra... y por lo tanto fueron los terrícolas como él, y no los proxitas, los que reconstruyeron Marte.

—A propósito –dijo el doctor DeWinter–. Conozco sus intenciones en relación a sus colegas, los ingenieros reconstructores.

Milt Biskle le lanzó una súbita mirada.

—De hecho –dijo el doctor DeWinter–, sabemos que en este momento están reunidos en el Área Roja para escucharlo –abrió un cajón de su escritorio y extrajo un yo-yo, se puso de pie y comenzó a manipularlo expertamente e hizo *el perrito*–. Su discurso es provocado por un ataque de pánico y tendrá como efecto que sospechen que algo anda mal, aunque por lo visto usted no puede decir qué podría ser.

—Ése es un juguete popular en el sistema Prox. Al menos eso es lo que leí una vez en un artículo –dijo Biskle observando el yo-yo.

—Ajá. Creí que era originario de las Filipinas –concentrado, el doctor DeWinter ahora hacía *la vuelta al mundo*. Le salía muy bien–. Me tomé la libertad de enviar una nota a la reunión de los ingenieros reconstructores, dando testimonio de su condición mental. La leerán en voz alta... Siento tener que decírselo.

—Todavía tengo la intención de dirigirme a la reunión –dijo Biskle.

—Bien, entonces se me ocurre un compromiso. Reciba a su familia cuando llegue a Marte, y después dispondremos un viaje a la Tierra para usted. A nuestra cuenta. Y a cambio usted se comprometerá a no dirigirse a la reunión de ingenieros reconstructores o agobiarlos de la forma que sea con sus nebulosas corazonadas –DeWinter lo miró directamente–. Después de todo, éste es un momento crítico. Están llegando los primeros inmigrantes. No queremos problemas; no queremos que nadie se sienta inquieto.

—¿Me haría un favor? –preguntó Biskle–. Muéstreme que tiene puesta una peluca. Y que sus dientes son falsos. Solo para estar seguro de que es terrícola.

El doctor DeWinter se quitó la peluca y se extrajo la prótesis de dientes falsos.

—Aceptaré el ofrecimiento —dijo Milt Biskle—, si me prometen que mi mujer obtendrá la parcela de terreno que le he asignado.

Asintiendo, DeWinter le arrojó un pequeño sobre blanco.

—Aquí está su pasaje. Ida y vuelta, por supuesto, porque supongo que regresará.

Eso espero, pensó Biskle mientras sacaba el pasaje. Pero depende de lo que vea en la Tierra. O más bien de lo que *me dejen* ver.

Tenía la sensación de que le dejarían ver muy poco. En realidad tan poco como fuera posible a la manera de Prox.

Cuando su nave llegó a la Tierra lo estaba esperando una guía elegantemente uniformada.

—¿Señor Biskle? —maquillada, atractiva y extraordinariamente joven, dio unos pasos hacia él, atenta—. Me llamo Mary Ableseth, su acompañante en la visita turística. Le mostraré todo el planeta durante su breve estadía —Sonrió de un modo vivaz y muy profesional. Lo sorprendió—. Estaré con usted constantemente, día y noche.

—¿Por la noche también? —se compuso para decir.

—Sí, señor Biskle. Es mi trabajo. Suponemos que se sentirá desorientado por sus años de trabajo en Marte... trabajo que nosotros en la Tierra aplaudimos y honramos, como corresponde —se puso a su lado, conduciéndolo hacia un helicóptero estacionado—. ¿Adónde le gustaría ir primero? ¿A la ciudad de Nueva York? ¿Broadway? ¿A los clubes nocturnos, los teatros y restaurantes...?

—No, a Central Park. Quiero sentarme en un banco.

—Pero ya no existe más Central Park, señor Biskle. Mientras usted estaba en Marte lo convirtieron en una playa de estacionamiento para los empleados del gobierno.

–Ya veo –dijo Milt Biskle–. Bien, entonces vayamos al Parque Portsmouth en San Francisco.

Abrió la puerta del helicóptero.

–Tuvo el mismo destino –dijo la señorita Ableseth, sacudiendo tristemente la larga y luminosa cabellera roja–. Estamos tan detestablemente sobrepoblados. Podemos intentarlo igual, señor Biskle; han quedado unos pocos parques, uno en Kansas, creo, y *dos* en Utah, en el sur, cerca de St. George.

–Son malas noticias –dijo Milt–. ¿Me permite ir hasta esa máquina proveedora de anfetaminas y ponerle una moneda? Necesito un estimulante que me levante el ánimo.

–Por supuesto –asintió con gracia la señorita Ableseth.

Milt Biskle caminó hacia la máquina proveedora de estimulantes que estaba fuera del espaciopuerto, buscó en el bolsillo, encontró una moneda y la introdujo por la ranura.

La moneda atravesó por completo la máquina y repiqueteó sobre el pavimento.

–¡Qué extraño! –dijo sorprendido Biskle.

–Creo que eso tiene una explicación –dijo la señorita Ableseth–. Esa moneda es marciana, hecha para una gravedad más ligera.

–Sí –dijo Milt Biskle mientras la recuperaba. Como había predicho la señorita Ableseth, se sentía desorientado. Se quedó inmóvil mientras ella ponía una moneda propia y obtenía un pequeño tubo de estimulantes anfetaminas para él. Por cierto, la explicación parecía adecuada, pero...

–Ahora son las veinte, hora local –dijo la señorita Ableseth–. Y yo no he cenado, aunque seguramente usted lo hizo a bordo de la nave. ¿Por qué no me lleva a cenar? Podemos hablar con una botella de Pinot Noir de por medio y me puede contar sobre esas vagas corazonadas que lo trajeron a la Tierra, sobre algo que va terriblemente mal, y sobre su maravilloso trabajo de reconstrucción que, según dice, carece de sentido. Me encantaría escucharlo.

Lo guió de regreso al helicóptero, al que ambos entraron, sentándose juntos y apretados en el asiento trasero. Milt Biskle la encontraba agradable y complaciente, decididamente terráquea. Se sentía un poco perturbado y su corazón se aceleró. Había pasado mucho tiempo desde que había estado tan cerca de una mujer.

–Escucha –dijo Biskle, mientras el circuito automático del helicóptero hacía que se elevaran sobre la playa de estacionamiento del espaciopuerto–, estoy casado. Tengo dos hijos y vine aquí por negocios. Estoy en la Tierra para demostrar que los proxitas en realidad ganaron y los pocos terrícolas que quedamos somos esclavos de las autoridades prox, y que trabajamos para...

Se detuvo; no le quedaban esperanzas. La señorita Ableseth permanecía apretada contra él.

–¿Usted realmente cree –dijo la señorita Ableseth poco después, mientras el helicóptero pasaba sobre la ciudad de Nueva York– que soy una agente prox?

–No... no –dijo Milt Biskle–. Supongo que no.

No parecía probable dadas las circunstancias.

–Mientras permanezca en la Tierra –dijo la señorita Ableseth–, ¿por qué quedarse en un hotel ruidoso y superpoblado? ¿Por qué no viene a mi departamento comunal en Nueva Jersey? Hay lugar de sobra y usted será más que bienvenido.

–Muy bien –estuvo de acuerdo Biskle, sintiendo que sería inútil discutir.

–Bien –la señorita Ableseth le dio una orden al helicóptero, que giró hacia el norte–. Cenaremos allí. Así ahorrará dinero. Y además en todos los restaurantes decentes hay una cola de dos horas a esta altura de la noche, de manera que es casi imposible conseguir mesa. Probablemente ya no recuerde eso. ¡Qué maravilloso será cuando la mitad de nuestra población pueda emigrar!

—Sí —dijo Biskle—. Y les gustará Marte; hicimos un buen trabajo —sintió que algo de entusiasmo regresaba a él, una sensación de orgullo por el trabajo de reconstrucción que él y sus compatriotas habían hecho—. Espere a verlo, señorita Ableseth.

—Llámeme Mary —dijo la señorita Ableseth mientras se acomodaba la pesada peluca escarlata que se le había desaliñado en los últimos minutos en la apretada cabina del helicóptero.

—Muy bien —dijo Biskle, y, a pesar de cierta inoportuna sensación de infidelidad hacia Fay, creció su sensación de bienestar.

—Las cosas pasan rápido en la Tierra —dijo Mary Ableseth—. Debido a la terrible presión de la Superpoblación.

Se acomodó los dientes.

—Ya veo —agregó Milt Biskle, y también se acomodó su propia peluca y los dientes. *¿Podría estar equivocado?*, se preguntó a sí mismo. Después de todo, podía ver las luces de Nueva York allá abajo. Decididamente la Tierra no era una ruina despoblada y su civilización estaba intacta.

¿O era una ilusión, impuesta por las desconocidas técnicas psiquiátricas de Prox a su sistema de percepción? Era verdad que la moneda había atravesado completamente la máquina de anfetaminas. ¿Eso indicaba que algo andaba sutil y terriblemente mal?

Tal vez la máquina en realidad no estaba allí.

Al día siguiente él y Mary Ableseth visitaron uno de los pocos parques que quedaban. En la región sur de Utah, cerca de las montañas, el parque, aunque pequeño, era de un verde brillante y atrayente. Milt Biskle estaba recostado sobre la hierba y observaba a una ardilla que trepaba por un árbol dando saltos ligeros, con su cola colgando detrás como un torrente gris.

–No hay ardillas en Marte –dijo adormecido.

Llevando un ligero traje de baño, Mary Ableseth se desperezó a sus espaldas, entrecerrando los ojos.

–Este lugar es tan agradable, Milt. Así me imagino a Marte.

Más allá del parque, el tránsito pesado se movía por la autopista. El susurro le recordaba a Milt el oleaje del Océano Pacífico. Ese sonido lo adormeció. Todo parecía estar bien, le arrojó una nuez a la ardilla, que se dio vuelta y a los saltos se dirigió hacia la nuez, haciendo una mueca inteligente en respuesta.

Cuando la ardilla estuvo erguida sosteniendo la nuez, Milt Biskle arrojó una segunda nuez hacia la derecha. La ardilla la escuchó caer entre las hojas de los arces. Irguió sus orejas, lo que le recordó a Milt el juego que había practicado una vez con un gato que le pertenecía a él y a su hermano, en los días en que la Tierra no estaba tan superpoblada, cuando las mascotas todavía eran algo legal. Había esperado hasta que Calabaza –el gato– estuvo casi dormido y entonces arrojó un pequeño objeto a un rincón de la habitación. Calabaza se despertó. Con sus ojos abiertos de par en par y sus orejas erguidas, se volvió y se sentó durante quince minutos escuchando y observando, meditando sobre qué objeto podía haber hecho ese ruido. Era una manera inocente de molestar al viejo gato, y Milt se sintió triste, pensando en cuánto hacía que había muerto Calabaza, su última mascota legal. En Marte, sin embargo, las mascotas serían legales otra vez. Eso lo consoló. En realidad, en Marte, durante los años en que trabajó en la reconstrucción, lo consoló una mascota. Una planta marciana. La había traído con él a la Tierra y ahora estaba sobre la mesa de la sala de estar del departamento compartido de Mary Ableseth, con sus ramas caídas. No se había adaptado al clima poco familiar de la Tierra.

–Es raro –murmuró Milt– que mi planta wug no haya florecido. Había pensado que en una atmósfera con tanta humedad...

–Es la gravedad –dijo Mary, los ojos todavía cerrados, sus senos subiendo y bajando regularmente. Estaba casi dormida–. Es demasiado para ella.

Milt consideró la forma de la mujer, recordando a Calabaza en circunstancias similares. El momento de la vigilia, entre el sueño y el despertar, cuando la conciencia y la inconciencia se funden... estirándose, tomó una piedra.

La arrojó hacia un montón de hojas que estaban cerca de la cabeza de Mary.

Ella se sentó repentinamente, los ojos completamente abiertos y con el traje de baño cayéndosele.

Sus orejas estaban erguidas.

–Nosotros los terrícolas –dijo Milt– perdimos el control de la musculatura de nuestras orejas, Mary. Incluso de los reflejos básicos.

–¿Qué? –murmuró ella, parpadeando confusa mientras se acomodaba el traje de baño.

–La habilidad para erguir las orejas se nos atrofió –explicó Milt–. A diferencia de los perros y los gatos. Aunque si nos examinaran morfológicamente no se darían cuenta porque nuestros músculos todavía están allí. Así que cometieron un error.

–No sé de qué estás hablando –dijo Mary, de mal humor. Se dedicó a acomodar el sostén del traje de baño, ignorándolo por completo.

–Volvamos al departamento –dijo Milt poniéndose en pie.

Ya no podía sentir que estaba recostado en un parque porque ya no podía creer en el parque. Una ardilla irreal, hierba irreal... ¿lo eran en verdad? ¿Le mostrarían alguna vez la sustancia que había bajo la ilusión? Lo dudaba.

La ardilla los siguió durante un breve tramo mientras caminaban hacia el helicóptero, luego volvió su atención a una familia de terráqueos que incluía a dos niños pequeños. Los niños le arrojaron nueces a la ardilla que correteaba con vigorosa actividad.

–Convincente –dijo Milt. Y en verdad lo era.

–Es muy malo que no haya vuelto a ver al doctor DeWinter –dijo Mary–. Podría haberte ayudado.

Su voz sonaba extrañamente dura.

–Sin la menor duda –agregó Milt Biskle mientras reingresaban en el helicóptero.

Cuando regresaron al departamento de Mary encontraron a la planta wug marciana muerta. Era evidente que había perecido por deshidratación.

–No intentes explicarme esto –le dijo a Mary mientras los dos contemplaban de pie las ramas muertas de la planta–. Sabes lo que significa. La Tierra supuestamente es más húmeda que Marte, incluso que el Marte reconstruido. Sin embargo, la planta se ha secado por completo. No hay humedad en la Tierra porque debo suponer que las explosiones de los Prox vaciaron los mares. ¿Estoy en lo correcto?

Mary no dijo nada.

–Lo que no comprendo –dijo Milt– es por qué les preocupa mantener las ilusiones funcionando. *Ya terminé mi trabajo.*

–Tal vez haya más planetas que requieran un trabajo de reconstrucción, Milt –dijo Mary, después de una pausa

–¿Es tan grande la población de ustedes?

—Estaba pensando en la Tierra. Aquí —dijo Mary—. El trabajo de reconstrucción tomará generaciones; se necesitaría todo el talento y la habilidad que poseen sus ingenieros reconstructores —agregó—: Solo estoy siguiendo tu lógica hipotética, por supuesto.

—Así que la Tierra es nuestro siguiente trabajo. Así que ése es el motivo por el que me dejaron venir hasta aquí. En realidad, vine para *quedarme* aquí.

Se dio cuenta de eso, completa y absolutamente, en un relámpago de comprensión.

—No volveré a Marte y no veré a Fay otra vez. Tú la estás reemplazando —todo cobraba sentido.

—Bien —dijo Mary, con una sonrisa que casi parecía una mueca—, se puede decir que lo estoy intentando.

Le dio un pequeño golpe a Milt en el brazo. Descalza, todavía con su traje de baño, se le acercó lentamente.

Se apartó de ella, asustado. Recogió la planta wug muerta y, aturdido, se dirigió hacia la abertura para los desperdicios y arrojó los restos resecos y quebradizos. Se desvanecieron en el acto.

—Y ahora —dijo Mary diligentemente—, vamos a ir a visitar el Museo de Arte Moderno en Nueva York y luego, si tenemos tiempo, el Museo Smithsoniano en Washington D. C. Me pidieron que te mantuviera muy ocupado para que no pudieras comenzar a darle vueltas al tema.

—Pero ya lo estoy haciendo —dijo Milt mientras la contemplaba dejar el traje de baño y ponerse una prenda gris de lana. Nada puede evitarlo, se dijo. Ahora lo sabes. Y a medida de que los ingenieros reconstructores terminen su labor va a suceder una y otra vez. Yo solo fui el primero.

Al menos no estoy solo, comprendió. Se sintió un poco mejor.

—¿Qué tal me veo? —le preguntó Mary mientras se ponía lápiz de labios frente al espejo del dormitorio.

–Muy bien –dijo él con indiferencia. Se preguntó si Mary a su debido tiempo se encontraría con todos los ingenieros reconstructores, convirtiéndose en la amante de todos ellos. La cuestión ya no era únicamente si ella era lo que parecía, pensó, sino también si podría conservarla.

Le pareció una pérdida gratuita, fácilmente evitable.

Se dio cuenta de que ella estaba comenzando a gustarle. *Mary está viva*. Era muy real, terráquea o no. Al menos no habían perdido la guerra ante cualquiera; habían perdido ante auténticos organismos vivos. En cierto sentido se sintió reconfortado.

–¿Estás listo para ir al Museo de Arte Moderno? –dijo Mary vivamente, con una sonrisa.

Más tarde, en el Smithsoniano, después de haber visto el *Spirit of St. Louis* y el avión increíblemente antiguo de los hermanos Wright –que parecía tener al menos un millón de años– vio la oportunidad de echarle una mirada a una sala por la que había estado esperando con ansiedad.

No le dijo nada a Mary –ella estaba concentrada estudiando una vitrina de piedras semipreciosas en su estado natural sin pulir–, se escabulló y, un momento más tarde, estaba ante una sección con una vitrina llamada:

MILITARES PROX DE 2014

Había tres soldados prox estáticos, con sus oscuras caras, manchados y mugrientos, las armas portátiles listas, en un refugio conformado por los restos de uno de sus transportes. Allí colgaba inerte una bandera prox manchada de sangre. Aquel era un enclave derrotado del enemigo; las tres criaturas parecían estar a punto de rendirse o de ser fusiladas.

Un grupo de visitantes terráqueos estaba ante la exhibición, papando moscas.

—Convincente, ¿no le parece? —le dijo Milt Biskle al hombre que estaba más cerca.

—Por supuesto —estuvo de acuerdo el hombre de mediana edad, de anteojos y pelo gris—. ¿Estuvo en la guerra? —le preguntó a Milt, mirándolo directamente.

—Trabajo en la tarea de reconstrucción —dijo Milt—. Soy ingeniero Amarillo.

—Oh —asintió el hombre, impresionado—. Muchacho, estos proxitas dan miedo. Parece como que van a salir de la vitrina y nos van a matar —Lanzó una sonrisita—. Los proxitas pelearon duramente hasta que los derrotamos; hay que reconocerles eso.

—Esas armas me provocan escalofríos —dijo a su lado la esposa, de pelo gris y muy bien arreglada—. Parecen muy reales.

Continuó caminando con desagrado.

—Usted está en lo correcto —dijo Milt Biskle—. Parecen estremecedoramente reales puesto que en verdad lo son.

No tenía ningún sentido crear una ilusión de este tipo ya que el objeto real estaba disponible. Milt pasó por debajo de la barandilla, se acercó al cristal que protegía la exhibición, levantó un pie y lo rompió. Estalló en pedazos y llovieron fragmentos astillados con un enorme alboroto.

En el preciso momento en que llegaba corriendo Mary, Milt tomó el rifle de uno de los proxitas y se volvió hacia ella.

La muchacha se detuvo, respirando entrecortadamente, y lo miró sin decir nada.

—Estoy dispuesto a trabajar para ustedes —le dijo Milt, sosteniendo expertamente el rifle—. Después de todo, si mi propia raza ya no existe difícilmente pueda reconstruir una colonia en un mundo para ella. Puedo entender eso. Pero quiero saber la verdad. Muéstramela y continuaré con mi trabajo.

—No, Milt —dijo Mary—, si supieras la verdad no seguirías

con tu trabajo. Volverías esa arma contra ti mismo.

Sonaba tranquila, incluso compasiva, pero sus ojos brillantes y abiertos de par en par estaban muy atentos.

–Entonces te mataré –dijo Milt. Y después se suicidaría.

–Espera –le suplicó–. Milt... esto es muy difícil. No sabes absolutamente nada y sin embargo fíjate lo desdichado que se te ve. ¿Cómo esperas sentirte cuando puedas ver el estado en que está tu propio planeta? Casi es demasiado para mí y yo soy... –vaciló.

–Dilo.

–Yo soy solo una... –balbuceó– una visitante.

–Pero entonces yo estaba en lo cierto –dijo–. Dilo. Admítelo.

–Estás en lo cierto, Milt –ella suspiró.

Aparecieron dos guardias uniformados del museo llevando pistolas.

–¿Está bien, señorita Ableseth?

–Por el momento –dijo Mary. Ella no apartó los ojos de Milt y del rifle que llevaba–. Esperen –les ordenó a los guardias.

–Sí, señora –los guardias esperaron. Ninguno se movió.

–¿Ha sobrevivido alguna mujer terrícola? –dijo Milt.

–No, Milt –dijo Mary, tras una pausa–. Pero los proxitas pertenecemos también a la misma especie, como bien sabes. Podemos cruzar nuestra sangre. ¿Eso no te hace sentir mejor?

–Por supuesto –dijo él–. Muchísimo mejor.

Tenía ganas de volver el rifle sobre sí mismo, sin esperar nada más. Hizo todo lo posible por resistir el impulso. Así que todo el tiempo había tenido razón. No había estado con Fay en el Campo Tres en Marte.

–Escucha –le dijo a Mary Ableseth–. Quiero volver a Marte otra vez. Vine aquí para saber algo. Ya lo sé, ahora quiero regresar. Tal vez hable otra vez con el doctor

DeWinter, tal vez pueda ayudarme. ¿Tienen alguna objeción?

–No –ella pareció comprender cómo se sentía–. Después de todo, hiciste tu trabajo allí. Tienes derecho a regresar. Pero tarde o temprano tendrás que regresar a la Tierra. Podemos esperar un año o más, tal vez incluso dos. Pero eventualmente Marte estará completo y necesitaremos más lugar. Y va a ser mucho más duro aquí... como ya podrás descubrir. –Ella intentó sonreír pero fracasó; él apreció el esfuerzo–. Discúlpame, Milt.

–A mí también –dijo Milt Biskle–. Mierda, me sentí mal cuando murió la planta wug. Entonces supe la verdad. No era solo una sospecha.

–Te interesará saber que tu colega ingeniero reconstructor Rojo, Cleveland Andre, se dirigió a la reunión en tu lugar. Y les transmitió tus sospechas junto con las suyas. Votaron el envío de un delegado oficial a la Tierra para investigar. Está en camino.

–Me parece interesante –dijo Milt–, pero no es realmente importante. Difícilmente cambie las cosas –Bajó el rifle–. ¿Puedo regresar ahora a Marte? –se sentía cansado–. Dile al doctor DeWinter que voy para allá.

Dile, pensó, que tenga todas las técnicas psiquiátricas de su repertorio listas para mí, porque serán necesarias.

–¿Qué pasó con los animales de la Tierra? –preguntó–. ¿Sobrevivió alguna forma de vida? ¿Qué pasó con los perros y los gatos?

Mary le lanzó una mirada a los guardias del museo; un destello de comunicación fluyó silenciosamente entre ellos, luego dijo:

–Quizá sea lo mejor, después de todo.

–¿Qué es lo mejor? –preguntó Milt Biskle.

–Que lo veas. Solo durante un momento. Parece que estás mejor preparado de lo que habíamos pensado. En nuestra opinión *tienes* derecho a ello –luego agregó–. Sí, Milt, los perros y los gatos sobrevivieron; viven entre las ruinas. Vamos y echemos una mirada.

Fue tras ella pensando para sí mismo, ¿ella no estaría en lo correcto la primera vez?, ¿de verdad quiero mirar? ¿Puedo enfrentar la verdadera realidad? ¿Por qué tuvieron la necesidad de mantener la ilusión hasta ahora?

En la rampa de salida del museo Mary se detuvo y dijo:

–Ve al exterior. Yo me quedaré aquí. Estaré esperando a que regreses.

Dándose por vencido, descendió por la rampa.

Y vio.

Todo estaba en ruinas, por supuesto, como ella había dicho. La ciudad había sido decapitada, nivelada a un metro por sobre el nivel del suelo; los edificios se habían convertido en recuadros vacíos, sin contenido, como antiguos patios infinitos e inútiles. No podía creer que lo que estaba viendo era *nuevo*. Parecía que estos restos abandonados siempre habían estado allí, exactamente como estaban ahora. Y... ¿cuánto tiempo más permanecerían de ese modo?

Hacia la derecha vio una compleja máquina recorriendo la calle llena de escombros. Mientras él observaba, se extendió una multitud de seudópodos que hurgaban en los cimientos más cercanos. Los cimientos, de acero y concreto, fueron pulverizados abruptamente; el suelo desnudo, expuesto, se veía ahora de un marrón oscuro, chamuscado por el calor atómico provocado por el equipo automático de reparación, una máquina, pensó Milt Biskle, que no era muy diferente de las que usaba en Marte. Evidentemente, la máquina tenía la tarea de limpiar todo lo antiguo en una pequeña área. Sabía muy bien por su propia experiencia durante el trabajo de reconstrucción de Marte lo que seguiría a continuación, probablemente en solo minutos, llevado adelante por un mecanismo igualmente elaborado que establecería los cimientos para las estructuras que allí se levantarían.

Y, de pie en el otro lado de la calle desierta, observando el trabajo de limpieza que llevaba adelante la máquina, se podía ver a dos figuras delgadas y grises. Dos proxitas de nariz aguileña, con su pelo natural y pálido dispuesto en espiral y los lóbulos de sus orejas estirados por los objetos pesados que colgaban de ellos.

Los vencedores, pensó para sí mismo. Experimentando cierta satisfacción ante el espectáculo, fue testigo de cómo destruían los últimos artefactos de la raza perdedora. Algún día una ciudad puramente prox se elevaría aquí: arquitectura prox, calles de extraños y amplios patrones prox, construcciones uniformes con el aspecto de cajas con muchos niveles subterráneos. Y ciudadanos como esos deambulando por las rampas, recorriendo los túneles de alta velocidad en su rutina diaria. ¿Y qué pasaría, pensó, con los perros y los gatos terráqueos que ahora habitaban estas ruinas, como había dicho Mary? ¿También desaparecerían? Probablemente no por completo. Habría un lugar para ellos, tal vez en los museos y zoológicos, como rarezas para ser admiradas. Sobrevivientes de una ecología que ya no existía. Puede que ni siquiera eso.

Y sin embargo... Mary estaba en lo correcto. Los proxitas pertenecían a la misma especie. Aun si no se pudieran cruzar con los terráqueos que sobrevivieron, la especie como él la conocía continuaría. Y se cruzarían, pensó. La relación que tenía con Mary era una prueba. El resultado incluso podía ser bueno.

El fruto, pensó mientras se alejaba y comenzaba el regreso hacia el museo, podía ser una raza que no fuera prox ni terráquea por completo. De la unión podía surgir algo genuinamente nuevo. Al menos podemos tener esperanzas de eso.

La Tierra sería reconstruida. Había visto una pequeña muestra de ese trabajo con sus propios ojos. Tal vez los proxitas carecieran del talento que él y sus colegas, los ingenieros reconstructores, poseían... Y ahora que Marte estaba virtualmente terminado podían comenzar aquí. No era completamente desesperanzador. No *del todo*.

Caminó de regreso hasta donde lo aguardaba Mary y le dijo con voz ronca:

–Hazme un favor. Consígueme un gato que pueda llevar conmigo en mi regreso a Marte. Siempre me gustaron los gatos. Especialmente los de color naranja con rayas.

Uno de los guardias del museo, después de lanzarle una mirada a su compañero, dijo:

–Podemos solucionar eso, señor Biskle. Podemos conseguir un... cachorro, ¿ésa era la palabra?

–Gatito, creo –corrigió Mary.

En el viaje de regreso a Marte, Milt Biskle estaba sentado con la caja que contenía el gatito naranja en su regazo, pensando en sus planes. En quince minutos la nave descendería sobre Marte y el doctor DeWinter –o lo que se hacía pasar por el doctor DeWinter– estaría esperándolo. Sería demasiado tarde. Desde donde estaba sentado podía ver la salida de emergencia con su luz roja de advertencia. Sus planes estaban enfocados sobre la compuerta. No era lo ideal pero serviría.

En la caja el gatito naranja extendía una pata y golpeaba contra la mano de Milt. Sentía las agudas y delgadas zarpas raspar contra su carne y con la mirada ausente apartaba su mano de la caricia del animal. Marte no te gustará nada, pensó, y se puso de pie.

Cargando la caja se dirigió velozmente hacia la compuerta de emergencia. Antes de que la pudiera alcanzar la azafata la había abierto. Se metió en su interior y la compuerta se cerró a sus espaldas. Durante un instante estuvo quieto dentro del estrecho compartimiento, y luego comenzó a tratar de abrir la pesada puerta exterior.

—¡Señor Biskle! —le llegó la voz de la azafata amortiguada por la puerta. La oyó abrir la puerta y andar a tientas para poder asirlo.

Mientras él giraba la puerta exterior el gatito que estaba dentro de la caja que sostenía bajo el brazo maulló.

¿Tú también?, pensó Milt Biskle, e hizo una pausa.

La muerte, el vacío y la pronunciada falta de calor del espacio exterior se filtraron a su alrededor, a través de la puerta parcialmente abierta. Milt los olfateó y algo en su interior, como en el gatito, hizo que por instinto se apartara. Se tomó una pausa, aún sosteniendo la caja, sin intentar abrir la puerta exterior más allá de lo que estaba, y en ese momento la azafata lo agarró.

—Señor Biskle —dijo ella a medias sollozando—, ¿se ha vuelto loco? Por Dios, ¿qué está haciendo? —ella se las arregló para tirar hacia adentro y cerrar la puerta exterior, ajustando la sección de emergencia otra vez a su posición de cerrado.

—Sabe muy bien lo que estoy haciendo —le dijo Milt Biskle mientras le permitía que lo impulsara hacia el interior de la nave, hacia su asiento. Y no creo que pudiera detenerme, se dijo a sí mismo. Porque no fue usted. Podría haber seguido adelante y haberlo hecho. Pero decidí no hacerlo.

Se preguntó por qué.

Más tarde, en el Campo Tres en Marte, el doctor DeWinter salió a su encuentro, como él había estado esperando.

Ambos caminaron hacia el helicóptero estacionado y DeWinter dijo, con un tono de voz preocupado:

—Me informaron que durante el viaje...

—Es cierto. Intenté suicidarme, pero cambié de opinión.

Tal vez usted sepa el motivo. Usted es el psicólogo, la autoridad en todo lo que sucede en nuestro interior –entró en el helicóptero teniendo cuidado de no golpear la caja que contenía al gatito terrícola.

–¿Va a seguir adelante y trabajar en su parcela con Fay? –le preguntó el doctor DeWinter tan pronto el helicóptero levantó vuelo sobre los campos de trigales verdes y húmedos–. ¿A pesar de que... lo sabe?

–Sí –asintió él. Después de todo, hasta donde sabía, no había otra cosa que pudiera hacer.

–Ustedes los terrícolas –sacudió la cabeza DeWinter–. Son admirables.

Notó la caja en el regazo de Milt Biskle.

–¿Qué tiene allí? ¿Una criatura de la Tierra? –Fijó sus ojos sobre la caja con cierta sospecha. Para él era una manifestación de una forma extraña de vida–. Un organismo de aspecto bastante peculiar.

–Me va a hacer compañía –dijo Milt Biskle–, mientras sigo con mi trabajo, ya sea construyendo mi propia propiedad o... –O ayudando a los proxitas con la Tierra, pensó.

–¿Es lo que llaman una "serpiente de cascabel"? Escucho el sonido de sus cascabeles –el doctor DeWinter se apartó un poco.

–Está ronroneando –Milt Biskle sacudió al gatito mientras el piloto automático del helicóptero los guiaba a través del monótono cielo rojo marciano. Tener contacto con una forma de vida familiar, se dijo, me mantendrá cuerdo. Me permitirá seguir adelante. Se sintió agradecido. Mi raza puede haber sido derrotada y destruida, pero no han perecido todas las criaturas terrícolas. Cuando reconstruyamos la Tierra tal vez podamos lograr que las autoridades nos permitan tener lugares protegidos. Será una parte de nuestra tarea, se dijo a sí mismo, y otra vez acarició al gatito. Al menos podemos tener la esperanza de que así sea.

Cerca de él, el doctor DeWinter también estaba sumergido en sus pensamientos. Admiraba la intrincada destreza de los ingenieros en el tercer planeta, los que habían logrado el simulacro que descansaba en la caja sobre el regazo de Milt Biskle. El logro técnico era impresionante, incluso para él, y lo vio con absoluta claridad... como por supuesto no podía hacer Milt Biskle. Este artefacto, aceptado por el terrícola como un organismo auténtico de su pasado conocido, proveería un punto de apoyo sobre el cual este hombre podría mantener su equilibrio psíquico.

Pero, ¿qué pasaría con los otros ingenieros reconstructores? ¿Qué pasaría cuando cada uno de ellos hubiera terminado su trabajo y tuvieran –les gustara o no– que tomar conciencia de la situación?

Variaría de un terráqueo a otro. Un perro para uno, un simulacro más elaborado, probablemente de una hembra núbil humana para otro. En todo caso, cada uno sería provisto como una "excepción" a las reglas. Una entidad sobreviviente esencial, seleccionada entre las que se habían desvanecido por completo. Las pistas sobre las inclinaciones de cada uno de los ingenieros serían obtenidas al investigar en el pasado de cada uno, como había sucedido en el caso de Biskle. El simulacro del gato estaba terminado varias semanas antes de su abrupto viaje de regreso a la Tierra provocado por un ataque de pánico. Por ejemplo, en el caso de Andre ya estaba en construcción el simulacro de un loro. Estaría listo para cuando realizara *su* viaje a casa.

–Lo llamaré Trueno –explicó Milt Biskle.

–Un buen nombre –dijo el doctor DeWinter. Pensó que era una vergüenza que no pudieran mostrarle la verdadera situación de la Tierra. En realidad, sería bastante interesante que aceptara lo que veía, porque en algún nivel debía comprender que nada podía sobrevivir a una guerra como la que habían sostenido. Obviamente, quería creer con desesperación que perduraban ciertos vestigios, aunque no fueran más que cascotes. Pero es típico de la mente terráquea aferrarse a ciertos fantasmas. Eso podía ayudar a explicar su derrota en el conflicto: simplemente no eran realistas.

–Este gato –dijo Milt Biskle– va a ser un excelente cazador de ratones marcianos.

–Seguro –agregó el doctor DeWinter, y pensó, *mientras sus baterías no se agoten.* También él acarició al gatito.

Se activó un conmutador y el gatito comenzó a ronronear más fuerte.

(1964)

La guerra contra los fnuls

—Maldita sea, los fnuls están aquí otra vez, Mayor. Ocuparon Provo, en Utah –dijo el Capitán Edgar Lightfoot de la CIA.

Con un gemido, el mayor Hauk le indicó a su secretaria que le trajera el informe sobre los fnuls de los archivos cerrados con llave.

—¿Qué forma asumieron esta vez?

—Pequeños agentes inmobiliarios –dijo Lightfoot.

La última vez, reflexionó el mayor Hauk, habían imitado empleados de estaciones de servicio. Ésa era la cuestión con los fnuls. Cuando uno tomaba una forma en particular todos los demás también lo hacían. Por supuesto, eso le facilitaba su localización a los agentes de la CIA. Pero hacía que los fnuls parecieran absurdos, y Hauk no disfrutaba combatiendo con un enemigo absurdo; era una condición que tendía a difundirse por todas partes, incluso en su propia oficina.

—¿No cree que podamos llegar a un acuerdo? –dijo Hauk, con una retórica a medias–. Podemos soportar el sacrificio de Provo, Utah, si se contentaran con circunscribirse a ese lugar. Incluso podríamos añadir algunas partes de Salt Lake City, las que están pavimentadas con esos horribles y añejos ladrillos rojos.

—Los fnuls nunca cumplen con un compromiso, Mayor –dijo Lightfoot–. Su objetivo es la dominación del Sistema Solar. Para siempre.

—Aquí está el informe sobre los fnuls, señor —dijo la señorita Smith, asomándose por sobre el hombro del mayor Hauk. Con su mano libre sostenía la parte superior de su blusa contra sí misma en un gesto que indicaba tuberculosis avanzada o avanzada modestia. Los indicios indicaban que se trataba de esto último.

—Señorita Smith —se lamentó el mayor Hauk—, los fnuls están intentando dominar el Sistema Solar y me alcanza su expediente una mujer con un busto de ciento veinte centímetros. ¿No es un poquito esquizofrénico? Para mí, al menos.

Con cuidado, apartó sus ojos de la señorita Smith, recordando a su esposa y a los dos niños.

—Cúbrase un poco más de aquí en adelante —le dijo—. O póngase una faja. Quiero decir, por Dios, sea razonable, sea realista.

—Sí, Mayor —dijo la señorita Smith—. Pero le recuerdo que fui seleccionada al azar entre el personal disponible de la CIA. Yo no *pedí* ser su secretaria.

Con el capitán Lightfoot a su lado, el mayor Hauk desplegó los documentos que integraban el expediente sobre los fnuls.

En el Museo Smithsoniano había un inmenso fnul, de casi un metro de altura, disecado y preservado en un cubículo que representaba su hábitat natural. Durante años, los niños de las escuelas se asombraron ante este fnul, exhibido con una pistola que apuntaba a terráqueos inocentes. Cuando se presionaba un botón, los niños hacían que los terráqueos (no embalsamados, sino imitaciones) huyeran, tras lo cual el fnul los extinguía con su deslumbrante arma de energía solar... y la presentación retrocedía a la escena original, lista para repetirse una y otra vez.

El mayor Hauk había visto la demostración, y se había sentido inquieto. A los fnuls, como había declarado una y otra vez, no había que tomarlos en broma. Pero había algo en los fnuls que... oh, bien, el fnul era una forma de vida estúpida. Ésa era la base de todo. No importaba qué imitaba porque siempre conservaba su aspecto diminuto; un fnul parecía un obsequio promocional en la inauguración de un supermercado, junto a los globos y las orquídeas púrpuras. Sin duda, mascullaba el mayor Hauk, éste era un factor de supervivencia. Desarmaba a sus oponentes. Incluso el mismo nombre. No era posible tomarlos en serio, aunque en este mismo momento estuvieran infestando Provo, Utah, bajo la forma de diminutos vendedores inmobiliarios.

Hauk dio una instrucción:

–Capture un fnul con su aspecto actual, Lightfoot, tráigamelo y parlamentaremos. Esta vez siento que puedo llegar a capitular. Los estuve combatiendo durante veinte años. Estoy muy cansado.

–Si se enfrenta cara a cara con uno de ellos –advirtió Lightfoot–, podría imitarlo con éxito y ese sería el fin. Tendremos que incinerarlos a ambos, solo para estar bien seguros.

Sombríamente, Hauk dijo:

–Entonces estableceré una situación de contraseña con usted, Capitán. La palabra es *masticar*. La usaré en una oración... por ejemplo, "Tengo que masticar más completamente esta información". El fnul no lo advertirá, ¿correcto?

–Sí, Mayor –el capitán Lightfoot suspiró y dejó la oficina de la CIA de inmediato, apresurándose hacia la playa de helicópteros que estaba al otro lado de la calle, para iniciar su viaje a Provo, Utah.

Tuvo un presentimiento desagradable.

Cuando el helicóptero aterrizó al final del Cañón de Provo, cerca de los suburbios del poblado, se le acercó un hombre de poco más de medio metro vestido con un traje gris de negocios y cargando un portafolios.

–Buenos días, señor –dijo con voz aflautada el fnul–. ¿Le importaría mirar algunos terrenos que tenemos disponibles, todos con vistas panorámicas? Pueden subdividirse en...

–Entre en el helicóptero –dijo Lightfoot, apuntando al fnul con su revólver 45 del ejército.

–Escuche, amigo –dijo el fnul, con tono alegre–. Puedo darme cuenta de que realmente nunca ha tenido una idea clara sobre lo que significa el descenso de nuestra raza sobre su planeta. ¿Por qué no entramos en la oficina un momento y nos sentamos?

El fnul le indicó un pequeño edificio cercano en el cual Lightfoot pudo ver un escritorio y sillas. Sobre la oficina había un cartel:

PÁJARO MADRUGADOR
DESARROLLOS INMOBILIARIOS
INCORPORADA

–Al que madruga, Dios lo ayuda –declaró el fnul–. Y el botín es todo para el que gana, capitán Lightfoot. Por las leyes de la naturaleza, si pudimos arreglarnos para infestar su planeta y nos lo apropiamos en forma exclusiva, es que tenemos a todas las fuerzas de la evolución y la biología de nuestro lado.

El fnul irradiaba regocijo.

–Hay un Mayor de la CIA en Washington, D. C., que está interesado en usted –dijo Lightfoot.

–El mayor Hauk nos ha derrotado dos veces –admitió el fnul–. Lo respetamos. Pero es una voz gritando en el desierto, al menos en este país. Usted sabe perfectamente bien, Capitán, que el norteamericano promedio cuando ve esa exhibición en el Museo Smithsoniano todo lo que hace es sonreír de un modo tolerante. No es consciente de la *amenaza*.

A esa altura otros dos fnuls se habían aproximado, también con la forma de diminutos vendedores inmobiliarios con traje gris de negocios y llevando portafolios.

–Mira –le dijo uno al otro–. Charley capturó a un terráqueo.

–No –estuvo en desacuerdo su compañero–, el terráqueo lo capturó a él.

–Los tres, entren en el helicóptero de la CIA –ordenó Lightfoot, sacudiendo su revólver 45 ante ellos.

–Usted está cometiendo un error –dijo el primer fnul, sacudiendo la cabeza–. Pero es un hombre joven; madurará con el tiempo.

Caminó hacia el helicóptero. Luego, todos a la vez, se dieron vuelta y gritaron:

–*¡Muerte a los terráqueos!*

El portafolios del primer fnul cobró vida, una centella de pura energía solar gimió pasando cerca de la oreja derecha de Lightfoot. Éste apoyó una rodilla en tierra y apretó el gatillo de la .45; el fnul que estaba en la puerta del helicóptero cayó hacia adelante y se quedó quieto con el portafolios a su lado. Los otros dos fnuls observaron mientras Lightfoot, con cautela, pateaba el portafolios para alejarlo.

–Joven –dijo uno de los fnuls que quedaban–, pero con reflejos rápidos. ¿Viste la forma en que se arrodilló?

–Hay que tomar en serio a los terráqueos –reconoció el otro–. Tenemos una complicada batalla por delante.

–Mientras esté aquí –le dijo el primero de los fnuls a Lightfoot–, ¿por qué no instala un pequeño depósito en un excelente terreno baldío que tenemos disponible? Sería muy feliz si le pudiera echar una mirada. Con las conexiones de agua y electricidad disponibles a un muy pequeño costo adicional.

–Entren en el helicóptero –repitió Lightfoot, apuntándoles con su arma firmemente.

En Berlín, un *Oberstleutnant* de la SHD, la *Sicherheitsdienst* –el servicio de seguridad de la Alemania Occidental–, aproximándose a su oficial comandante, lo saludó al estilo romano, y le dijo:

–*General, die fnulen sind wieder zuruck. Was sollen wir jetz tun?*

–¿Los fnuls están *de regreso*? –dijo Hochflieger, horrorizado–. ¿Ya? Pero fue hace solo tres años que descubrimos su red y la erradicamos.

Poniéndose en pie de un salto el general Hochflieger marchó por su pequeña oficina transitoria en el sótano de la *bundesrat Gebaude*, con sus grandes manos tomadas detrás de la espalda.

–¿Y qué apariencia tienen esta vez? ¿Asesores ministeriales de Finanzas Domésticas, como en la otra ocasión?

–No, señor –dijo el *Oberstleutnant*–. Vinieron como inspectores laborales de la Volkswagen. Trajes marrones, anotadores, anteojos pequeños, de mediana edad. Irritables. Y, como antes, de unos sesenta centímetros de altura.

–Lo que detesto de los fnuls –dijo Hochfliege– es su salvaje uso de la ciencia al servicio de la destrucción, especialmente de sus técnicas médicas. Casi nos derrotan con esa infección virósica suspendida en el pegamento del reverso de las multicolores estampillas conmemorativas.

–Un arma peligrosa –agregó su subordinado–, pero en última instancia demasiado fantástica para que tuviera éxito. Esta vez probablemente cuenten con una fuerza de choque combinada con un horario absolutamente sincronizado.

–*Selbsverstandlich* –agregó Hochflieger–. Pero sin embargo pudimos reaccionar y combatirlos. Informa a la Terpol –esa era la organización terráquea de contrainteligencia con sede en la Luna–. Específicamente, ¿dónde fueron detectados?

–Hasta ahora, solo en Schweinfurt.
–Tal vez deberíamos destruir la zona de Schweinfurt.
–Aparecerán en algún otro lugar.
–Es verdad –caviló Hochflieger–. Lo que debemos hacer es llevar adelante la Operación *Hundefutter* hasta su culminación con éxito.

Hundefutter había desarrollado para el gobierno de Alemania Occidental una subespecie de terráqueos de sesenta centímetros capaces de asumir una gran variedad de formas. Se usaron para penetrar en las redes de actividad fnul y destruirlas desde dentro. *Hundefutter*, financiado por la familia Krupp, estaba preparado para un momento como ése.

–Activaré el *Kommando Einsatzgruppe II* –dijo su subordinado–. Como contra-fnuls pueden comenzar a caer inmediatamente detrás de las líneas fnuls cerca del área de Schweinfurt. Hacia la noche la situación debería estar en nuestras manos.

–*Gruss Gott* –rogó Hochflieger, asintiendo–. Bien, pongamos en marcha el *kommando*, y mantengamos los ojos bien abiertos para ver cómo van las cosas.

Si fracasaba, comprendía, tendrían que tomarse medidas más desesperadas.

La supervivencia de nuestra raza está en juego, se dijo Hochflieger. Los siguientes cuatro mil años de historia podrían ser determinados por un acto de valentía de un miembro de la SHD. Tal vez yo mismo.

Continuó caminando, meditando en eso.

En Varsovia, el jefe local de la Agencia Protectora para Preservar el Proceso Democrático Popular –la NNBNDL– leyó varias veces el despacho codificado mientras permanecía sentado ante su escritorio bebiendo té y comiendo los restos de las rosquillas y el jamón polaco del desayuno. Esta vez imitaban a ajedrecistas, se dijo Serge Nicov. Y cada fnul hacía uso de la apertura del peón de la reina, PD a P3D... una apertura frágil, reflexionó, especialmente contra PR a P4R, incluso si llevaban las blancas. Pero...

Seguía siendo una situación potencialmente peligrosa.

En una hoja de papelería oficial escribió *buscar entre los ajedrecistas que recurren a la apertura del peón de la reina*. Para el Equipo de Fortalecimiento de Renovación de Bosques, decidió. Los fnuls eran pequeños, pero podían plantar árboles... tenemos que encontrarles algún uso. Semillas; podían plantar semillas de girasol para nuestro programa de renovación de aceite vegetal en la tundra.

Un año de duro trabajo físico, decidió, y lo pensarán dos veces antes de intentar invadir la Tierra otra vez.

Por otro lado, podríamos llegar a un acuerdo con ellos, ofrecerles una alternativa para fortalecer la actividad de renovación de bosques. Podrían ingresar al ejército como una brigada especial y ser utilizados en Chile, en las montañas escarpadas. Con solo sesenta centímetros de altura, se podrían meter muchos en un único submarino nuclear para transportarlos. Pero, ¿se podría confiar en los fnuls?

Lo que más odiaba de los fnuls –y había llegado a conocerlos bien durante sus anteriores invasiones a la Tierra– era su falsedad. La última vez habían tomado la forma física de una compañía de bailarines étnicos... y qué bailarines habían resultado ser. Masacraron a un público entero en Leningrado antes de que alguien pudiera intervenir: hombres, mujeres y niños muertos en el acto por armas de ingenioso diseño y sólida aunque monótona construcción que habían disimulando como instrumentos folclóricos de cinco cuerdas.

Nunca podría suceder otra vez; ahora todas las naciones democráticas estaban alertas; se han conformado grupos juveniles especiales para vigilar. Pero algo nuevo –como estos engañosos jugadores de ajedrez– también podía tener éxito, especialmente en los pequeños poblados de las repúblicas orientales, donde los ajedrecistas eran recibidos con entusiasmo.

De un compartimiento oculto en su escritorio, Serge Nicov extrajo el teléfono especial sin dial, tomó el receptor y dijo en la bocina:

–Los fnuls están de regreso, en una zona al norte del Cáucaso. Lo mejor será conseguir tantos tanques como sea posible y alinearlos para interceptar su avance cuando intenten extenderse. Primero hay que contenerlos y luego atacar directamente sus centros, dividiéndolos una y otra vez en partes hasta que estén dispersos y se pueda tratar con ellos en pequeños grupos.

–Sí, oficial político Nicov.

Serge Nicov cortó la comunicación y volvió a comer los –ahora fríos– restos del desayuno.

Mientras el capitán Lightfoot piloteaba el helicóptero de regreso a Washington, D. C., uno de los fnuls capturados dijo:

–¿Por qué, no importa qué imitemos, ustedes los terráqueos siempre nos descubren? Aparecimos en su planeta como empleados de estaciones de servicio, inspectores laborales de Volkswagen, campeones de ajedrez, cantantes folclóricos con instrumentos nativos, oficiales menores del gobierno y ahora vendedores inmobiliarios...

–Es por su tamaño –dijo Lightfoot.

–Ese concepto no significa nada para nosotros.

–¡Es que solo tienen sesenta centímetros de altura!

Los dos fnuls conferenciaron, y entonces el otro fnul explicó pacientemente:

–Pero el tamaño es relativo. Tenemos absolutamente todas las cualidades de los terráqueos metidas en nuestros cuerpos provisorios, y de acuerdo a una lógica obvia...

—Mire —dijo Lightfoot—, párese junto a mí.

El fnul, con su traje gris de negocios, cargando con su portafolios, se levantó con cautela y se paró junto a él.

—Solo llegan hasta un poco por encima de mis rodillas —señaló Lightfoot—. Yo mido un metro con ochenta centímetros de altura. Ustedes miden solo un tercio de eso. Entre un grupo de terráqueos ustedes sobresalen como un huevo en un frasco de conservas kosher.

—¿Es eso lo que dicen? —preguntó el fnul—. Será mejor que lo anote.

Del bolsillo de su saco extrajo una pequeña lapicera a bolilla no más grande que un fósforo.

—Huevo en una conserva. Encantador. Espero que, cuando hayamos exterminado a su civilización, algunas de sus costumbres étnicas se conserven en nuestros museos.

—Yo también así lo espero —dijo Lightfoot, encendiendo un cigarrillo.

—Me pregunto si hay alguna forma para que nos podamos hacer más altos —dijo el otro fnul, reflexionando—. ¿Es un secreto racial preservado por su pueblo?

Notando el cigarrillo encendido que colgaba entre los labios de Lightfoot, el fnul dijo:

—¿Es de esa manera cómo alcanzan una altura antinatural? ¿Encendiendo esa vara de fibras vegetales comprimidas y resecas e inhalando el humo?

—Sí —dijo Lightfoot, extendiéndole el cigarrillo al fnul de sesenta centímetros de altura—. Ése es nuestro secreto. Uno crece si fuma cigarrillos. Tenemos a toda nuestra progenie, especialmente a los adolescentes, fumando. Sobre todo los jóvenes.

—Voy a intentarlo —le dijo el fnul a su compañero. Poniéndose el cigarrillo entre los labios, inhaló profundamente.

Lightfoot parpadeó. Porque el fnul tenía ahora un metro con veinte centímetros de altura; su compañero lo imitó instantáneamente; los fnuls eran el doble de altos que antes. Increíblemente fumar el cigarrillo había aumentado la altura de los fnuls en sesenta centímetros.

—Gracias —le dijo a Lightfoot el vendedor inmobiliario ahora con más de un metro, con una voz mucho más profunda—. Hemos dado un paso gigantesco, ¿no es cierto?

—Devuélvanme mi cigarrillo —dijo Lightfoot nerviosamente.

En su oficina en el edificio de la CIA, el mayor Julius Hauk presionó un botón en su escritorio, y la señorita Smith, siempre alerta, abrió la puerta y entró en la habitación, con el anotador en la mano.

—Señorita Smith —dijo el mayor Hauk—, el capitán Lightfoot está lejos. Ahora puedo decírselo. Esta vez los fnuls van a ganar. Como oficial a cargo de combatirlos, estoy por dar la lucha por perdida y bajar al refugio a prueba de bombas para situaciones desesperadas como ésta.

—Lamento escuchar eso, señor —dijo la señorita Smith, con sus largas pestañas aleteando—. Disfruté mucho trabajando con usted.

—Yo también —explicó Hauk—. *Todos* los terráqueos seremos exterminados; nuestro combate es a lo ancho y a lo largo de todo el planeta.

Abriendo un cajón de su escritorio extrajo una botella sin abrir del escocés Bullock & Lade que le habían regalado para un cumpleaños.

—Primero voy a terminar este escocés B & L —le informó a la señorita Smith—. ¿Quiere acompañarme?

—No, gracias, señor —dijo la señorita Smith—. Me temo que no bebo, al menos durante las horas del día.

El mayor Hauk bebió durante un momento de un vaso de papel, luego probó un poco más de la botella solo para estar seguro de que era escocés hasta el fondo. Por fin apoyó la botella y dijo:

–Es difícil creer que unas criaturas no más grandes que gatos domésticos nos pueden poner de espaldas contra la pared –le hizo una cortés inclinación de cabeza a la señorita Smith–. Me marcho al refugio subterráneo de concreto a prueba de bombas, donde espero sobrevivir al colapso general de la vida tal como la conocemos.

–Me parece muy bien por usted, mayor Hauk –dijo la señorita Smith, un poco incómoda–. Pero, ¿usted... usted va a *dejarme* aquí para que me capturen los fnuls? Quiero decir...

Sus prominentes y puntiagudos pechos palpitaban al unísono bajo su blusa.

–Parece un poco mezquino.

–No tiene nada que temer de los fnuls, señorita Smith –dijo el mayor Hauk–. Después de todo, tienen poco más de medio metro de altura... –Hizo un gesto–. Incluso una joven neurótica podría, sin mucho esfuerzo... –Rió–. De verdad.

–Pero es una sensación terrible –dijo la señorita Smith– ser abandonada frente a lo que sabemos que es un enemigo antinatural de otro planeta.

–Si usted lo dice –dijo pensativamente el mayor Hauk–, tal vez quebrante una larga serie de rígidas normas de la CIA y le permita bajar tras el escudo conmigo.

Dejando de lado el anotador y la lapicera y lanzándose sobre él, la señorita Smith se exaltó.

–¡Oh, Mayor, cómo puedo agradecérselo!

–Solo salgamos de aquí –dijo el mayor Hauk, abandonando en su apuro la botella de escocés B & L, siendo la situación lo que era.

La señorita Smith se colgó de él mientras el Mayor hacía su inestable recorrido por el corredor hasta el ascensor.

–Maldito sea ese escocés –murmuró él–. Señorita Smith, Vivian, fue sabia al no tocarlo. Dado la reacción córticotalámica que todos experimentamos ante el peligro de los fnuls, el escocés no es el bálsamo benéfico que suele ser.

—Aquí —dijo su secretaria, deslizándose bajo su brazo para ayudarlo a que se mantuviera en pie mientras esperaban el ascensor—. Intente mantenerse en pie, Mayor. No tardaremos mucho.

—Ésa es la cuestión —estuvo de acuerdo el mayor Hauk—. Vivian, querida.

Por fin llegó el ascensor. Era del tipo semiautomático.

—Usted es en verdad muy amable conmigo —dijo la señorita Smith mientras el Mayor presionaba el botón apropiado y el ascensor comenzaba a descender.

—Bien, puedo prolongar su vida —estuvo de acuerdo el mayor Hauk—. Por supuesto que tan lejos de la superficie... la temperatura promedio es mucho mayor que la de la superficie terrestre. Como en el pozo de una mina, estaremos a cientos de metros del exterior.

—Pero al menos estaremos vivos —señaló la señorita Smith.

El mayor Hauk se quitó el saco y la corbata.

—Preparémonos para un calor húmedo —le dijo—. Tal vez le convenga quitarse el abrigo.

—Sí —dijo la señorita Smith, permitiéndole que de una manera muy cortés le retirara el abrigo.

El ascensor llegó al refugio. No había nadie ante sus ojos, afortunadamente; todo el refugio era para ellos solos.

—*Hay* una ventilación muy mala aquí abajo —dijo la señorita Smith mientras el mayor Hauk encendía una mortecina luz amarilla—. Oh, querido —En la penumbra se llevó algo por delante. —Aquí es tan difícil ver. —Otra vez se llevó por delante algún objeto; esta vez casi se cae—. ¿No deberíamos tener más luz, Mayor?

—¿Qué? ¿Y atraer a los fnuls?

En la oscuridad, el mayor Hauk tanteó hasta que la localizó; la señorita Smith se había caído sobre una de las muchas literas del refugio y estaba tanteando en busca de su zapato.

–Creo que se me rompió el taco del zapato –dijo la señorita Smith.

–Bien, al menos todavía está con vida –dijo el mayor Hauk–. Ni más ni menos.

En la penumbra comenzó a ayudarla a sacarse el otro zapato, ahora inútil.

–¿Cuánto tiempo estaremos aquí abajo? –preguntó la señorita Smith.

–Mientras los fnuls estén a cargo de la situación –le informó el mayor Hauk–. Sería mejor que se pusiera un traje a prueba de radiación por si los salvajes extraterrestres intentan arrojar bombas H sobre la Casa Blanca. Así que tomaré su blusa y su chaqueta... tiene que haber trajes por algún lado.

–Usted es tan amable conmigo –suspiró la señorita Smith mientras le tendía la blusa y la chaqueta–. No lo olvidaré.

–Creo –dijo el mayor Hauk– que cambié de opinión y regresaré arriba por el escocés; estaremos aquí abajo más tiempo de lo que pensaba y necesitaremos algo así para que la soledad no arruine nuestros nervios. Quédese aquí.

Comenzó a tantear su camino hacia el ascensor.

–No tarde mucho –dijo la señorita Smith con ansiedad detrás de él–. Me siento terriblemente expuesta y desprotegida aquí abajo sola, y lo que es peor, parece que no puedo encontrar los trajes a prueba de radiación de los que habló.

–Pronto estaré de vuelta –prometió el mayor Hauk.

En la playa opuesta al edificio de la CIA, el capitán Lightfoot aterrizó el helicóptero con los dos fnuls capturados a bordo.

–Muévanse –les ordenó, hundiendo la boca de su revólver 45 de servicio entre sus pequeñas costillas.

—Es porque es más grande que nosotros, Len —le dijo uno de los fnuls al otro—. Si tuviéramos el mismo tamaño no se atrevería a amenazarnos de esta manera. Pero ahora comprendemos, finalmente, la naturaleza de la superioridad de los terráqueos.

—Sí —dijo el otro fnul—. Tras veinte años el misterio ha sido resuelto.

—Una altura de un metro con veinte centímetros todavía da una apariencia sospechosa —dijo el capitán Lightfoot, pero estaba meditando. Si podían crecer de los sesenta centímetros al metro con veinte en un instante, solo por fumar un cigarrillo, ¿qué los detendría para no crecer sesenta centímetros más? Entonces tendrían un metro con ochenta y su apariencia sería exactamente como la nuestra.

Y todo eso por mi culpa, se dijo miserablemente.

El mayor Hauk me destruirá, mi carrera al menos, si no mi persona.

De cualquier modo, continuaría como mejor pudiera; la famosa tradición de la CIA lo exigía.

—Los voy a llevar directamente con el mayor Hauk —le dijo a los dos fnuls—. Él sabrá qué hacer con ustedes.

Cuando alcanzaron la oficina del mayor Hauk, allí no había nadie.

—Esto es extraño —dijo el capitán Lightfoot.

—El mayor Hauk se ha batido en una apresurada retirada —dijo uno de los fnuls—. ¿Esa gran botella ámbar no indica algo?

—Es una botella de escocés —dijo Lightfoot, examinándola—. Y no indica nada. De todos modos —le removió la tapa—, probaré su contenido. Solo para estar seguro.

Después de probarlo descubrió que lo observaban intensamente los dos fnuls.

—Esto es lo que los terráqueos consideramos bebida

–explicó Lightfoot–. A ustedes les caerá mal.

–Posiblemente –dijo uno de los fnuls–, pero mientras usted estaba bebiendo le sacamos su revólver 45 de servicio. Arriba las manos.

Lightfoot, de mala gana, levantó las manos.

–Denos esa botella –dijo el fnul–. Y déjenos probarlo a nosotros; no nos negamos a nada. En realidad, la cultura terráquea está abierta ante nosotros.

–Beber los destruirá –dijo Lightfoot desesperadamente.

–¿Cómo lo hizo la vara de sustancia vegetal reseca? –dijo el más cercano de los fnuls con desprecio.

Él y su compañero vaciaron la botella mientras Lightfoot observaba.

Con absoluta seguridad, los fnuls ahora medían un metro con ochenta centímetros. Y, estaba seguro, en todos los lugares del mundo los fnuls estaban alcanzando una altura semejante. Por ese motivo la invasión de los fnuls esta vez sería exitosa. Había destruido a la Tierra.

–Salud –dijo el primer fnul.

–¡Fondo blanco! –dijo el otro–. Suenen las campanas.

Estudiaron a Lightfoot.

–Se ha reducido hasta nuestro tamaño.

–No, Len –aclaró el otro–. Nos hemos estirado hasta el suyo.

–Entonces por fin somos todos iguales –dijo Len–. Tuvimos éxito. La defensa mágica de los terráqueos, su tamaño antinatural, finalmente fue vencida.

En ese momento dijo una voz:

–Arrojen el revólver 45.

Y el mayor Hauk ingresó caminando en la habitación detrás de los fnuls completamente borrachos.

–Bien, tenemos mala suerte –murmuró el primero de los fnuls–. Mira, Len, es el responsable de nuestras anteriores derrotas.

–Y es pequeño –dijo Len–. Pequeño, como nosotros. Ahora somos todos pequeños. Quiero decir, somos todos inmensos; maldita sea, es lo mismo. De cualquier modo somos todos iguales.

Se tambaleó hacia el mayor Hauk.

El mayor Hauk disparó. Y el fnul llamado Len cayó. Estaba absoluta e innegablemente muerto. Quedaba solo uno de los fnuls capturados.

–Edgar, han crecido de tamaño –dijo el mayor Hauk, pálido–. ¿Por qué?

–Es culpa mía –admitió Lightfoot–. La primera causa fue el cigarrillo, la segunda el escocés... su escocés, Mayor, el que le dio su esposa para su último cumpleaños. Reconozco que al ser ahora del mismo tamaño que nosotros se hace imposible distinguirlos... pero considere esto, señor. *¿Qué pasaría si crecieran una vez más?*

–Comprendo tu idea con claridad –dijo el mayor Hauk, tras una pausa–. Si midieran casi dos metros y medio, los fnuls serían tan llamativos como lo eran cuando...

El fnul capturado hizo un intento de liberarse.

El mayor Hauk disparó, hacia abajo, pero era demasiado tarde; el fnul ya estaba en el corredor y se dirigía hacia el ascensor.

–¡Atrápelo! –gritó el mayor Hauk.

El fnul alcanzó el ascensor y sin vacilar apretó el botón; algún fnuliano conocimiento extraterrestre guió su mano.

–Se está escapando –chilló Lightfoot.

Había llegado el ascensor.

–Va a bajar al refugio a prueba de bombas –vociferó el mayor Hauk con decepción.

–Bien –dijo severamente Lightfoot–. Podremos capturarlo sin mayores problemas.

–Sí, pero... –El mayor Hauk comenzó y luego se interrumpió–. Está en lo correcto, Lightfoot; debemos capturarlo. Si de algún modo llegara a la calle se asemejaría a cualquier hombre con un traje gris de negocios cargando un portafolios.

—¿Cómo podemos hacer que vuelva a crecer? —dijo Lightfoot mientras él y el mayor Hauk descendían por la escalera—. Un cigarrillo lo comenzó, luego el escocés... ambas cosas eran algo nuevo para los fnuls. ¿Qué podría completar su crecimiento, llevándolos a una llamativa altura de dos metros y medio?

Mientras se lanzaba cada vez más abajo se estrujaba el cerebro, hasta que por fin apareció ante ellos la entrada de concreto y acero del refugio.

El fnul ya estaba en el interior.

—Es, eh, la señorita Smith a la que escucha gritar —admitió el mayor Hauk—. Ella estaba, o más bien en realidad, nosotros estábamos... bien, estábamos refugiándonos de la invasión aquí abajo.

Apoyando su peso contra la puerta, Lightfoot la abrió hacia un lado.

La señorita Smith los vio y corrió hacia ellos, cojeando, y un segundo más tarde colgaba de los dos hombres, ahora a salvo del fnul.

—Gracias a Dios —dijo entrecortadamente—. No me di cuenta de lo que era hasta que... —se estremeció.

—Mayor —dijo el capitán Lightfoot—, creo que hemos dado con eso.

—Capitán, busque las ropas de la señorita Smith, yo me haré cargo del fnul. Ya no habrá problemas —dijo con rapidez el mayor Hauk.

El fnul, de dos metros y medio de altura, se acercó lentamente a ellos, con las manos levantadas.

(1964)

No por su cubierta

–No quiero verlo, señorita Handy –dijo con irritación el avejentado y malhumorado presidente de Libros Obelisco–. El libro ya está en imprenta; si hay un error en el texto ya no podemos hacer nada sobre el tema.

–Pero, señor Masters –dijo la señorita Handy–, es un error muy importante. *Si* él está en lo correcto. El señor Brandice afirma que el capítulo entero...

–Leí su carta; también hablé con él por videófono. Sé lo que dice.

Masters caminó hasta la ventana de su oficina, observando de mal humor la árida superficie de Marte, maltratada por los cráteres, que había contemplado durante tantas décadas. *Cinco mil ejemplares impresos y encuadernados*, pensó. *Y la mitad en piel de wub marciano estampado en dorado. El material más elegante y caro que pudieron encontrar. Ya estábamos perdiendo dinero con la edición, y ahora esto.*

Sobre su escritorio había un ejemplar del libro. *De Rerum Natura* de Lucrecio, en la elegante y noble traducción de John Dryden. Con irritación, Barney Masters volvió las brillantes páginas blancas. ¿Quién se imaginaría que alguien en Marte conocería un texto antiguo tan bien?, reflexionó. Y el hombre que esperaba en la antesala era solo uno de los ocho que habían escrito o llamado a Libros Obelisco por el discutido pasaje.

¿Discutido? No había discusión; los ocho académicos

en latín estaban en lo correcto. Simplemente era una cuestión de lograr que se fueran sin hacer ruido, olvidando incluso que habían leído la edición de Obelisco y encontrado el pasaje estropeado en cuestión.

–Muy bien, que pase –le dijo Masters a su recepcionista, presionando el botón del intercomunicador de su escritorio. De lo contrario, el hombre nunca se iría; era la clase de personas que se quedaría esperando afuera. Los académicos generalmente son así; tienen una paciencia infinita.

La puerta se abrió y un hombre alto de pelo gris, con anteojos pasados de moda al estilo terrestre, se acercó, portafolios en mano:

–Gracias, señor Masters –dijo, ingresando–. Déjeme explicarle, señor, por qué mi organización considera semejante error algo tan importante.

Se sentó ante el escritorio, abriendo enérgicamente el portafolios.

–Después de todo, estamos en un planeta colonizado. Todos nuestros valores, costumbres, artefactos y tradiciones provienen de la Tierra. GuaDAF considera que la impresión de este libro...

–¿GuaDAF? –interrumpió Masters. Nunca había escuchado sobre ello, pero aun así gruñó. Obviamente, uno de los muchos grupos de vigilancia que controlaban todo lo impreso, todo lo que surgía localmente en Marte o llegaba de la Tierra.

–Guardianes de las Distorsiones y Artefactos Fraguados –explicó Brandice–. Traje conmigo una edición terrestre, auténtica y correcta, de *De Rerum Natura*, la traducción de Dryden, la misma de su edición local.

Su énfasis sobre *local* hizo que sonara vil y de poca calidad, como si, caviló Masters, Libros Obelisco estuviera haciendo algo deshonesto.

–Consideremos las interpolaciones que no son auténtcas. Primero debería examinar mi ejemplar... –depositó un ejemplar envejecido y deteriorado de la edición terrestre abierto sobre el escritorio de Masters– ...en el cual aparece correctamente. Y luego, señor, un ejemplar de su propia edición; el mismo pasaje.

Junto al antiguo libro azul dejó uno de los grandes y hermosos ejemplares en piel de wub que había publicado Libros Obelisco.

–Permítame llamar al responsable de la edición –dijo Masters. Presionando el botón del intercomunicador, le dijo a la señorita Handy–: Pídale a Jack Snead que venga, por favor.

–Sí, señor Masters.

–Citando la edición auténtica –dijo Brandice–, obtenemos un efecto métrico del latín como sigue. Ejem –aclaró su garganta, luego comenzó a leer en voz alta.

"De la sensación de pesar y dolor seremos liberados;
no sentiremos, porque no seremos.
Aunque la tierra en los mares, y los mares en el cielo
estén perdidos,
No nos moveremos, solo seremos suprimidos."

–Conozco el pasaje –dijo Masters cortante, sintiéndose molesto; el hombre le leía como si fuera un niño.

–Este cuarteto –dijo Brandice– está ausente de su edición, y el siguiente cuarteto espurio (Dios sabe de qué origen) aparece en su lugar. Permítame.

Tomando la suntuosa copia de Obelisco encuadernada en piel de wub, la hojeó, lo encontró, y leyó:

"De la sensación de pesar y dolor seremos liberados;
Lo que ningún hombre nacido en la Tierra puede
calificar ni ver;
Una vez muertos, sondeamos mares por encima de
este mar:

*Nuestras penurias sobre la tierra anuncian una
dicha sin fin."*

Contemplando con atención a Masters, Brandice cerró ruidosamente el ejemplar encuadernado en piel de wub.

–Lo más molesto –dijo Brandice– es que este cuarteto predica un mensaje completamente opuesto al del libro entero. ¿De dónde proviene? *Alguien* lo escribió; Dryden no lo hizo... Lucrecio tampoco.

Miró fijamente a Masters como si pensara que él personalmente lo había hecho.

La puerta de la oficina se abrió y entró el responsable de la edición, Jack Snead.

–Está en lo correcto... –dijo con resignación a su superior–. Y ésa es solo una alteración en el texto entre más de treinta; he estado examinando la cuestión, desde que comenzaron a llegar las cartas. Y ahora estoy revisando otros títulos recientes del catálogo de nuestra lista de otoño –agregó, gruñendo–. Encontré alteraciones en varios libros.

–Eras el último corrector de pruebas antes de que fueran a imprenta –dijo Masters–. ¿No había errores entonces?

–Absolutamente ninguno –dijo Snead–. Yo revisé las pruebas de galera personalmente; los cambios no estaban en las galeras, tampoco. Los cambios no aparecen hasta las copias finales encuadernadas... y esto no tiene ningún sentido. O más específicamente, las encuadernadas en dorado y piel de wub. Los ejemplares corrientes... están bien.

Masters parpadeó.

–Pero todos son de la misma edición. Van a prensa juntos. En realidad no teníamos planeado originalmente una edición exclusiva, de lujo; fue solo a último minuto que lo hablamos y la oficina comercial sugirió que la mitad de la edición se ofreciera en piel de wub.

–Creo –dijo Jack Snead– que vamos a tener que examinar con más detenimiento la cuestión de la piel de wub marciano.

Una hora más tarde, el avejentado y tembloroso Masters, acompañado por el editor Jack Snead, se sentó frente a Luther Saperstein, agente comercial de la firma procuradora de piel Intachable, Incorporada; de ella, Libros Obelisco obtenía la piel de wub con la cual encuadernaban sus libros.

–Antes que nada –dijo Masters en un tono profesional y cortante–, ¿qué es la piel de wub?

–Básicamente –dijo Saperstein–, en el sentido en el que está haciendo la pregunta, es el pelaje del wub marciano. Sé que eso no les dice mucho, caballeros, pero al menos es un punto de referencia, un postulado sobre el cual todos podemos estar de acuerdo, donde podemos comenzar a construir algo más concreto. Para ser más útil, déjenme que les explique la naturaleza del wub mismo. La piel es cara porque, entre otras razones, es rara. La piel de wub es rara porque un wub muere muy de vez en cuando. Lo que quiero decir es que es casi imposible matar a un wub, incluso a uno enfermo o anciano. E incluso si un wub es asesinado, la piel sigue viva. De esa cualidad surge su valor único para la decoración del hogar o, como en su caso, para la encuadernación de libros destinados a perdurar.

Masters suspiró, miró distraídamente por la ventana mientras Saperstein hablaba con monotonía. Junto a él, el corrector de ejemplares tomaba unas breves notas crípticas, con una expresión sombría sobre el rostro enérgico y juvenil.

–Lo que nosotros les suministramos –dijo Saperstein–, cuando ustedes vinieron a nosotros (y recuerdo eso: ustedes vinieron a nosotros; no los buscamos) consistió en pieles selectas y perfectas de nuestro inventario. Estas pieles vivientes brillan con un lustre único; nada se les asemeja en Marte o en la Tierra. Si se desgarra o raspa, se repara a sí misma. Crece, a lo largo de meses, una piel más y más lujosa, haciendo que las tapas de sus libros sean cada vez más lujosas, y por lo tanto con más demanda. En diez años, la calidad de estos libros encuadernados en piel de wub...

–Entonces la piel todavía está viva –dijo Snead, interrumpiendo–. Interesante. Y el wub, como usted dice, es tan hábil que es virtualmente imposible matarlo.

Le echó una breve mirada a Masters:

–Cada una de las treinta y tantas alteraciones efectuadas en los textos de nuestros libros tienen que ver con la inmortalidad. La revisión de Lucrecio es típica; el texto original predica que el hombre es transitorio, que incluso si sobrevive después de la muerte esto no importa porque ya no tendrá recuerdos de su existencia aquí. En su lugar, el nuevo pasaje habla sobre un futuro de la vida sostenido sobre ésta; digamos, una completa contradicción con la filosofía entera de Lucrecio. Comprende ante lo que estamos, ¿no? La filosofía del maldito wub sobreimpresa a la de varios autores. Es eso; comienzo y fin.

Se interrumpió, y volvió a hacer anotaciones, en silencio.

–¿Cómo puede una piel –preguntó Masters–, incluso una piel viva eternamente, ejercer influencia sobre los contenidos de un libro? Un texto ya impreso: las páginas refiladas, los folios encolados y cosidos... va en contra de la razón. Incluso *si* la encuadernación, la maldita piel, está realmente viva, no puedo creerlo.

Observó a Saperstein.

–Si vive, ¿de qué vive?

–De minúsculas partículas de sustancias alimenticias suspendidas en la atmósfera –dijo Saperstein, suavemente.

Poniéndose de pie, Masters dijo:

–Vamos. Esto es ridículo.

–Inhala las partículas a través de los poros –dijo Saperstein. Su tono era digno, incluso reprobador.

Estudiando sus notas, sin seguir la línea de su patrón, Jack Snead dijo pensativo:

–Algunas de las correcciones son fascinantes. Varían de una oposición completa al pasaje original (y el sentido del autor), como en el caso de Lucrecio, hasta correcciones muy sutiles, casi invisibles (si esa es la palabra) en los textos que están más de acuerdo con la doctrina de la vida eterna. La verdadera pregunta es ésta: ¿estamos enfrentándonos con la opinión de una forma de vida particular, *o el wub sabe sobre lo que está hablando*? El poema de Lucrecio, por ejemplo; es muy grande, muy hermoso, muy interesante... como poesía. Pero como filosofía, tal vez esté equivocado. No lo sé. No es mi trabajo; simplemente edito libros, no los escribo. Lo último que debe hacer un editor es editorializar, por sí mismo, en el texto del autor. Pero eso es lo que el wub, o cualquier cosa en la piel del wub, está haciendo.

Luego se quedó en silencio.

–Me interesaría saber si agregaron algo de valor –dijo Saperstein.

–¿Poéticamente? ¿O quiere decir filosóficamente? Desde la poética o la literatura, el punto de vista estilístico de sus interpolaciones no son mejores ni peores que los originales; se las compone para mezclarse con el del autor lo suficientemente bien como para que no se note –agregó cavilando–. Nunca se sabría que es la piel la que está hablando.

–Quiero decir desde un punto de vista filosófico.

–Bien, siempre es el mismo mensaje que se repite monótonamente. No hay muerte. Vamos a dormir; despertaremos... en una vida mejor. Es lo que hizo con *De Rerum*

Natura; es típico. Si lo ha leído aquí ya lo ha leído todo.

–Sería un experimento interesante –dijo Masters pensativo–, encuadernar un ejemplar de la Biblia con eso.

–Lo hice –dijo Snead.

–¿Y?

–Por supuesto no pude tomarme el tiempo para leerla toda. Pero le eché una hojeada a las Epístolas de Pablo a los Corintios. Había solo un cambio. El pasaje que comienza "He aquí, os digo un misterio..." aparece todo en mayúsculas. Y repite las líneas: "¿Dónde está, oh muerte, tu aguijón? ¿Dónde, oh sepulcro, tu victoria?" diez veces seguidas; las diez veces completamente en mayúsculas –dijo, después, pesando cada palabra–: Ésta es, básicamente, una disputa teológica... entre el público lector y el pellejo de un animal marciano que parece la mezcla entre un puerco y una vaca. Qué extraño.

Luego regresó a sus notas otra vez.

–¿Cree que el wub tiene información interior o no? –dijo Masters, después de una pausa solemne–. Como dijo, puede que no sea solo la opinión de un animal particular que ha evitado la muerte con éxito; puede ser la verdad.

–Lo que se me ocurre –dijo Snead– es esto. El wub no solo ha aprendido a evitar la muerte; hace realmente lo que predica. Es matado, es desollado, y su piel, todavía viva, es convertida en parte de algunos libros, ha conquistado la muerte. Sigue viviendo. En lo que parece considerar como una vida mejor. No solo tratamos con una forma local de vida con opinión; estamos tratando con un organismo que ya ha hecho algo en lo que nosotros todavía dudamos. Seguro que lo sabe. Es una confirmación viviente de su propia doctrina. Los hechos hablan por sí mismos. Tiendo a creerle.

–Tal vez la vida continúa para *él* –Masters estuvo en desacuerdo–, pero eso no quiere decir necesariamente que para nosotros también. El wub, como señala el señor Saperstein, es único. La piel de ninguna otra forma de vida de Marte, de la Luna o de la Tierra continúa viviendo, absorbiendo la vida de partículas microscópicas en suspensión en la atmósfera. Solo porque *él* puede hacerlo...

—Es una lástima que no podamos comunicarnos con el pellejo del wub —dijo Saperstein—. Lo intentamos, aquí en Intocable, desde que notamos el hecho de su supervivencia postmortem. Pero nunca encontramos la forma.

—Pero en Obelisco lo hicimos —señaló Snead—. De hecho, ya intenté un experimento. Imprimí un texto de una oración, una simple línea: "El wub, a diferencia de cualquier otra criatura viva, es inmortal". Luego lo encuaderné en piel de wub; entonces lo leí otra vez. Había cambiado. Aquí, —le pasó un delgado libro, generosamente encuadernado, a Masters—. Lea cómo quedó ahora.

Masters leyó en voz alta:

—"El wub, como cualquier otra criatura viva, es inmortal." Bien, todo lo que hizo fue reemplazar tres palabras por una —dijo, devolviendo el ejemplar a Snead—; no es un gran cambio.

—Pero desde el punto de vista del significado —dijo Snead—, es una bomba. Hemos conseguido una respuesta sobre qué hay más allá de la tumba... por así decir. Quiero decir, enfrentémoslo; la piel del wub está técnicamente muerta porque el wub está muerto. Esto está terriblemente cerca de proveernos una verificación indiscutible de la supervivencia de la vida inteligente después de la muerte.

—Por supuesto que hay algo —dijo Saperstein vacilante—. Odio decirlo; no sé en qué se relaciona con todo esto. Pero el wub marciano, más allá de su inusual, incluso milagrosa habilidad para preservarse a sí mismo, es desde un punto de vista mental una criatura estúpida. La zarigüeya terrestre, por ejemplo, tiene un tercio del cerebro de un gato. El wub tiene un cerebro de una quinta parte de una zarigüeya.

Parecía deprimido.

—Bien —dijo Snead—, la Biblia dice "los últimos serán los primeros"; probablemente los humildes wub estén incluidos en esta declaración; esperemos que sea así.

—¿Usted *desea* la vida eterna? —dijo Masters, mirándolo con atención.

—Seguro —dijo Snead—. Todos lo hacemos.

—Yo no —dijo Masters con decisión—. Tengo suficientes problemas ahora. Lo último que deseo es vivir como encuadernación de un libro... o en cualquier cosa que esté de moda.

Pero en su interior comenzó a vacilar silenciosamente. De un modo diferente. De un modo muy diferente, en realidad.

—Suena como algo que le gustaría a un wub —reconoció Saperstein—. Ser la encuadernación de un libro. Yacer allí supino, en un estante, año tras año, inhalando minúsculas partículas del aire. Y presumiblemente meditando. O cualquier cosa que hagan los wub después de muertos.

—Piensan en teología —dijo Snead—. Oran.

Se dirigió a su jefe:

—Supongo que ya no encuadernaremos libros en piel de wub.

—No con propósitos comerciales —agregó Masters—. No para vender. Pero...

No podía negarse a sí mismo la convicción de que algún uso tendrían.

—Me pregunto —dijo—, si le otorgarían el mismo alto nivel de supervivencia a cualquier cosa que se hiciera con él. Por ejemplo, las cortinas de una ventana. O el tapizado de un coche flotante; tal vez eliminara la muerte en las rutas. O el forro de los cascos para las tropas de combate. Y para los jugadores de béisbol.

Las posibilidades parecían enormes... pero vagas. Tendría que meditarlo, pensarlo un buen rato.

–De todos modos –dijo Saperstein–, mi firma declina darles una indemnización; las características de la piel de wub se dieron a conocer públicamente en un folleto que entregamos a comienzos de año. Declaramos categóricamente...

–Muy bien, es nuestra pérdida –dijo Masters irritado, con un gesto de la mano–. Vamos.

Le dijo a Snead:

–¿Y dice definitivamente, en los treinta y tantos pasajes que interpoló, que la vida después de la muerte es agradable?

–Completamente. "Nuestras penurias sobre la tierra anuncian una dicha sin fin". Es un resumen, esta línea es de *De Rerum Natura*; está todo allí.

–"Dicha" –repitió Masters, asintiendo–. Por supuesto, realmente no estamos en la Tierra; estamos en Marte. Pero supongo que es lo mismo; solo quiere decir vida, en cualquier lugar donde estemos viviendo.

Una vez más, incluso más gravemente, ponderó:

–Lo que sucede –dijo pensativamente–, es que una cosa es hablar abstractamente sobre "vida después de la muerte", y otra desde la experiencia. La gente está haciéndolo desde hace cincuenta mil años; Lucrecio lo hizo hace dos mil años. Lo que más me interesa no es el gran cuadro filosófico sino el hecho concreto de la piel del wub; la inmortalidad que lleva consigo.

Le dijo a Snead:

–¿Qué otros libros encuadernó con él?

–*La edad de la razón* de Tom Paine –dijo Snead, consultando la lista.

–¿Cuáles fueron los resultados?

–Doscientos sesenta y siete páginas en blanco. Excepto justo en el medio la palabra *bleh*.

–Continúe.

–La *Britannica*. No es que precisamente cambiara algo, sino que agregó artículos enteros. Sobre el alma, la trasmigración, el infierno, la maldición, el pecado o la inmortalidad; los veinticuatro volúmenes fueron orientados religiosamente –levantó la vista–. ¿Debo continuar?

–Seguro –dijo Masters, escuchando y meditando simultáneamente.

–La *Summa Theologica* de Tomás de Aquino. Dejó el texto intacto, pero periódicamente insertaba una línea bíblica: "La letra mata pero el espíritu da vida". Una y otra vez. *Horizontes perdidos* de James Hilton. Shangri-La resulta ser una visión de la vida después de...

–Muy bien –dijo Masters–. Captamos la idea. La cuestión es, ¿qué hacer con esto? Obviamente no podemos encuadernar libros con esa piel... al menos libros con los que está en desacuerdo.

Pero él estaba empezando a ver otro uso; uno mucho más personal. Y por lejos valía más que cualquier cosa que la piel de wub pudiera hacer con los libros... en realidad con cualquier objeto inanimado. En cuanto consiguiera un teléfono...

–De especial interés –estaba diciendo Snead–, fue la reacción a un volumen de informes recopilados sobre psicoanálisis por algunos de los más grandes analistas freudianos vivos de nuestro tiempo. Dejaba que cada artículo quedara intacto, pero al final de cada uno agregaba la misma frase –rió entre dientes–. "Médico, cúrate a ti mismo." Un poco de sentido del humor.

–¿Sí? –dijo Masters, pensando, incesantemente, en el teléfono y la llamada vital que haría.

De regreso en su oficina en Libros Obelisco, Masters intentó un experimento preliminar: ver si esta idea funcionaba. Cuidadosamente envolvió una taza y un plato amarillos de porcelana china Royal Albert en piel de wub, piezas favoritas de su propia colección. Luego, después de un examen de conciencia y vacilación, ubicó el paquete en el piso de su oficina y, con toda su declinante fuerza, saltó sobre él.

La taza no se rompió. Al menos no lo pareció.

Desenvolvió el paquete e inspeccionó la taza. Estaba en lo correcto; lo envuelto en piel de wub no podía ser destruido.

Satisfecho, se sentó al escritorio, pensando una última vez.

La envoltura de piel de wub había convertido a un objeto frágil en algo temporalmente irrompible. Así que la doctrina de la supervivencia externa había funcionado en la práctica... exactamente como había esperado.

Levantó el teléfono, tecleó el número de su abogado.

–Éste es mi testamento... –le dijo a su abogado cuando estuvo al otro lado de la línea–. Sabe, el último lo hice hace unos pocos meses. Tengo una cláusula adicional para agregar.

–Sí, señor Masters –dijo agudamente su abogado–. Diga.

–Un pequeño ítem –susurró Masters–. Tiene que ver con mi ataúd. Quiero que sea obligatorio para mis herederos: mi ataúd debe estar revestido a todo lo largo, encima, debajo y a los lados, con piel de wub. De Intocable, Incorporada. Quiero ir hacia mi Hacedor vestido, digamos, en piel de wub. Da una mejor impresión así.

Rió despreocupado, pero su tono era mortalmente serio, y su abogado lo entendió.

–Si eso es lo que quiere –dijo el abogado.

–Y le sugiero hacer lo mismo –dijo Masters.

–¿Por qué?

Masters agregó:

–Consulte la biblioteca médica de referencia que vamos a editar el mes próximo. Y asegúrese de conseguir una copia encuadernada en piel de wub; será diferente de las otras.

Pensó, luego, en su ataúd recubierto de piel de wub. Profundo bajo tierra, con él en su interior, con la perenne piel de wub creciendo, creciendo.

Sería interesante ver la versión de sí mismo que elegiría producir la envoltura de piel de wub.

En especial después de varios siglos.

(1968)

Partida de revancha

No era un casino ordinario. Y esto convertía el problema en algo especial para la policía de Los Ángeles Superior. Los seres del espacio exterior que lo instalaron dejaron a su enorme nave flotando precisamente encima de las mesas, para que, en el caso de que hubiera un allanamiento, pudieran destruir las mesas con los cohetes impulsores. Qué eficiente, pensó el oficial Joseph Tinbane de mal humor. De un solo golpe, los extraterrestres dejaban la Tierra y simultáneamente destruían toda evidencia de sus actividades ilegales.

Y lo peor era que con esto mataban a todos los jugadores humanos que, de otro modo, hubieran podido dar testimonio de las actividades ilegales.

Mientras permanecía sentado en su aeromóvil estacionado, Tinbane aspiraba pequeños pellizcos del excelente tabaco importado en polvo Dean Swift, y luego sorbía un trago de la lata amarilla de Wren's Relish. El tabaco le levantaba el ánimo, pero no mucho. A su izquierda, en el mortecino atardecer, era posible divisar la forma de la nave extraterrestre suspendida, oscura y silenciosa, sobre un extenso espacio amurallado, igualmente oscuro y silencioso, pero solo en apariencia.

–Podemos ingresar allí –le dijo a su compañero menos experimentado–, pero solo lograremos que nos maten a todos.

Tenían que confiar en los robots, comprendió. A pesar

de que eran torpes y proclives al error. Pero no estaban vivos. Y esta condición, en una situación como aquélla, constituía una ventaja fundamental.

–Ahí viene el tercero –dijo con tranquilidad el oficial Falkes a su espalda.

Una forma delgada, vestida como un humano, se detuvo ante la puerta del casino, golpeó y esperó. El robot dio la contraseña apropiada y se le permitió pasar.

–¿Crees que sobrevivirán a la deflagración del despegue? –preguntó Tinbane. Falkes era experto en robótica.

–Probablemente alguno de ellos. Todos no. Pero uno será suficiente –Excitado por la proximidad de la muerte, el oficial Falkes se inclinó para observar por encima de Tinbane; su rostro juvenil mostraba concentración–. Utilice ahora el amplificador. Dígales que están arrestados. No veo por qué hay que seguir esperando.

–La cuestión para mí –dijo Tinbane– es que resulta más cómodo ver a la nave inmóvil y que la acción se desarrolle allá abajo. Seguiremos esperando.

–Pero ya no van a venir más robots.

–Esperaremos hasta que envíen sus transmisiones de video –dijo Tinbane.

Después de todo, ésa era evidencia comprometedora... hasta cierto punto. Y en el cuartel general de la policía grababan todo continuamente. Sin embargo, su compañero tenía razón en algo. Ahora que el último de los tres falsos humanos había entrado, no sucedería nada más hasta que los mismos extraterrestres se dieran cuenta de que habían sido infiltrados y pusieran en marcha su característico plan de retirada.

–Muy bien –dijo, y presionó el botón que activaba el amplificador.

Inclinándose hacia delante Falkes habló directamente ante el micrófono. Y simultáneamente el amplificador dijo:

–COMO REPRESENTANTES DE LA LEY DE LOS ÁNGELES SUPERIOR TENEMOS LA ORDEN DE QUE TODOS LOS QUE ESTÉN EN EL INTERIOR SALGAN A LA CALLE EN GRUPO. LUEGO LES DIREMOS...

La voz en el amplificador fue tapada por el estruendo proveniente de los cohetes primarios de la nave de los extraterrestres que señalaba el inicio del despegue. Falkes se alzó de hombros y le sonrió con pesar a Tinbane. *No les tomó mucho tiempo*, dijo su boca en silencio.

Tal como esperaban no salió nadie. Del casino nadie escapó. Ni siquiera cuando la estructura del edificio se fundió. La nave se desprendió del edificio, dejando una masa de apariencia cerosa tras ella. Y aún así no apareció nadie.

Todos están muertos, comprendió Tinbane con un mudo estremecimiento.

–Es el momento de entrar –dijo Falkes estoicamente. Comenzó a meterse en su traje de neoamianto y, después de una pausa, Tinbane hizo lo mismo.

Los dos oficiales ingresaron juntos en la masa caliente que hasta hacía instantes había sido el casino. En el centro, formando una elevación, yacían dos de los tres robots humanoides. En el último momento se las habían arreglado para cubrir algo con sus cuerpos. Tinbane no vio señales por ningún lado del tercero; evidentemente se había fundido con todo lo demás. Como todo lo orgánico.

Me pregunto qué consideraron valioso como para protegerlo, a su modo bastante torpe, pensó Tinbane mientras examinaba los deformados restos de los dos robots. ¿Algo vivo? ¿Alguno de los extraterrestres con aspecto de caracol? Era poco probable. Una mesa de juegos, entonces.

–Actuaron muy rápido –dijo Falkes, impresionado–. Para ser robots.

–Pero algo consiguieron –señaló Tinbane. Cuidadosamente, comenzó a inspeccionar el metal fundido que una vez fueron los dos robots. Una sección, muy probablemente un torso, se deslizó a un lado, revelando lo que habían preservado los robots.

Un fliper.

Tinbane se preguntó por qué. ¿Qué importancia podía tener? ¿Podía servir de algo? Personalmente, lo dudaba.

En el laboratorio de la policía en Sunset Avenue, en la parte baja del Viejo Los Ángeles, un técnico le tendió a Tinbane un extenso informe escrito.

–Cuéntemelo en pocas palabras –dijo Tinbane molesto: ya había pasado demasiados años en la fuerza como para sufrir el fastidio de leerlo entero. Le devolvió la carpeta con el informe al técnico de la policía, un hombre alto y flaco.

–La verdad es que no se trata de una máquina ordinaria –dijo el técnico, dándole un vistazo rápido a su propio informe, como si ya lo hubiera olvidado; su tono, como el del mismo informe, era seco y monocorde. Para él obviamente ésta era una tarea rutinaria. También estaba de acuerdo en que el fliper salvado por los robots humanoides no tenía ningún valor, o al menos eso supuso Tinbane.

–Lo que quiero decir es que no se parece a nada de lo que trajeron a la Tierra en el pasado. Probablemente tenga una idea más clara si toma contacto directo con la máquina. Le sugiero que le eche una moneda de veinticinco centavos y juegue –Tinbane asintió–. El presupuesto del laboratorio le dará la moneda, que, de todos modos, recuperaremos de la máquina más adelante.

–Puedo usar mi propia moneda –dijo Tinbane molesto. Siguió al técnico a través del enorme y superpoblado laboratorio, pasando por delante de una variada colección de aparatos parcialmente desarmados, obsoletos muchos de ellos, hasta llegar a la parte trasera.

Allí estaba la máquina que protegieron los robots, ahora reparada y limpia. Tinbane introdujo una moneda; cinco bolas de metal se alojaron en el depósito, preparadas, y en el tablero que estaba en el otro extremo del fliper se encendió un conjunto de luces multicolores.

—Antes de que lance la primera bola —le dijo el técnico, de pie a su lado para poder observar—, le sugiero que preste atención especial al trazado y a los obstáculos por entre los cuales debe circular la bola. El área horizontal que está bajo el cristal protector es muy interesante. Un pueblo en miniatura, con sus casas, luces, edificios públicos, canalizaciones elevadas... no es un pueblo terrestre, por supuesto, sino un pueblo ionio común y corriente. Los detalles son extraordinarios.

Inclinándose hacia delante, Tinbane se puso a examinar el poblado. El técnico estaba en lo cierto; se quedó asombrado ante el detalle de las construcciones en escala.

—Las pruebas para medir el desgaste de las partes móviles de la máquina —le informó el técnico— indican que sufrió mucho uso. Pero es un material muy resistente. Creemos que la máquina debería ser sometida a una revisión completa por el fabricante antes de que se cumplan otros mil juegos. Por *su* fabricante en Io. Suponemos que es allí donde construyen y hacen el mantenimiento de este tipo de máquinas —explicó—. Me refiero a las máquinas de juego en general.

—¿Cuál es la meta del juego? —preguntó Tinbane.

—Lo que tenemos aquí —explicó el técnico— es lo que llamamos un mecanismo con variables múltiples. En otras palabras, la superficie a través de la cual se mueve la bola de acero nunca es la misma. El número de combinaciones posibles es... —se puso a revisar el informe pero fue incapaz de encontrar la cifra exacta—. Bien, de todos modos, es un número bastante grande. Hablamos de millones. Es terriblemente complicado, en nuestra opinión. De todos modos, si quiere lanzar la primera bola va a poder verlo por usted mismo.

Tinbane retiró el eyector hacia atrás, permitiendo que la primera bola rodara desde el depósito y estuviera lista para que la disparara. Soltó el eyector, se escuchó un chasquido. La bola fue despedida hacia el canal que la llevaba hacia la parte superior del terreno de juego y rebotó libremente contra un tope que le imprimió más velocidad.

Ahora la bola caía por el plano inclinado, hacia el perímetro superior del pueblo.

–La línea inicial de defensa –dijo el técnico a sus espaldas–, que protege al pueblo propiamente dicho, es una serie de elevaciones de varios colores, que por su forma y superficie imitan el paisaje ioniano. Se esmeraron mucho para mantener la fidelidad. Probablemente se pudo hacer a partir de satélites que orbitan en torno a Io. Uno puede imaginar con facilidad que está viendo una parte de esa luna desde una distancia de unos quince mil metros.

La bola de metal alcanzó el perímetro del terreno rugoso. Su trayectoria se alteró, se volvió incierta, sin dirigirse hacia ninguna dirección en particular.

–Se desvió –dijo Tinbane, notando la efectividad de la rugosidad del terreno para impedir que la bola descendiera según su movimiento–. Va a rodear el poblado por completo.

La bola desacelerada derivó hacia un canal lateral, lo recorrió desganadamente y, justo cuando parecía que iba a caer en un hoyo, fue relanzada repentinamente a la superficie de juego por un tope.

En el tablero luminoso se registraba el puntaje. Fue un momentáneo triunfo para el jugador. Otra vez la bola amenazaba al pueblo. Derivó por el terreno rugoso, siguiendo virtualmente el mismo recorrido que antes.

–Ahora va a ver algo moderadamente importante –le dijo el técnico–, cuando la bola se dirija hacia el mismo tope que la relanzó al juego. No mire la bola, mire el tope.

Tinbane observó. Y vio una pequeña columna de humo gris que salía del tope. Se volvió inquisitivo hacia el técnico.

–¡Ahora mire la bola! –dijo cortante el técnico.

Una vez más la bola golpeó el tope que estaba un poco antes del hoyo, pero en esta oportunidad el tope no reaccionó al impacto.

Tinbane se quedó parpadeando mientras la bola rodaba inofensiva hacia el hoyo y salía del juego.

–No pasó nada –dijo al cabo de un momento.

–El humo que usted vio provenía del cableado eléctrico del tope. Un cortocircuito. Un rebote en este tope hubiera puesto a la bola en una posición amenazante... amenazante para el poblado.

–En otras palabras –dijo Tinbane–, algo tomó buena nota del efecto que estaba teniendo el tope sobre la bola. El mecanismo opera para defenderse de la actividad de la bola.

Lo había visto antes en otros mecanismos de juego de los extraterrestres: circuitos sofisticados que hacían que el tablero de juego cambiara constantemente para que pareciera que estaba vivo, reduciendo así las posibilidades de que el jugador ganara. En esta máquina en particular el jugador ganaba si lograba introducir las cinco bolas de metal en la zona central: o sea, en la réplica del poblado ioniano. Dado que había que proteger al poblado, entonces era necesario eliminar este tope estratégicamente ubicado. Por un tiempo, al menos. Hasta que las configuraciones topográficas del terreno se modificaran sustancialmente.

–No es nada nuevo –dijo el técnico–. Seguramente ha visto estos sistemas varias docenas de veces; yo los he visto por cientos. Podemos decir que en este fliper se jugaron unas diez mil partidas, y tras cada una de ellas realizó un cuidadoso ajuste de los circuitos dirigido a neutralizarlas. También podemos afirmar que las modificaciones son acumulativas. Por lo pronto, el puntaje de un partido que se juegue ahora probablemente no alcance más que una pequeña fracción de los puntajes iniciales, antes de que los circuitos comenzaran a reaccionar. La dirección de la alteración, como en los mecanismos de todos los juegos, tiende a llevar el puntaje hacia cero. Solo *intenta* alcanzar el poblado, Tinbane. Ensamblamos un sistema mecánico que repitió constantemente el lanzamiento de las bolas y jugó ciento cuarenta partidos. Y ninguna bola se acercó lo suficiente al poblado como para hacer algún daño. Mantuvimos un registro de los puntajes alcanzados. Encontramos una caída ligera pero constante juego tras juego –hizo una mueca irónica.

–¿Entonces? –dijo Tinbane.

–Entonces nada. Le estoy contando lo que dice mi informe. –Luego, el técnico hizo una pausa–. Pero falta una cosa. Mire esto.

Inclinándose sobre la máquina, con el dedo índice marcó sobre el cristal que protegía al poblado una construcción ubicada cerca del centro de la réplica.

–Una serie fotográfica muestra que con cada juego este componente en particular se hace más complejo. Esto se hace a través de un circuito que, obviamente, está bajo la superficie del tablero. Igual que en todos los otros cambios. Pero esta configuración en particular, ¿no le recuerda algo?

–Se parece a una catapulta romana –dijo Tinbane–. Pero con un eje vertical en lugar de horizontal.

–Ésa es también nuestra reacción. Y parece estar preparada para un lanzamiento. Con relación a la escala del poblado, es extraordinariamente grande. Gigantesca, en realidad; específicamente, *no está a escala*.

—Parece casi como si pudiera contener...

—Casi no —dijo el técnico—. La medimos. El tamaño de la cuenca es exacto; las bolas de metal cabrían perfectamente en ella.

—¿Y entonces? —dijo Tinbane, sintiendo un estremecimiento.

—Y entonces podrían lanzar la bola hacia el jugador —dijo con serenidad el técnico de laboratorio—. Está orientada directamente hacia el frente de la máquina, al frente y hacia arriba —añadió—. Y está prácticamente lista.

La mejor defensa, se dijo Tinbane mientras examinaba el fliper ilegal de los extraterrestres, es el ataque. ¿Pero quién pensaría en algo así en este contexto?

El cero, comprendió, no era un puntaje lo suficientemente bajo para satisfacer al circuito defensivo de la máquina. Cero no era suficiente. Tenía que llegar a menos que cero. ¿Por qué? Porque, decidió, en realidad no se dirigía hacia el cero como límite; en verdad, estaba conduciéndose hacia el mejor modelo defensivo. Estaba demasiado bien diseñada. ¿O no era así?

—¿Cree usted —le dijo al técnico de laboratorio— que los extraterrestres tenían esa intención?

—Eso no importa. Al menos no en este momento. Lo que importa son estos dos factores: exportaron la máquina a nuestro planeta, violando nuestras leyes, y con ella jugaron muchos terrestres. Ya sea de un modo intencional o no, puede convertirse, y en realidad así será muy pronto, en un arma letal —Poco después agregó—: Calculamos que eso sucederá tras no más de veinte partidas. El trabajo avanza un poco más cada vez que se inserta una moneda, sin importar si la bola se acerca al pueblo o no. Y todo lo que necesita es un poco de energía de la batería central de helio. Esto sucede automáticamente una vez que comienza el juego –añadió–. En este mismo momento, mientras nos quedamos aquí parados, sigue construyendo la catapulta. Será mejor que lance las próximas cuatro bolas para que se apague. O nos dé autorización para desarmarla, o al menos para sacarle la batería.

Los extraterrestres no tienen una consideración muy alta por la vida humana, reflexionó Tinbane. Pensaba en la carnicería que habían generado con el despegue de la nave. Y eso, para ellos, era algo rutinario. Pero ante la masiva destrucción de la vida humana que provocaban con los despegues, esta máquina carecía de sentido. ¿Qué más podría lograr?

–Este juego es selectivo –dijo, después de pensarlo un poco–. Elimina únicamente al jugador.

–Mataría a *todos* los jugadores. Uno después de otro – dijo el técnico.

–Pero, ¿quién jugaría con esta máquina –preguntó Tinbane–, después de la primera fatalidad?

–La gente entra a esos casinos sabiendo que si hubiese un allanamiento quemarían a todos y a todo –señaló el técnico–. El ansia por jugar es una compulsión adictiva; cierto tipo de personas juega sin importarles el riesgo. Seguramente habrá escuchado sobre la Ruleta Rusa.

Tinbane lanzó la segunda bola de metal; la observó caer y dirigirse hacia la réplica del poblado. Se las arregló para pasar a través del terreno rugoso; se aproximó a la primera casa, comprometiendo al poblado mismo. Tal vez lo consiga, pensó excitado. Antes de que ella me alcance a mí. Sintió una emoción nueva y extraña mientras observaba cómo la bola chocaba contra la minúscula casa, la aplastaba y seguía rodando. La bola, aunque pequeña para él, superaba a todos los edificios y a todas las estructuras del poblado. A todas las estructuras menos la catapulta central. Observó con avidez cuando la bola se movía peligrosamente cerca de la catapulta; entonces fue desviada por un gran edificio público, rodó desapareciendo en un hoyo. De inmediato envió la tercera bola al canal.

–La apuesta –dijo suavemente el técnico– es alta, ¿no le parece? Su vida contra la de ellos. Debe ser algo extraordinariamente atractivo para alguien con ese tipo de temperamento.

–Creo –dijo Tinbane– que puedo llegar a la catapulta antes de que entre en acción.

–Tal vez sí. Tal vez no.

–Estoy logrando que las bolas se acerquen cada vez más.

–Para que la catapulta funcione requiere de una de las bolas de acero –dijo el técnico–. Son sus proyectiles. Lo que está haciendo es incrementar la probabilidad de que alcance a usar una de las bolas. En realidad la está ayudando –asintió lúgubremente–. En los hechos, no puede funcionar sin usted; el jugador no es solo el enemigo, también es esencial. Mejor déjela, Tinbane. La máquina lo está usando.

–La dejaré –dijo Tinbane– cuando haya alcanzado la catapulta.

–Usted está en lo cierto en que así será. Porque estará muerto. –Miró a Tinbane con los ojos entrecerrados–. Probablemente éste sea el motivo por el cual la construyeron los extraterrestres. Para devolvernos los allanamientos. Es muy probable que sea así.

–¿Tiene otra moneda? –preguntó Tinbane.

En medio de su décimo partido hubo una alteración sorprendente e inesperada en la estrategia de la máquina. De pronto, el juego dejó de desviar las bolas de metal hacia los lados, permitiendo que se dirigieran directamente hacia el poblado.

Mientras observaba, Tinbane vio que la bola de metal enfilaba directamente –por primera vez– hacia el centro.

Hacia la desproporcionada catapulta.

–Soy su superior jerárquico, Tinbane –dijo tensamente el técnico de laboratorio–, y le ordeno que deje de jugar.

–Todas las órdenes que me dé –le aclaró Tinbane– tienen que ser por escrito y deben ser aprobadas por alguien en el departamento que tenga por lo menos el cargo de inspector.

No obstante, en contra de su voluntad, dejó de jugar.

–Puedo llegar a la catapulta –dijo reflexionando–, pero no puedo quedarme parado aquí. Tengo que estar lejos, lo suficientemente atrás como para que no me pueda alcanzar. Así tampoco podrá distinguirme y apuntarme –comprendió.

Ya había notado que la catapulta podía girar ligeramente sobre un eje. Lo detectaban a través de algún sistema de lentes. O tal vez por el calor que se desprendía de su cuerpo, a través de algún sistema termotrópico.

Si era esto último, entonces defenderse sería relativamente simple: alcanzaría con una resistencia eléctrica suspendida en otro lugar. Pero también podrían estar utilizando algún tipo de electroencefalógrafo que registraba todas las emanaciones cerebrales de las cercanías. Pero en el laboratorio de la policía ya lo sabrían.

–¿Cuál es su tropismo? –preguntó.

–Ese mecanismo no estaba construido cuando revisamos la máquina –contestó el técnico–. Indudablemente ahora debe estar casi listo, sin él el arma estaría incompleta.

–Espero que no tengan un equipo que les permita *registrar* las ondas encefálicas –dijo Tinbane pensativamente. Porque, pensó, si lo tenían, conservar los patrones no sería ningún problema. Podrían retener el recuerdo de su adversario para usarlo en el caso en que hubiera futuros encuentros.

Algo en esta noción lo inquietó. Superaba con mucho la amenaza inmediata.

—Hagamos un trato —dijo el técnico—. Continúe manejando la máquina hasta que le haga el disparo inicial. Luego se hará a un lado y nos dejará desarmarla. Necesitamos saber cómo funciona porque puede reaparecer de un modo mucho más complejo. ¿Está de acuerdo? Enfrentará un riesgo calculado, yo creo que el primer disparo lo van a usar como prueba. Lo corregirán para un segundo disparo... que no tendrá lugar.

¿Debería contarle al técnico sobre su temor?

—Lo que me molesta —dijo— es la posibilidad de que retengan un recuerdo específico de mí. Para utilizarlo en el futuro.

—¿A qué se refiere con utilizarlo en el futuro? La desarmaremos por completo en cuanto dispare.

—Creo que será mejor que hagamos el trato —dijo Tinbane con renuencia—. Puede que esté yendo demasiado lejos, pensó. Puede que él tenga razón.

La siguiente bola de metal le erró a la catapulta por solo una fracción de centímetro. Pero lo que lo puso nervioso no fue que pasara tan cerca, sino el sutil y veloz intento de la catapulta por atrapar la bola cuando pasó a su lado. Un movimiento tan rápido que fácilmente podría haberlo pasado por alto.

—Quiere la bola —observó el técnico—. Lo quiere a *usted*.

Él también lo había visto.

Vacilante, Tinbane tomó el eyector para lanzar la siguiente —y para él probablemente la última— bola de metal.

—Apártese —le advirtió nervioso el técnico—. Olvide el trato; deje de jugar. La desarmaremos así como está.

—Necesitamos el tropismo —dijo Tinbane. Y soltó el eyector.

La bola de metal, que de pronto le pareció enorme, dura y pesada, rodó sin titubear hacia la catapulta; el contorno de toda la topografía de la superficie colaboró para ello. El dispositivo atrapó a la bola; esto tuvo lugar antes de que siquiera comprendiera lo que había sucedido. Se quedó de pie, mirando.

—¡Corra! —el técnico pegó un salto como una flecha; golpeó contra Tinbane, lo apartó de la máquina.

Con el ruido de cristales rotos la bola de metal salió disparada rozando la sien de Tinbane, y se estrelló contra la pared del otro lado del laboratorio, terminando debajo de una mesa de trabajo.

Silencio.

Después de un largo rato el técnico dijo con voz temblorosa:

—Tenía suficiente velocidad. Tenía suficiente masa. Tenía suficiente de todo lo que era necesario.

Tinbane se puso de pie con vacilación, y se acercó a la máquina.

—No lance otra bola —le advirtió el técnico.

—No tengo que hacerlo— dijo Tinbane; después se volvió y salió corriendo.

La máquina había lanzado la bola por sí sola.

Tinbane estaba sentado, fumando, delante de Ted Donovan, el jefe del laboratorio, en su oficina. Habían cerrado la puerta del laboratorio, por los amplificadores les habían avisado a todos los técnicos que se pusieran en un lugar seguro. Más allá de la puerta cerrada el laboratorio estaba en silencio. Inerte, pensó Tinbane, y a la espera.

Se preguntó si la máquina estaba aguardando a alguien, un humano, un terrícola, a cualquiera que se pusiera a su alcance. O... solo a él.

El último pensamiento lo estremeció mientras permanecía allí sentado, a salvo. Una máquina construida en otro mundo y enviada a la Tierra, sin instrucciones, con una única capacidad: la de elegir entre todas las posibilidades defensivas hasta dar con la mejor. El azar en funcionamiento, a través de cientos, incluso miles de partidas... jugador tras jugador. Hasta que por fin alcanzaba la dirección crítica, y la última persona en jugar, también seleccionada al azar, se le unía en una apuesta por la muerte. En este caso le había tocado a él. Desdichadamente.

–Podemos aislar su fuente de poder desde una distancia a que no resulte peligrosa –dijo Ted Donovan–. Vuelva a casa, olvídese de todo. En cuanto hayamos encontrado su circuito trópico le avisaremos. A menos que se haya hecho muy tarde, en cuyo caso...

–Avíseme –dijo Tinbane– sea la hora que sea, si lo encuentran.

No tuvo que darle explicaciones; el jefe de laboratorio comprendió.

–Obviamente –dijo Donovan–, esta máquina está dirigida contra los policías que allanan los casinos. Por supuesto, no sabemos cómo hacen para que los robots se lancen sobre estas máquinas... todavía. También vamos a encontrar *ese* circuito.

Recogió el informe del laboratorio, le echó una mirada con hostilidad:

–Este informe es demasiado superficial. Pareciera que se tratara únicamente de "otra máquina para jugar de los extraterrestres". Al infierno con eso.

Arrojó el informe, disgustado.

–Si eso es lo que tenían en mente –dijo Tinbane–, consiguieron lo que querían.

Al menos en cuanto a atraparlo. Y retener su atención. Y su cooperación.

–Usted es un jugador; tiene la compulsión. Pero no lo sabía. Posiblemente de otro modo no hubiera funcionado –agregó Donovan–. Pero es interesante. Un fliper que responde por sí mismo. Se arma con las bolas que corren sobre la máquina. Espero que no intenten construir un tiro al blanco. Ésa sería una pésima idea.

–Es como un sueño –murmuró Tinbane.

–¿Perdón?

–No parece real –pero, pensó, es real. Entonces se puso de pie–. Haré lo que dice. Me iré a casa. Tiene mi número de videófono.

Se sentía cansado y temeroso.

–Se lo ve muy mal –dijo Donovan, escrutándolo–. No debería llegar a ese extremo; es un aparato relativamente poco peligroso, ¿no le parece? Uno tiene que atacarlo, ponerlo en funcionamiento. Si uno no lo toca...

–No lo pienso tocar –dijo Tinbane–. Pero tengo la sensación de que está esperando. Quiere que yo regrese.

Sentía que lo estaba aguardando, anticipando su regreso. La máquina era capaz de aprender, y él le había enseñado... le había enseñado sobre sí mismo.

Le había enseñado que él existía. Que había una persona sobre la Tierra como Joseph Tinbane.

Y eso era suficiente.

Cuando abrió la puerta de su departamento el videófono ya estaba sonando. Con abatimiento, recogió el receptor.

–Hola –dijo.

–¿Tinbane? –era la voz de Donovan–. Efectivamente, se trata de un circuito encefalotrópico. Encontramos un registro impreso de sus ondas cerebrales, y por supuesto lo destruimos. Pero... –Donovan vaciló–. Me temo que encontramos algo más que no existía cuando hicimos el primer análisis.

–Un transmisor –dijo Tinbane con voz ronca.

–Me temo que así es. Puede emitir hasta casi un kilómetro, tres si está bien orientado. Debemos asumir que tuvo este último alcance. No tenemos la más remota idea acerca de en qué consiste el receptor o siquiera si está sobre la superficie o no. Probablemente sea así. En una oficina en alguna parte. O en un aeromóvil como los nuestros. De cualquier modo, ahora lo sabe. Así que es decididamente un arma vengativa; su suposición desdichadamente era la correcta. Cuando la examinaron nuestros expertos llegaron a la conclusión de que la máquina lo estaba esperando, por así decirlo. Lo vio llegar. En primer lugar, puede que la máquina nunca haya funcionado como juego; suponemos que el desgaste que encontramos puede haber sido originado artificialmente y no ser resultado del uso. Eso es todo lo que encontramos.

—¿Qué me sugiere hacer? —dijo Tinbane.

—¿"Hacer"? —Hubo una pausa—. No puede hacer mucho. Quédese en su departamento; no vaya a trabajar, no durante un tiempo.

Así si me atrapan, pensó Tinbane, nadie más del departamento resultará herido por el mismo tiro. Ésa era la mejor solución para los demás, pero no para mí.

—Creo que saldré de la ciudad —dijo en voz alta—. El radio de alcance puede que esté limitado en el espacio, confinado a L.A.S. O solo a una parte de la ciudad. Si no le parece mal.

Tenía una amiga, Nancy Hackett, en La Jolla; podría irse para allá.

—Como usted quiera.

—De todos modos, no pueden hacer nada para ayudarme —aclaró.

—Le diré algo —dijo Donovan—. Vamos a darle algunos fondos, lo más que podamos, para que se pueda mover. Hasta que sea posible rastrear al maldito receptor y descubrir en qué consiste. Para nosotros, el principal problema es que parte del asunto comenzó a filtrarse fuera del departamento. Va a ser difícil conseguir unidades que lleven adelante los allanamientos a las casas de juego de los extraterrestres... lo cual era precisamente su objetivo. Hay algo que podemos hacer: podemos construirle en el laboratorio un escudo cerebral para que las ondas que emana no sean reconocibles. Pero tendrá que pagarlo de su propio bolsillo. Es posible que se lo debiten directamente de su propio salario, en cuotas. Si le interesa. Con franqueza, si quiere mi opinión personal, yo se lo aconsejaría.

–Muy bien –dijo Tinbane. Se sentía estúpido, muerto, cansado y resignado, todo eso a la vez. Y tenía la profunda y segura intuición de que su reacción era racional–. ¿Es todo lo que sugiere? –preguntó.

–Manténgase armado. Incluso cuando duerma.

–¿Cuando duerma? –dijo–. ¿Usted cree que voy a poder dormir? Tal vez pueda hacerlo una vez que la máquina esté totalmente destruida.

Pero comprendió que eso no haría mucha diferencia. Ahora no. No después de que emitiese mi patrón de ondas cerebrales a algún lugar del que nada sabemos. Dios sabe de qué tipo de equipo se podría tratar; los extraterrestres se destacan por sus inventos retorcidamente brillantes.

Colgó el teléfono, caminó hacia la cocina, sacó una botella de borbón añejo medio vacía y se sirvió en un vaso de whisky.

En qué me metí, se dijo a sí mismo. Soy perseguido por un fliper de otro mundo. Casi se echa a reír, pero no pudo.

¿Qué se puede usar, se preguntó, para atrapar un fliper enfurecido? ¿Uno que tiene tu descripción y va por ti? O, para ser más precisos, cómo atrapar al oscuro amigo del fliper...

Algo hizo *tap tap* contra la ventana de la cocina.

Inmediatamente extrajo del bolsillo la pistola láser regulable. Caminó pegado a la pared de la cocina para acercarse a la ventana desde un ángulo desde el que no se pudiera ver desde afuera, y escudriñó en la noche. Solo oscuridad. No podía ver nada afuera. ¿Una linterna? Tenía una en la guantera del aeromóvil, el que estaba estacionado en la terraza del edificio. Tenía tiempo de ir a buscarla.

Un momento más tarde, con la linterna en la mano, bajó corriendo por las escaleras, de regreso a la cocina. Bajo el haz de luz descubrió que, junto a la superficie exterior de la ventana, había una criatura del tamaño de un insecto que extendía unos largos seudópodos. Con dos antenas exploraba el cristal de la ventana de un modo mecánico.

La criatura había ascendido por el costado del edificio; podía percibir el ruido de las ventosas cuando se movía.

En ese momento, la curiosidad fue mayor que el miedo. Con cuidado abrió la ventana –no había necesidad de tener que pagarle la reparación al consorcio– y con precaución le apuntó con su pistola láser. La criatura mecánica no se movía; probablemente estuviera a mitad de un ciclo. Supuso que sus respuestas eran relativamente lentas, mucho más que las de un organismo equivalente. A menos, por supuesto, que estuviera por detonar, en cuyo caso no tenía tiempo que perder.

Disparó con el delgado haz hacia la parte inferior de la criatura.

Mutilada, se echó hacia atrás. Las ventosas se soltaron. Cuando estaba por caer Tinbane la atrapó y de un rápido manotazo la metió en la habitación, dejándola caer sobre el piso, mientras le apuntaba con la pistola. Había detenido todo funcionamiento; no hacía ni el más ligero movimiento.

La depositó sobre la pequeña mesa de la cocina y fue a buscar un destornillador a la caja de herramientas que estaba bajo la pileta, luego se sentó y examinó el trasto. Sentía que ahora se podía tomar un momento de respiro;

la presión, al menos por el momento, había cedido.

Le tomó cuarenta minutos abrir a la criatura mecánica. Ninguno de los destornilladores calzaba en las ranuras de los tornillos, y terminó usando un cuchillo de cocina. Pero finalmente la tuvo abierta ante él sobre la mesa, con su caparazón dividido en dos partes: una hueca y vacía, la otra colmada de diminutos dispositivos. ¿Una bomba? Trabajó con mucho cuidado, examinando cada elemento, uno por uno.

No era una bomba, no al menos una que pudiera identificar. ¿Podría ser otro tipo de herramienta asesina? No había una hoja cortante, ni toxinas ni microorganismos, tampoco un tubo capaz de expeler una carga fatal, explosiva o de otro tipo. Entonces, en nombre de Dios, ¿qué hacía la criatura mecánica? Reconoció el pequeño motor que le había permitido subir por la pared del edificio y la célula fotoeléctrica con la cual se orientaba. Pero eso era todo. Absolutamente todo.

Desde el punto de vista del uso era un fraude.

¿O era precisamente para eso? Miró su reloj. Le había dedicado toda una hora, su atención se había apartado de todo lo demás. ¿Y quién sabía a qué se refería con "todo lo demás"?

Inquieto, se puso de pie con rigidez, tomó su pistola láser y recorrió el departamento, escuchando, intentando descubrir algo, aunque fuera pequeño, que saliera de lo usual.

Les había dado tiempo, comprendió. ¡Una hora entera! Para llevar adelante cualquier cosa que *verdaderamente* quisieran hacer.

Es momento, pensó, de dejar el departamento. Largarse a La Jolla y quedarse allí hasta que todo hubiera terminado.

Sonó su videófono.

Cuando respondió apareció el rostro de Donovan en la pantalla.

–Enviamos un aeromóvil del departamento a revisar su edificio –dijo Donovan–. Y descubrió cierta actividad. Pensé que le gustaría saberlo.

–Muy bien –dijo tenso.

–Un vehículo descendió por unos instantes en su playa de estacionamiento. No era un aeromóvil común sino algo más grande. Nada que pudiéramos reconocer. Partió luego a gran velocidad.

–¿Dejó algo? –preguntó.

–Me temo que sí.

Con los labios apretados preguntó:

–¿Hay algo que puedan hacer por mí? Les agradecería mucho.

–¿Qué sugiere? No sabemos de qué se trata, usted seguramente tampoco. Estamos dispuestos a recibir cualquier idea, pero creo que tendremos que esperar hasta que sepamos cuál es la naturaleza del... artefacto hostil.

Sintió un golpe más allá de la puerta de su departamento.

–Dejaré la línea abierta –dijo Tinbane–. No corte, creo que está comenzando ahora.

Sintió pánico, un pánico evidente, infantil. Aferrando con fuerza la pistola se dirigió paso a paso hacia la puerta de entrada de su departamento, se detuvo, giró la llave de la puerta y la abrió. Apenas, tan poco como pudo para ver afuera.

Una fuerza formidable empujó la puerta. El tirador de la puerta se le quedó en la mano. Y, sin ningún sonido, la enorme bola de metal que descansaba contra la puerta semiabierta rodó hacia delante. Se hizo a un lado. Supo que éste era el adversario; que el pequeño artefacto que había trepado por la pared había desviado su atención para este ataque.

No podía salir. Ahora no podría ir a LaJolla. La enorme

masa metálica bloqueaba completamente la salida.

Regresó al videófono y le dijo a Donovan:

–Estoy encerrado en mi propio departamento.

En el perímetro exterior, comprendió. Igual que la superficie rugosa del tablero cambiante del fliper. La primera bola se había frenado allí, ésta se había atorado en el marco de la puerta. Pero, ¿qué pasaría con la segunda? ¿Y la tercera? Cada una se acercaría un poco más.

–¿Puede construir algo para mí? –le preguntó secamente–. ¿El laboratorio puede comenzar a trabajar tan tarde por la noche?

–Podemos intentarlo –dijo Donovan–. Depende de lo que usted quiera. ¿Qué tiene en mente? ¿Qué cree que puede ayudarlo?

Odiaba tener que pedirlo, pero tenía que hacerlo. La siguiente bola podría llegar por la ventana, o caerle desde el techo.

–Quiero –dijo– algún tipo de catapulta. Lo suficientemente fuerte y grande como para arrojar una carga esférica de un diámetro de aproximadamente un metro y medio. ¿Cree que podrían construirla? –le rogó a Dios que fuera posible.

–¿Es con las bolas con lo que se está enfrentando? –dijo Donovan con voz áspera.

–A menos que sea una alucinación –dijo Tinbane–. Una proyección deliberada y artificial que me induce terror, diseñada específicamente para desmoralizarme.

–El aeromóvil del departamento vio algo –dijo Donovan–. Y eso no era una alucinación, tenía una masa mensurable. Y... –vaciló–. Dejó algo grande. Su masa de partida era considerablemente menor. Así que es real, Tinbane.

–Eso es lo que pensaba –dijo Tinbane.

–Tendremos lista la catapulta tan pronto como nos sea posible –dijo Donovan–. Tengo la esperanza de que haya un intervalo adecuado entre cada... ataque. Y debe imaginar que habrá al menos cinco de ellos.

Tinbane, asintiendo, encendió un cigarrillo, o al menos lo intentó. Pero sus manos temblaban tanto que no pudo llevar la llama hasta el cigarrillo. Abandonó su propósito y sacó un paquete cerrado de tabaco, pero no fue capaz de abrir el envase, que se le deslizaba continuamente de entre los dedos y caía al piso.

–Cinco –dijo–, *por partido*.

–Sí –dijo Donovan reticente–, así es.

La pared de la sala de estar se estremeció.

La bola siguiente llegaba desde el departamento vecino.

(1967)

La fe de nuestros padres

En las calles de Hanoi se encontró frente a un vendedor ambulante sin piernas que iba sobre un carrito de madera y llamaba con gritos chillones a todos los transeúntes. Chien disminuyó la marcha, escuchó, pero no se detuvo; los asuntos del Ministerio de Artefactos Culturales ocupaban su mente y distraían su atención: era como si estuviera solo, y no lo rodearan los que iban en bicicletas y ciclomotores y motos a reacción. Y asimismo, era como si el vendedor sin piernas no existiera.

–Camarada –lo llamó sin embargo, y persiguió hábilmente a Chien con su carrito, propulsado por una batería a helio–. Tengo una amplia variedad de remedios vegetales y testimonios de miles de clientes satisfechos; descríbeme tu enfermedad y podré ayudarte.

Chien, deteniéndose, dijo:

–Está bien, pero no estoy enfermo –excepto, pensó, por la enfermedad crónica de los empleados del Comité Central: el oportunismo profesional poniendo a prueba en forma constante las puertas de toda posición oficial, incluyendo la mía.

–Por ejemplo puedo curar las afecciones radioactivas –canturreó el vendedor ambulante, persiguiéndolo aún–. O aumentar, si es necesario, la potencia sexual. Puedo hacer retroceder los procesos cancerígenos, incluso los temibles melanomas, lo que podríamos llamar cánceres negros –alzando una bandeja de botellas, pequeños recipientes de aluminio y distintas clases de polvo en jarras de plástico, el vendedor canturreó–: Si un rival insiste en tratar de usurpar tu ventajosa posición burocrática, puedo darte un ungüento que bajo su apariencia de bálsamo cutáneo es una toxina increíblemente efectiva. Y mis precios son bajos, camarada. Y como atención especial a alguien de aspecto tan distinguido como el tuyo, le aceptaré en pago los dólares inflacionarios de posguerra en billetes, que tienen fama de moneda internacional pero en realidad no valen mucho más que el papel higiénico.

–Vete al infierno –dijo Chien, y le hizo señas a un taxi sobre colchón de aire que pasaba en ese momento; ya se había atrasado tres minutos y medio para su primera cita del día, y en el Ministerio sus diversos superiores de opulento trasero estarían haciendo rápidas anotaciones mentales, al igual que sus subordinados, que las harían en proporción aún mayor.

El vendedor dijo con calma:

–Pero, camarada, *debes* comprarme.

–¿Por qué? –preguntó Chien. Sentía indignación.

–Porque soy un veterano de guerra, camarada. Luché en la Colosal Guerra Final de Liberación Nacional con el Frente Democrático Unido del Pueblo contra los Imperialistas; perdí mis extremidades inferiores en la batalla de San Francisco –ahora su tono era triunfante, y socarrón–. *Es la ley*. Si te niegas a comprar las mercaderías ofrecidas por un veterano te arriesgas a que te multen y quizás a ir a la cárcel... además de la deshonra.

Chien indicó al taxi que siguiera, con gesto cansado.

–Concedido –dijo–. Está bien, debo comprarte –dio un rápido vistazo a la pobre exhibición de remedios vegetales, buscando uno al azar–. Éste –decidió, señalando un paquetito envuelto en papel de la última hilera.

El vendedor ambulante se rió.

–Eso es un espermaticida, camarada, lo compran las mujeres que no pueden aspirar a La Píldora, por razones políticas. Te sería poco útil, en realidad no te sería nada útil, porque eres un caballero.

–La ley no exige que te compre algo útil –dijo Chien en tono cortante–. Solo que debo comprarte algo. Me llevaré ése.

Metió la mano en su chaqueta acolchada, buscando la billetera, henchida por los billetes inflacionarios de posguerra con los que le pagaban cuatro veces a la semana, en su calidad de servidor del gobierno.

–Cuéntame tus problemas –dijo el vendedor.

Chien lo miró asombrado. Atónito ante la invasión de su vida privada... por alguien que no era del gobierno.

–Está bien, camarada –dijo el vendedor, al ver su expresión–. No te sondearé; perdona. Pero como doctor, como curador naturalista, lo indicado es que sepa todo lo posible –lo examinó, con sus delgados rasgos sombríos–. ¿Miras televisión mucho más de lo normal? –preguntó de pronto.

Tomado por sorpresa, Chien dijo:

–Todas las noches. Menos los viernes, cuando voy al club a practicar el enlace de novillos, ese arte esotérico importado del Oeste en derrota –era su única gratificación; aparte de eso se dedicaba por completo a las actividades del Partido.

El vendedor se estiró, eligió un paquetito de papel gris.

–Sesenta dólares de intercambio –declaró–. Con garantía total; si no cumple con los efectos prometidos, devuelves la porción sobrante y se te reintegra todo el dinero, sin rencor.

–¿Y cuáles son los efectos prometidos? –dijo Chien, sarcástico.

–Descansa los ojos fatigados por soportar los absurdos monólogos oficiales –dijo el vendedor–. Es un preparado tranquilizante; tómalo cuando te encuentres expuesto a los secos y extensos sermones de costumbre que...

Chien le dio el dinero, aceptó el paquete, y siguió su camino. Carajo, se dijo. La ordenanza que ha establecido a los veteranos de guerra como clase privilegiada es una mafia, pensó. Hacen presa en nosotros, los más jóvenes, como aves de rapiña.

Olvidado, el paquetito gris quedó en el bolsillo de su chaqueta, mientras entraba al imponente edificio de posguerra del Ministerio de Artefactos Culturales, y a su propia oficina, bastante majestuosa, para comenzar su día de trabajo.

En la oficina lo esperaba un varón caucásico adulto, corpulento, vestido con un traje de seda Hong Kong marrón, cruzado, con chaleco. Junto al desconocido caucásico estaba su propio superior inmediato, Sau-Ma Tso-pin. Tso-pin hizo las presentaciones en cantones, un dialecto que dominaba bastante mal.

—Señor Tung Chien, le presento al señor Darius Pethel. El señor Pethel será el director de un nuevo establecimiento ideológico y cultural a inaugurarse pronto en San Francisco, California —y agregó—: El señor Pethel ha dedicado una vida rica y plena al apoyo de la lucha del pueblo por destronar a los países del bloque imperialista mediante la utilización de instrumentos pedagógicos; de allí su alta posición.

Se estrecharon la mano.

—¿Té? —les preguntó Chien; apretó el botón del hibachi infrarrojo y en un instante el agua comenzó a burbujear en el adornado recipiente de cerámica, de origen japonés. Cuando se sentó ante su escritorio, vio que la fiel señorita Hsi había preparado la hoja de información (confidencial) sobre el camarada Pethel; le dio un vistazo mientras simulaba efectuar un trabajo de rutina.

—El Benefactor Absoluto del Pueblo se ha entrevistado

personalmente con el señor Pethel, y confía en él –dijo Tso-pin–. Eso es algo fuera de lo común. La escuela de San Francisco aparentará enseñar las filosofías taoístas comunes pero, desde luego, en realidad mantendrá abierto para nosotros un canal de comunicación con el sector joven intelectual y liberal de los Estados Unidos occidentales. Aún hay muchos vivos, desde San Diego a Sacramento; calculamos que unos diez mil. La escuela aceptará dos mil. El enrolamiento será obligatorio para lo que seleccionemos. Usted estará relacionado en forma importante con los programas del señor Pethel. Ejem, el agua de té está hirviendo.

–Gracias –murmuró Chien, dejando caer la bolsita de té Lipton en el agua.

Tso-pin prosiguió:

–Aunque el señor Pethel supervisará la confección de los cursos educativos presentados por la escuela a su cuerpo de estudiantes, todos los exámenes escritos serán enviados a su oficina para que usted efectúe un estudio experto, cuidadoso, ideológico de ellos. En otras palabras, señor Chien, determinará cuál de los dos mil estudiantes es confiable, quiénes responden realmente a la programación y quiénes no.

–Ahora serviré el té –dijo Chien, haciéndolo ceremoniosamente.

–Hay algo de lo que debemos darnos cuenta –dijo Pethel en un cantonés retumbante aún peor que el de Tso-pin–. Una vez perdida la guerra contra nosotros, la juventud norteamericana ha desarrollado una aptitud notable para disimular.

Dijo la última palabra en inglés; como no la entendía, Chien se volvió interrogante hacia su superior.

–Mentir –explicó Tso-pin.

Pethel dijo:

–Pronunciar las consignas correctas en lo superficial,

pero creerlas falsas interiormente. Los exámenes escritos de este grupo se parecerán mucho a los de los auténticos...

—¿Quiere decir que los exámenes escritos de *dos mil* estudiantes pasarán por mi oficina? —preguntó Chien. No podía creerlo—. Eso es un trabajo absorbente por completo; no tengo tiempo para nada que se le parezca —estaba espantado—. Dar aprobación o negativa crítica oficial a un grupo astuto como el que usted prevé... —gesticuló—. Me cago en eso —dijo en inglés.

Parpadeando ante el brutal insulto occidental, Tso-pin dijo:

—Usted tiene un equipo. Además puede incorporar otros ayudantes; el presupuesto del Ministerio aumentado este año, lo permitirá. Y recuerde: el mismísimo Benefactor Absoluto del Pueblo eligió al señor Pethel.

Ahora su tono era ominoso, aunque solo sutilmente. Lo necesario para penetrar en la histeria de Chien y debilitarla hasta que se transformara en sumisión. Al menos momentánea. Para subrayar su afirmación, Tso-pin caminó hasta el fondo de la oficina; se paró ante el tridi-retrato tamaño natural del Benefactor Absoluto, y luego de un momento en su proximidad puso en funcionamiento el pasacinta montado tras el retrato; el rostro del Benefactor Absoluto se movió, y brotó de él una homilía familiar, modulada en acentos más que familiares.

—Luchen por la paz, hijos míos —entonó con suavidad, con firmeza.

—Ajá —dijo Chien, aún perturbado, pero ocultándolo. Era posible que una de las computadoras del Ministerio pudiese clasificar los exámenes escritos; podía emplearse una estructura de sí-no-quizá, junto a un preanálisis del esquema de corrección (o incorrección) ideológica. El asunto podía transformarse en rutina. Probablemente.

Darius Pethel dijo:

–He traído cierto material y me gustaría que usted lo analice, señor Chien –corrió el cierre de un desagradable y anticuado portafolios de plástico–. Dos ensayos de examen –dijo mientras le pasaba los documentos a Chien–. Esto nos permitirá saber si usted está capacitado para el trabajo –se volvió hacia Tso-pin; sus miradas se encontraron –. Tengo entendido –dijo Pethel– que si usted tiene éxito en la empresa, será nombrado viceconsejero del Ministerio, y Su Excelencia el Benefactor Absoluto del Pueblo le otorgará personalmente la medalla Kisterigian.

Pethel y Tso-pin le brindaron una sonrisa de cauteloso acuerdo.

–La medalla Kisterigian –repitió Chien como un eco; aceptó los exámenes escritos, les dio un vistazo mostrando una tranquila indiferencia. Pero en su interior el corazón vibraba con tensión mal disimulada–. ¿Por qué estos dos? Quiero decir: ¿qué tengo que buscar en ellos, señor?

–Uno es obra de un progresista dedicado, un miembro leal del Partido, cuyas convicciones han sido investigadas a fondo –dijo Pethel–. El otro es de un joven *stilyagi* de quien se sospecha que sostiene degeneradas criptoideas imperialistas de pequeño burgués. Le corresponde decidir, señor, a quién pertenece cada trabajo.

Muchísimas gracias, pensó Chien. Pero, asintiendo, leyó el título del primer ensayo.

Doctrinas del benefactor absoluto
Anticipadas en la poesía de Baha ad-Din
Zuhayr, del siglo trece. Arabia

Al hojear las primeras páginas, Chien vio una estrofa que le era familiar; se llamaba "Muerte" y la había conocido durante la mayor parte de su vida adulta, educada.

Fallará una vez, fallará dos veces,
Solo elige una entre muchas horas;

Para él no hay profundidad ni altura,
Todo es una llanura en donde busca flores.

–Poderoso –dijo Chien–. Este poema.

–El autor utiliza el poema –dijo Pethel al notar que los labios de Chien se movían releyendo la estrofa– para referirse a la sabiduría ancestral, desplegada por el Benefactor Absoluto en nuestras vidas cotidianas, de modo que ningún individuo esté seguro; todos somos mortales, y solo la causa suprapersonal, históricamente esencial, sobrevive. Como debe ser. ¿Estaría usted de acuerdo con él? ¿Con este estudiante, quiero decir? O... –Pethel hizo una pausa–. ¿Quizá esté, en realidad, satirizando las proclamas de nuestro Benefactor Absoluto?

Precavido, Chien dijo:

–Permítame inspeccionar el otro texto.

–No necesita más información; decida.

Vacilante, Chien dijo:

–Yo... nunca había pensado en este poema de este modo –se sentía irritado–. Como quiere que sea, no es de Baha ad-Din Zuhayr; forma parte de la recopilación *Las mil y una noches*. Sin embargo es del siglo trece; admito eso.

Leyó con rapidez el texto que acompañaba al poema. Parecía ser un párrafo rutinario, poco inspirado, de clisés partidistas que él sabía de memoria. El ciego monstruo imperialista que segaba y absorbía (metáfora mixta) la aspiración humana, los cálculos del grupo anti–Partido aún en existencia en los Estados Unidos del Este... Se sentía sordamente aburrido, y tan poco inspirado como el estudiante del examen. Debemos perseverar, declaraba el texto. Eliminar los restos del Pentágono en las montañas Catskills, dominar a Tennessee y sobre todo el bolsón de reaccionarios empecinados de las colinas rojas de Oklahoma. Suspiró.

–Creo que debemos permitir que el señor Chien pueda considerar este difícil material cómodamente –dijo Tso-pin. Luego se dirigió a Chien–. Tiene permiso para llevarlo a su departamento, esta noche, y juzgarlos en sus horas libres –efectuó una reverencia entre burlona y solícita. Fuera o no un insulto, había librado a Chien del anzuelo, y Chien se lo agradecía.

–Son ustedes muy bondadosos al permitirme cumplir con esta nueva y estimulante labor en mis horas libres. De estar vivo, Mikoyan los aprobaría –murmuró. Bastardos, se dijo. Incluyendo en el insulto tanto a su superior como al caucásico Pethel. Arrojándome un clavo ardiente como éste, y en mis horas libres. Es obvio que el PC de Estados Unidos tiene problemas; sus academias de adoctrinamiento no cumplen su trabajo con la excéntrica y muy terca juventud yanqui. Y se han ido pasando este clavo ardiente de uno a otro hasta que llegó a mí.

Gracias por nada, pensó con amargura.

Aquella noche, en su departamento pequeño pero bien equipado leyó el otro examen, escrito esta vez por una tal Marion Culper, y descubrió que también tenía que ver con la poesía. Era obvio que se trataba de un curso de poesía. Siempre le había resultado desagradable la utilización de la poesía (o de cualquier arte) con propósitos sociales. De todos modos, sentado en su cómodo sillón especial enderezador de columna, de cuero simulado, encendió un inmenso cigarro corona Cuesta Número Uno del Mercado Inglés y empezó a leer.

El autor del ensayo, la señorita Culper, había elegido como texto un fragmento de un poema de John Dryden, el poeta inglés del siglo XVII, las líneas finales de su famosa "Canción para el día de Santa Cecilia".

Así cuando la última y temida hora
Esta gastada procesión devore,
La trompeta se oirá en lo alto,

Los muertos vivirán, los vivos morirán
Y la Música destemplará el cielo.

Bueno, esto es increíble, pensó Chien cáusticamente. ¿Se supone que debemos creer que Dryden anticipó la caída del capitalismo? ¿Eso quiso decir cuando escribió "gastada procesión"? Cristo. Se inclinó para tomar un cigarro y descubrió que se había apagado. Tanteó en los bolsillos buscando su encendedor de origen japonés, comenzó a pararse...

–Ajá –dijo Chien. El Líder va a hablarnos. El Benefactor Absoluto del Pueblo. Lo hará desde Pekín, donde ha vivido durante los últimos noventa años; ¿o cien? O, como a veces nos gusta pensar en él, el Asno...

–Que los diez mil capullos de la abyecta pobreza autoasumida florezcan en vuestro jardín espiritual –dijo el locutor del canal.

Chien se paró con un gruñido, y ejecutó la reverencia de respuesta obligatoria; cada televisor venía equipado con mecanismos de control que informaban a la Segpol, la Policía de Seguridad, si el propietario estaba haciendo la reverencia y/o mirando.

Un rostro claramente definido se manifestó en la pantalla: los rasgos amplios, lisos, saludables del líder del PC oriental, de ciento veinte años de edad, gobernante de muchos... demasiados, pensó Chien. Le sacó la lengua mentalmente y volvió a sentarse en el sillón de cuero simulado, ahora enfrentado el televisor.

–Mis pensamientos están concentrados en ustedes, hijos míos –dijo el Benefactor Absoluto con sus tonos ricos, lentos–. Y sobre todo en el señor Tung Chien de Hanoi, que tiene una difícil tarea por delante, una tarea que enriquece al pueblo del Oriente Democrático, además de la Costa Oeste Americana. Debemos pensar todos juntos en este hombre noble, dedicado y en el trabajo que enfrenta, y yo mismo he decidido emplear algunos momentos de mi tiempo para honrarlo y alentarlo. ¿Está usted oyendo, señor Chien?

–Sí, Su Excelencia –dijo Chien, y consideró las posibilidades de que el Líder del Partido lo hubiera elegido *a él* en esta noche en especial. Las posibilidades eran tan escasas que experimentó un cinismo anormal en un camarada; le sonaba poco convincente. Lo más probable era que la transmisión se emitiera solo a su edificio de departamentos... o al menos a aquella ciudad. También podía ser un trabajo de sincronización labial hecho en la televisión de Hanoi. Incorporado. Sea como fuere, se le exigía que escuchara y mirara... y absorbiera. Lo hizo, gracias a toda una vida de práctica. Exteriormente parecía estar prestando una atención inflexible. En su fuero interno aún cavilaba sobre los dos exámenes escritos, preguntándose cuál era el correcto: ¿dónde terminaba el devoto entusiasmo por el Partido y comenzaba la sátira sardónica? Era difícil determinarlo... lo cual explicaba, desde luego, por qué habían descargado la labor en su regazo.

Volvió a tantear los bolsillos en busca del encendedor... y encontró el sobrecito gris que le había vendido el mercachifle veterano de guerra. Uf, pensó, recordando lo que le había costado. Dinero tirado a la calle y ¿qué era lo que hacía este remedio vegetal? Nada. Dio vuelta el envoltorio y vio, en la parte de atrás, un texto en letras muy pequeñas. Bien, pensó, y comenzó a desdoblar el paquete con cuidado. Las palabras lo habían atrapado... para eso estaban preparadas, por supuesto.

¿Fracasando como miembro del Partido y ser humano?

*¿Temeroso de volverse obsoleto y ser arrojado
al montón de cenizas de la historia por...?*

Paseó la vista con rapidez sobre el texto, ignorando sus afirmaciones, buscando datos para saber qué había comprado.

Entretanto el Benefactor Absoluto seguía bordoneando.

Rapé. El paquetito contenía rapé. Innumerables granitos negros, como pólvora, de los que subía un atrayente aroma que le cosquilleó la nariz. Descubrió que el nombre de esa mezcla en particular era Princess Special. Y es muy agradable, decidió. En una época había tomado rapé (durante un tiempo fumar tabaco había estado prohibido, por razones de salud) en sus días de estudiante en la Universidad de Pekín; estaba de moda, sobre todo las mezclas eróticas preparadas en Chungking, hechas vaya uno a saber con qué. ¿Ésta era como aquéllas? Al rapé se le podía agregar casi cualquier sustancia aromática, desde esencia de naranja hasta excremento de bebé pulverizado... o al menos eso parecían algunas, sobre todas una inglesa llamada High Dry Toast que habría bastado por sí sola para poner punto final a su costumbre de aspirar tabaco nasalmente.

En la pantalla televisiva el Benefactor Absoluto seguía retumbando monótono, mientras Chien aspiraba el polvo con cautela y leía el prospecto: curaba todo, desde llegar tarde al trabajo hasta enamorarse de mujeres con pasado político dudoso. Interesante. Pero típico de los prospectos.

Sonó el timbre.

Se levantó y caminó hasta la puerta, sabiendo perfectamente lo que iba a encontrar. Como no podía ser de otra manera, allí estaba Mou Kuei, el Guardián Edilicio, pequeño y torvo y dispuesto a cumplir con su deber; se había colocado la faja en el brazo y el casco metálico, para mostrar que estaba de servicio.

–Señor Chien, camarada trabajador del Partido. He recibido una llamada de la autoridad televisiva. Usted no está mirando su pantalla y en vez de eso juguetea con un paquete de contenido dudoso –extrajo un anotador y un bolígrafo–. Dos marcas rojas, y se le ordena en forma sumaria que a partir de este momento descanse en una posición cómoda, sin tensiones, ante su pantalla y brinde al Líder su excelsa atención. Esta noche sus palabras se dirigen a usted en especial, señor; a usted.

–Lo dudo –se oyó decir Chien.

Parpadeando, Kuei dijo:

–¿Qué quiere usted decir?

–El Líder gobierna ocho mil millones de camaradas. No va a elegirme justo a mí –se sentía furioso; la exactitud del reproche del guardia lo fastidiaba.

Kuei dijo:

–Pero lo oí claramente con mis propios oídos. Usted fue mencionado.

Acercándose al televisor, Chien aumentó el volumen.

–¡Pero ahora está hablando sobre el fracaso de las cosechas en la India Popular! Eso no tiene importancia para mí.

–Todo lo que el Líder expone es importante –Mou Kuei garabateó una marca en la hoja de su anotador, se inclinó ceremoniosamente, se dio vuelta–. La orden de venir aquí a hacer que usted enfrentara su negligencia procedía del Departamento Central. Es obvio que consideran importante su atención; debo ordenarle que ponga en marcha el circuito de grabación automática y vuelva a pasar las partes anteriores del discurso del Líder.

Chien hizo un sonido obsceno con la lengua. Y cerró la puerta.

De vuelta al televisor, se dijo. Donde pasamos nuestras horas de ocio. Y allí quedan los dos exámenes escritos de los estudiantes; eso también lo deprimía. Y todo en mis horas libres, pensó con rabia. Que se vayan al diablo. Caminó hasta el televisor, empezó a apagarlo; una luz roja parpadeó de inmediato, informándole que no tenía permiso para hacerlo: en realidad no podía terminar con la perorata y la imagen ni siquiera desenchufándolo. Los discursos obligatorios nos van a matar, pensó, nos van a enterrar a todos; si pudiera librarme del ruido de los discursos, librarme del alboroto del Partido cuando ladra para azuzar a la humanidad...

Sin embargo, no había ordenanza conocida que le impidiera tomar rapé mientras contemplaba al Líder. Así que abrió el paquetito gris y derramó una porción de gránulos negros sobre el dorso de su mano izquierda. Luego alzó la mano con gesto profesional hasta su nariz e inhaló profundamente, haciendo que el polvo le penetrara bien en las fosas nasales. Pensó en la antigua superstición. Que las fosas nasales están conectadas con el cerebro, y en consecuencia la inhalación de rapé afectaba en forma directa la corteza cerebral. Sonrió, otra vez sentado, con la vista fija en la pantalla y en el individuo gesticulante tan conocido por todos.

El rostro se fue achicando, desapareció. El sonido cesó. Estaba ante un vacío, una superficie lisa. La pantalla lo enfrentaba blanca y pálida, y en el parlante sonaba un débil zumbido.

El cochino rapé, se dijo. E inhaló golosamente el polvo que quedaba sobre la mano, haciéndolo subir con avidez hacia la nariz, hacia las fosas nasales y, o así al menos lo sentía, hacia el cerebro; se hundió en el rapé, absorbiéndolo con júbilo.

La pantalla permaneció vacía y luego, en forma gradual, fue tomando forma una imagen. No era el Líder. No era el Benefactor Absoluto del Pueblo; a decir verdad, no era nada que se pareciera a una figura humana.

Ante él había un muerto aparato metálico, construido con circuitos impresos, seudópodos giratorios, lentes y una caja chirriante. Y la caja empezó a arengarlo con un clamor zumbante y monótono.

Sin poder apartar los ojos de la imagen pensó: *¿qué es esto? ¿La realidad?* Una alucinación, decidió. El vendedor ambulante había hallado alguna de las drogas psicodélicas utilizadas durante la Guerra de Liberación... ¡La está vendiendo y yo tomé un poco, tomé una porción completa!

Caminó dificultosamente hasta el videófono y marcó el número de la seccional Polseg más cercana al edificio.

–Quiero informar sobre un traficante de drogas alucinógenas –dijo en el receptor.

–¿Podría decirme su nombre, señor, y la ubicación de su departamento? –Era un burócrata oficial eficiente, enérgico e impersonal.

Le dio la información, luego volvió tambaleando a su sillón de cuero simulado, para presenciar una vez más la aparición sobre la pantalla del televisor. Esto es mortal, se dijo. Debe ser un producto desarrollado en Washington D.C. o en Londres: más fuerte y más extraño que el LSD-25 que vertieron con tanta eficacia en nuestros depósitos de agua. Y yo creía que iba a aliviarme de la carga de los discursos del Líder... esto es mucho peor, esta monstruosidad electrónica de plástico y acero, farfullando, contorsionándose, parloteando: es algo terrorífico.

Tener que enfrentar *esto* por el resto de mis días...

El equipo de dos hombres de la Polseg llegó en diez minutos. Y para entonces la imagen familiar del Líder había vuelto a entrar en foco en una serie de pasos sucesivos, reemplazando la horrible construcción artificial que agitaba sus tentáculos y chirriaba sin fin. Chien hizo entrar a los dos agentes temblando, los condujo hasta la mesa donde había dejado el resto de rapé en el paquete.

—Toxina psicodélica —dijo con voz espesa—. Efectos de corta duración. La corriente sanguínea la absorbe en forma directa, a través de los capilares nasales. Les daré detalles acerca de cómo la conseguí, quién me la vendió, y demás —aspiró con fuerza, tembloroso; la presencia de la policía era reconfortante.

Con los bolígrafos listos, los dos oficiales esperaban. Y durante todo ese tiempo, sonaba como fondo el discurso interminable del Líder. Como había ocurrido mil veces antes en la vida de Tung Chien. Pero nunca volverá a ser igual, pensó, al menos para mí. No después de inhalar ese rapé casi tóxico.

¿Eso es lo que ellos pretendían?, se preguntó.

Le pareció extraño pensar en *ellos*. Curioso... pero de algún modo correcto. Vaciló un instante, sin dar a la policía los detalles necesarios para encontrar al hombre. Un vendedor ambulante, empezó a decir. No sé dónde; no puedo recordar. Pero recordaba: la intersección exacta de las calles. Así que, con una resistencia inexplicable, se los dijo.

—Gracias, camarada Chien —el agente de mayor graduación tomó con cuidado lo que quedaba de rapé (quedaba la mayor parte) y lo colocó en el bolsillo de su uniforme severo, elegante—, y le informaremos de inmediato en caso de que tenga que tomar medidas médicas. Algunas de las antiguas sustancias psicodélicas de la guerra eran fatales, como sin duda habrá leído.

—He leído —asintió. Justamente en eso había estado pensando.

—Buena suerte y gracias por avisarnos —dijeron los dos agentes, y partieron. A pesar de toda su eficiencia, el asunto no parecía haberlos impactado; era obvio que denuncias como ésa eran asunto de rutina.

El informe del laboratorio llegó con rapidez, algo sorprendente, si se tenía en cuenta la vasta burocracia estatal. Se lo pasaron por el videófono antes de que el Líder hubiese terminado su discurso televisivo.

–No es un alucinógeno –le informó el técnico del laboratorio Polseg.

–¿No? –dijo, perplejo y, extrañamente, sin sentir alivio. En ningún aspecto.

–Todo lo contrario. Es una fenotiacina, que como usted sin duda sabe es antialucinógena. Una fuerte dosis por cada gramo de mezcla, pero inofensiva. Puede bajarle la presión arterial o darle sueño. Es probable que la hayan robado de algún escondite de provisiones médicas de la guerra. Abandonado por los bárbaros en retirada. Yo que usted no me preocuparía.

Chien colgó el teléfono lentamente, abstraído. Y luego caminó hasta la ventana del departamento (la ventana que daba sobre la espléndida vista de otros edificios horizontales de Hanoi) a pensar.

Sonó el timbre. Cruzó la sala alfombrada para contestar, como en un trance.

La muchacha que estaba allí de pie, vestida con un piloto marrón pálido y un pañuelo atado sobre su cabello oscuro, brillante y muy largo, dijo con una tímida vocecita.

–Eh... ¿Camarada Chien? ¿Tung Chien? Del Ministerio de...

–Han estado controlando mi videófono –le dijo; era un disparo al azar, pero una certeza muda le indicaba que era cierto.

–¿Ellos... se llevaron lo que quedaba de rapé? –miró a su alrededor–. Oh, espero que no; es tan difícil de conseguirlo en estos días.

–El rapé es fácil de conseguir –dijo él–. La fenotiacina no. ¿Eso es lo que usted quiere decir?

La muchacha alzó la cabeza, lo estudió con sus amplios, oscuros ojos lunares.

—Sí, señor Chien... —vaciló, con una indecisión tan obvia como la seguridad de los agentes de la Polseg—. Cuénteme lo que vio; para nosotros es muy importante estar seguros.

—¿Acaso puedo elegir? —dijo él, irónico.

—S... sí, ya lo creo. Eso es lo que nos confundió; eso es lo que se salió de los planes. No comprendemos; no se adapta a ninguna teoría —sus ojos se hicieron aún más oscuros y profundos—: ¿Tomó la forma del horror acuático? ¿O de la cosa con fango y dientes, la forma de vida extraterrestre? Por favor, dígamelo; necesitamos saberlo.

Su respiración era irregular, forzada, el piloto marrón subía y bajaba; Chien se descubrió contemplando el ritmo con que lo hacía.

—Una máquina —dijo.

—¡Oh! —ella sacudió la cabeza, asintiendo con vigor—. Sí, entiendo; un organismo mecánico que no se parece en nada a un hombre. No es un simulacro, algo construido para parecerse a un hombre.

Él dijo:

—Éste no parecía un hombre —y agregó para sí: y no podía, no pretendía hablar como un hombre.

—Usted comprende que no era una alucinación.

—Oficialmente me informaron que lo que tomé era una fenotiacina. Eso es todo lo que sé —decía lo mínimo posible, no quería hablar sino oír. Oír lo que la muchacha pudiera decirle.

—Bien, señor Chien... —lanzó un suspiro hondo, inseguro—. Si no era una alucinación, ¿entonces qué era? ¿Qué es lo que nos queda? ¿Lo que llamamos "super-conciencia"? ¿Puede ser eso?

Él no contestó; dándole la espalda, tomó con lentitud los dos exámenes escritos, los hojeó, ignorándola. Esperando la próxima tentativa de la muchacha.

Apareció por sobre su hombro, exhalando un aroma a lluvia primaveral, a dulzura y agitación; su olor era hermoso, y también su aspecto, y, pensó Chien, su modo de hablar. Tan distinto de los ásperos y chatos discursos esquemáticos que oímos en la televisión: que he oído desde que nací.

–Algunos de los que toman la estelacina (lo que usted tomó era estelacina) ven una aparición, algunos otra. Pero han surgido distintas categorías; no hay una variedad infinita. Unos ven lo que usted vio; lo llamamos el Chirriante. Otros ven el horror acuático: ése es el Tragón. Y luego están el Pájaro y el Tubo Trepador, y... –se interrumpió–. Pero otras reacciones dicen muy poco, *nos* dicen muy poco –vaciló, luego siguió adelante–. Ahora que le ha ocurrido esto, señor Chien, nos gustaría que se una a nuestra agrupación. Que se una a su grupo particular, los que ven lo que usted ve. El Grupo Rojo. Queremos saber qué es eso *realmente*, y... – hizo un gesto con sus dedos delgados, suaves como la cera–

No puede ser *todas* esas manifestaciones a la vez.

Su tono era conmovedor, ingenuo. Chien sintió que su tensión se relajaba... un poco.

–¿Qué ve usted? –dijo–. Usted en particular.

–Formo parte del Grupo Amarillo. Veo... una tormenta. Un remolino quejumbroso, maligno. Que arranca todo de raíz, tritura edificios horizontales construidos para durar un siglo –sobre su rostro apareció una sonrisa melancólica–. El Triturador. Son doce grupos en total, señor Chien. Doce experiencias absolutamente distintas, todas provocadas por las mismas fenotiacinas, todas del Líder cuando habla por televisión. Cuando *eso* habla, mejor dicho.

Sonrió hacia él, con sus largas pestañas (probablemente artificiales) y su mirada atractiva, hasta confiada. Como si creyera que él sabía algo o podía hacer algo.

—Como ciudadano debería hacerla arrestar —dijo un momento después.

—No hay leyes acerca de esto. Estudiamos los escritos jurídicos rusos antes de... encontrar gente que distribuyera la estelacina. No tenemos mucha; debemos elegir cuidadosamente a quién se la damos. Nos pareció que usted era alguien adecuado... un joven profesional de posguerra en ascenso, muy conocido, dedicado a su trabajo —tomó los exámenes escritos que él tenía en la mano—. ¿Le ordenaron hacer Lecto-pol? —preguntó.

—¿Lecto-pol? —no conocía el término.

—Analizar algo dicho o escrito para ver si se adecua a la visión del mundo actual del Partido. En su nivel jerárquico lo llaman sencillamente "leer", ¿verdad? —volvió a sonreír—. Cuando suba un escalón más, y esté junto al señor Tso-pin, conocerá esa expresión —agregó sombría—. Y al señor Pethel. Él ha llegado muy alto. No hay escuela ideológica en San Fernando; éstos son exámenes fraguados, concebidos para que puedan reflejar un análisis cabal de su ideología política, señor Chien. ¿Y fue capaz de distinguir cuál texto es ortodoxo y cuál herético? —su voz era como la de un duende, se burlaba de él con divertida malicia—. Elija el equivocado y su carrera en flor morirá, se detendrá en seco. Elija el correcto...

—¿Usted sabe cuál es el correcto? —preguntó Chien.

—Sí —asintió ella con sobriedad—. Tenemos micrófonos ocultos en las oficinas internas del señor Tso-pin; controlamos su conversación con el señor Pethel... que no es el señor Pethel sino el Inspector Mayor de la Segpol, Judd Craine. Posiblemente haya oído hablar de él; actuó como asistente en jefe del juez Vorlawsky en los tribunales para crímenes de guerra de Zurich, en el 98.

—Ya... veo —dijo con dificultad. Bueno, aquello explicaba todo.

La muchacha dijo:

–Me llamo Tanya Lee.

Chien no dijo nada; solo asintió, demasiado aturdido como para hacer funcionar el cerebro.

–Técnicamente soy una empleada sin importancia en su Ministerio –dijo la señorita Lee–. Nunca nos hemos encontrado, al menos que yo recuerde. Tratamos de obtener puestos en todos los lugares que podemos. Los más altos posibles. Mi propio jefe...

–¿Le parece correcto que me lo cuente? –señaló el televisor, que seguía encendido–. ¿No lo estarán registrando?

Tanya Lee dijo: –Instalamos un factor de interferencia en la recepción visual y auditiva de este edificio; les llevará casi una hora localizarlo. Así que tenemos... –se fijó en el reloj pulsera de su delgada muñeca– quince minutos más. Y aún estaremos seguros.

–Dígame cuál de los escritos es el ortodoxo.

–¿Eso es lo que le importa? ¿Realmente?

–¿Y qué es lo que debería importarme? –dijo él.

–¿No entiende, señor Chien? Usted ha aprendido algo. El Líder no es el Líder; es otra cosa, pero no podemos saber qué. Aún no. Señor Chien, con el debido respeto, ¿alguna vez hizo analizar su agua corriente? Sé que suena paranoico, pero ¿lo hizo?

–No –dijo Chien–. Por supuesto que no –sabiendo lo que iba a decir la muchacha.

La señorita Lee dijo con rapidez:

–Nuestros análisis demuestran que está saturada de alucinógenos. Lo está, lo estuvo y lo seguirá estando. No del tipo utilizado durante la guerra; no son los desorientadores, sino un derivado sintético, casi un alcaloide, llamado Datrox-3. Usted lo bebe en el edificio desde que se levanta; lo bebe en los restaurantes y en los departamentos que visita. Lo bebe en el Ministerio; llega por las cañerías desde una sola fuente central –su tono era frío y feroz–. Resolvimos el problema; apenas efectuamos el descubrimiento supimos que cualquier fenotiacina podía contrarrestarlo. Lo que no sabíamos, por supuesto, era esto: una *variedad* de experiencias auténticas; desde un punto de vista racional, eso no tiene sentido. Lo que debería cambiar de una persona a otra es la alucinación, y la experiencia de lo real debería ser omnipresente; está dado al revés. Ni siquiera logramos elaborar una teoría adecuada que pudiera explicarlo, y Dios sabe que lo hemos intentado. Doce alucinaciones que se excluyen mutuamente: eso sería fácil de comprender. Pero no una alucinación y doce realidades –dejó de hablar, entonces, y examinó los dos exámenes escritos, arrugando la frente–. El del poema árabe es el ortodoxo –afirmó–. Si les dice eso confiarán en usted y le otorgarán un cargo más alto. Será un paso adelante en la jerarquía de la oficialidad del Partido –sonriendo (sus dientes eran perfectos y adorables) terminó–: Mire lo que obtuvo con la inversión de esta mañana. Su carrera está asegurada por un tiempo. Y gracias a nosotros.

–No le creo –dijo Chien.

Instintivamente la cautela actuaba en su interior, la cautela de toda una vida vivida entre los duros hombres de la rama Hanoi del PC Oriental. Conocían una infinidad de métodos para dejar a un rival fuera de combate: había empleado algunos él mismo; había visto otros utilizados contra él o contra los demás. Éste podía ser un nuevo método, uno que no le resultaba familiar. Siempre era posible.

–En el discurso de esta noche el Líder se dirigió a usted en especial –dijo la señorita Lee–. ¿No le sonó extraño? ¿Usted, entre todos? Un funcionario menor de un pobre ministerio...

–Lo admito –dijo–. Me dio esa impresión, sí.

–Era auténtico. Su Excelencia está preparando una elite de hombres jóvenes, de posguerra; espera que infunda nueva vida a la jerarquía fanática y moribunda de vejestorios y mercenarios del Partido. Su Excelencia lo eligió a usted por la misma razón que nosotros: si prosigue su carrera en forma correcta, ésta lo llevará a la cúspide. Al menos por un tiempo... según lo que sabemos. Ésas son las perspectivas.

Así que prácticamente todos confían en mí, pensó Chien. Salvo yo mismo; y mucho menos después de esto, la experiencia con el rapé antialucinógeno. Eso había sacudido años de confianza, y sin duda estaba bien que así fuera. Sin embargo empezaba a recuperar la serenidad; al principio de a poco, luego de golpe.

Fue hasta el videófono, alzó el receptor y comenzó a marcar el número de la Policía de Seguridad de Hanoi, por segunda vez en esa noche.

–Entregarme sería la segunda decisión regresiva que usted puede hacer –dijo la señorita Lee–. Les diré que me trajo aquí para sobornarme; usted pensaba que por mi posición en el Ministerio yo sabría qué examen escrito elegir.

–¿Y cuál vendría a ser mi primera decisión regresiva? –preguntó él.

–No tomar una dosis mayor de fenotiacina –dijo llanamente la señorita Lee.

Mientras colgaba el videófono, Chien pensó: no entiendo lo que me está pasando. Hay dos fuerzas: por un lado el Partido y su Excelencia... por el otro esta muchacha con su supuesto grupo. Uno quiere hacerme ascender lo más posible dentro de la jerarquía del Partido; el otro... ¿Qué quería Tanya Lee? Por debajo de las palabras, dentro de una membrana de desdén casi trivial por el Partido, el Líder, los esquemas éticos del Frente Democrático Unido del Pueblo... ¿qué pretendía ella respecto a él?

–¿Es usted anti-Partido? –dijo él con curiosidad.

–No.

—Pero... —hizo un gesto—. Esto es todo lo que existe: Partido y anti-Partido. Usted debe ser del Partido, entonces —la miró a los ojos, perplejo; ella le sostuvo la mirada con serenidad—. Ustedes tienen una organización y se reúnen. ¿Qué pretenden destruir? ¿El funcionamiento normal del gobierno? ¿Son como los estudiantes desleales de los Estados Unidos durante la Guerra de Vietnam, cuando detenían a los trenes con tropas, hacían demostraciones...?

—No era así —dijo la señorita Lee con tono cansado—. Pero olvídelo; ése no es el tema. Lo que queremos saber es esto: ¿quién o qué nos está dirigiendo? Debemos avanzar lo suficiente como para enrolar a alguien, un joven técnico en ascenso del Partido, que pueda llegar a ser invitado a una entrevista personal con el Líder: ¿comprende? —su voz se hizo apremiante; consultó el reloj, era obvio que estaba ansiosa por partir: ya casi habían pasado los quince minutos—. En realidad, hay muy pocas personas que ven al Líder, como usted sabe. Quiero decir verlo verdaderamente.

—Está recluido —dijo él—. Por su avanzada edad.

—Tenemos esperanzas de que si usted pasa la prueba fraguada que le han preparado (y con mi ayuda lo hará), será invitado a una de las reuniones que el Líder convoca de vez en cuando, de las que por supuesto no informan los diarios. ¿Entiende ahora? —su voz se alzó aguda, en un frenesí de desesperación—. Entonces sabríamos; si usted puede entrar bajo la influencia de la droga antialucinógena, podrá enfrentar cara a cara lo que él es realmente...

Pensando en voz alta, Chien dijo:

—Y terminar con mi carrera como servidor público. Y quizá también con mi vida.

—Usted nos debe algo —estalló Tanya Lee, con las mejillas blancas—. Si yo no le hubiera dicho qué texto escoger habría elegido el equivocado y su puntillosa carrera de servidor público habría terminado de cualquier manera.

Habría fallado... ¡fallado en una prueba que ni siquiera sabía que le estaban tomando!

—Tenía un cincuenta por ciento de posibilidades a mi favor —dijo él con suavidad.

—No —la muchacha sacudió la cabeza con furia—. El texto herético está adulterado con un montón de jerga partidista; elaboraron los dos escritos deliberadamente para atraparlo. ¡*Quieren* que usted falle!

Chien examinó otra vez los textos, confundido. ¿Tenía ella razón? Era posible. Probable. Conociendo como conocía a los funcionarios, y en particular a Tso-pin, su superior, aquello sonaba convincente. Se sintió cansado. Derrotado. Luego de un momento, le dijo a la muchacha:

—Lo que están tratando de obtener de mí es un *quid pro quo*. Ustedes hicieron algo para mí: consiguieron, o pretenden haber conseguido, la respuesta para esta consulta del partido. Pero ya cumplieron con su parte. ¿Qué puede impedirme que la eche de aquí de mal modo? No estoy obligado a hacer absolutamente nada.

Oyó su propia voz, monótona, con la pobreza de énfasis emocional típica de los círculos del Partido.

La señorita Lee dijo:

—Mientras usted siga subiendo en la escala jerárquica, habrá otras consultas. Y las controlaremos para usted también en esos casos —estaba tranquila, serena; era obvio que había previsto su reacción.

—¿Cuánto tiempo tengo para pensarlo? —dijo.

—Ahora me voy. No tenemos apuro; usted no va a recibir una invitación a la quinta del Río Amarillo del Líder ni la semana próxima ni el mes próximo —mientras iba hacia la puerta, y la abría, hizo una pausa—: nos pondremos en contacto con usted a medida que le den las pruebas de clasificación camufladas; le suministraremos las respuestas; se encontrará con uno o más de nosotros en esas ocasiones. Lo más probable es que no sea yo; ese veterano de guerra incapacitado le venderá las hojas con las respuestas correctas cuando usted salga del edificio del Ministerio –le brindó una sonrisa breve, como una vela que se apaga–. Pero uno de estos días, seguramente en forma inesperada, recibirá una invitación formal, elegante, oficial, para ir a la quinta del Líder, y cuando lo haga irá bien sedado con estelacina... quizá la última dosis de nuestra ya escasa provisión. Buenas noches.

La puerta se cerró tras ella: había partido.

Dios mío, pensó. Pueden chantajearme por lo que he hecho. Y ni siquiera se molestó en mencionarlo; visto y considerando en lo que están implicados, no valía la pena hacerlo.

Pero ¿chantajearme por qué? Ya había informado a la patrulla de la Polseg que le habían dado una droga que resultó ser una fenotiacina. *Así que ellos saben*, descubrió. Me vigilarán; estarán alertas. Técnicamente no he violado ninguna ley, pero... estarán vigilando, de acuerdo.

Sin embargo, siempre vigilan, de un modo u otro. Se relajó un poco pensando en eso. Con el paso de los años se había acostumbrado, como todos.

Veré al Benefactor Absoluto del Pueblo como es, se dijo. Cosa que posiblemente nadie haya hecho. ¿Qué será? ¿Cuál de las subclases de imágenes no-alucinatorias? Clases que ni siquiera conozco... una visión que puede abrumarme por completo. ¿Cómo voy a mantener la calma, el equilibrio durante esa noche, si es como la forma que vi en la pantalla del televisor? El Triturador, el Chirriante, el Pájaro, el Tubo Trepador, el Tragón... o algo peor.

Se preguntó en qué consistían algunas de las otras visiones... y luego abandonó ese tipo de especulación; era improductiva. Y provocaba ansiedad.

A la mañana siguiente el señor Tso-pin y el señor Darius Pethel lo encontraron en su oficina, ambos tranquilos pero expectantes. Sin decir una palabra les tendió uno de los dos "exámenes escritos". El ortodoxo, con su breve y angustioso poema árabe.

–Éste es obra de un dedicado miembro o candidato a miembro del Partido –dijo con firmeza–. El otro...

Arrojó las hojas restantes sobre el escritorio:

–Basura reaccionaria –se sentía furioso–. A pesar de una superficial...

–Está bien, señor Chien –dijo Pethel, sonriendo–. No necesitamos explorar todas y cada una de las ramificaciones; su análisis es correcto. ¿Oyó que anoche el Líder lo mencionó en su discurso televisivo?

–Por supuesto que sí –asintió Chien.

–Entonces sin duda habrá deducido que hay algo muy importante implicado en lo que estamos intentando –dijo Pethel–. El Líder está interesado en usted; eso es evidente. Para ser más precisos, se ha comunicado conmigo al respecto –abrió su atestado portafolios y revolvió en su interior–. Extravié el maldito asunto. De todos modos... –miró a Tso-pin, que asintió levemente–. A Su Excelencia le agradaría verlo en la cena que ofrecerá el próximo jueves a la noche en el Rancho del Río Yangtsé. Sobre todo la señora Fletcher aprecia...

–¿La señora Fletcher? –dijo Chien–. ¿Quién es la señora Fletcher?

–Es una caucásica –explicó Pethel–. Procede del Partido Comunista Neocelandés; participó en la difícil lucha por el poder en ese país. Esta información no es secreta en sentido estricto, pero por otra parte no se ha divulgado –titubeó, jugueteando con la cadena de su reloj–. Probablemente sea mejor que la olvide. Desde luego, apenas se encuentre con él cara a cara lo advertirá, se dará cuenta de que es un caucásico. Como yo. Como muchos de nosotros.

—La raza no tiene nada que ver con la lealtad hacia el Líder y el Partido —señaló Tso-pin—. El señor Pethel es un ejemplo.

Pero Su Excelencia engaña, pensó Chien. Sobre la pantalla de televisión no parecía ser occidental.

—La imagen es sometida a una complicada serie de retoques habilidosos —interrumpió Tso-pin—. Por motivos ideológicos. La mayor parte de las personas que ocupan los altos puestos lo saben —clavó en Chien una mirada de dura crítica.

Así que todos están de acuerdo, pensó Chien. Lo que vemos todas las noches no es real. La cuestión es: ¿hasta qué punto es irreal? ¿Parcialmente? ¿O completamente?

—Estaré preparado —dijo con rigidez. Y pensó: ha habido una falla. El grupo que representa Tanya Lee no esperaba que yo consiguiera entrar tan pronto. ¿Dónde está el antialucinógeno? ¿Podrán alcanzármelo o no? Es probable que no, con tan poco tiempo.

Extrañamente, se sintió aliviado. Iba a presentarse ante Su Excelencia en una situación que le permitiría verlo como ser humano, verlo como él (y todos los demás) lo veían en la televisión. Sería una cena partidista estimulante y alegre, con algunos de los miembros más influyentes del Partido en Asia. Creo que podremos pasarla bien sin las fenotiacinas, se dijo. Y su sensación de alivio aumentó.

—Por fin la encontré —dijo Pethel de pronto, extrayendo un sobre blanco del portafolios—. Su tarjeta de entrada. Volará en sino-cohete hasta la villa del Líder el jueves por la mañana; allí el oficial de protocolo lo instruirá acerca de cómo debe comportarse. Se trata de una cena de etiqueta, con corbata blanca y frac, pero la atmósfera será cordial. Siempre hay brindis en abundancia —agregó—: He asistido a dos reuniones semejantes —emitió una sonrisa chillona–. El señor Tso-pin no ha sido honrado de la misma forma. Pero como dicen, todo llega para quien sabe esperar. Ben Franklin lo dijo.

–Para el señor Chien la ocasión ha llegado de modo bastante prematuro –dijo Tso-pin. Se encogió de hombros filosóficamente–. Pero nunca solicitaron mi opinión.

–Otra cosa –le dijo Pethel a Chien–. Es posible que cuando vea a Su Excelencia en persona se sienta desilusionado en ciertos aspectos. Esté atento para que no se note, si esos son sus sentimientos. Siempre nos hemos inclinado (hemos sido educados para eso) a considerarlo como algo más que un hombre. Pero en la mesa es –hizo un gesto– un tonto malicioso. En algún sentido como nosotros mismos. Por ejemplo, puede dar rienda suelta a un aspecto moderadamente humano de actividad oral agresiva y pasiva; quizá cuente una broma fuera de lugar o beba demasiado... Para ser francos, nadie sabe por anticipado cómo terminarán esas reuniones, pero por lo general duran hasta bien entrada la mañana del día siguiente. Así que sería sensato que acepte la dosis de anfetaminas que le ofrecerá el oficial de protocolo.

–¿Cómo? –dijo Chien. Era algo nuevo, interesante.

–Para la tensión nerviosa. Y para equilibrar los efectos de la bebida. Su Excelencia tiene un poder de resistencia admirable; a menudo sigue en pie y ansioso por continuar cuando todos los demás han abandonado.

–Un hombre notable –intervino Tso-pin–. Creo que sus... excesos solo demuestran que es un compañero magnífico. Y completo; es como el hombre ideal del Renacimiento: como Lorenzo de Médici, por ejemplo.

–Sí, eso es lo que uno piensa –dijo Pethel; escrutó a Chien con tanta intensidad que éste volvió a sentir el temor de la noche pasada. ¿Me están llevando de trampa en trampa?, se preguntó. Aquella muchacha: ¿era en realidad un agente de la Segpol, poniéndome a prueba, buscando en mí una veta desleal, antipartidista?

Creo que tomaré medidas para que el vendedor sin piernas de remedios vegetales no me enrede al salir del trabajo; volveré al departamento por un camino completamente distinto.

Tuvo éxito. Evitó al vendedor ese día, y también al día siguiente, y así hasta el jueves.

El jueves a la mañana el vendedor ambulante salió como una bala de debajo de un camión estacionado y le obstruyó el camino, enfrentándolo.

–¿Mi medicina? –preguntó el vendedor–. ¿Le sirvió? Sé que lo hizo; la fórmula viene de la Dinastía Sung... podría asegurar que surtió efecto. ¿No es así?

–Déjeme ver –dijo Chien.

–¿Tendría la bondad de contestarme? –el tono no era el lloriqueo esperado, clásico de un vendedor callejero operando en forma marginal; y ese tono llegó con fuerza a Chien; lo oyó alto y claro... según el dicho proverbial de las tropas títeres imperialistas.

–Sé lo que me dio –dijo Chien–. Y no quiero más. Si cambio de idea puedo comprarlo en una farmacia. Gracias.

Empezó a caminar, pero el carrito, con su ocupante sin piernas, lo persiguió.

–La señorita Lee estuvo hablando conmigo –dijo el vendedor en voz alta.

–Ajá –dijo Chien, y aumentó en forma automática la marcha; distinguió un taxi y empezó a hacerle señas.

–Esta noche va a asistir a la cena de la quinta del Río Yangtsé –dijo el vendedor, jadeando por el esfuerzo de mantener el ritmo de marcha–. ¡Tome la medicina... ahora! –le tendió un envoltorio chato, implorante–. Por favor, Miembro del Partido Chien; por su propio bien, por el de todos nosotros. Así podremos saber contra qué luchamos. Buen

Dios, podría ser algo extraterrestre; ése es nuestro principal temor. ¿No comprende, Chien? ¿Qué es su maldita carrera comparada con eso? Si no podemos averiguarlo...

El taxi frenó sobre el pavimento; su puerta se abrió. Chien empezó a abordarlo.

El paquete pasó junto a él, aterrizó sobre el borde inferior de la puerta, luego se deslizó hacia la alcantarilla, mojada por la lluvia reciente.

–Por favor –dijo el vendedor–. Y no le costará nada; hoy es gratis. Solo agárrelo, úselo antes de la cena. Y no utilice las anfetaminas; son un estimulante talámico, contraindicado cuando se toma un depresivo de las adrenales como la fenotiacina...

La puerta del taxi se cerró detrás de Chien. Se sentó.

–¿Adónde vamos, camarada? –preguntó el mecanismo robot de conducción.

Le dio la chapa con el número que indicaba su departamento.

–Ese mercachifle imbécil se las arregló para introducir su mugrienta mercadería en mi interior inmaculado –dijo el taxi–. Fíjese; está junto a su zapato.

Chien vio el paquete: era solo un sobre de aspecto común. Supongo que es así como las drogas llegan a uno, pensó; de pronto estaba allí. Se quedó inmóvil por un momento, luego lo levantó.

Como en la primera vez, un papel escrito acompañaba al producto, pero vio que ahora estaba escrito a mano. Una letra femenina; de la señorita Lee:

> Nos sorprendió por lo repentino. Pero gracias al cielo estábamos preparados. ¿Dónde se encontraba el martes y el miércoles? De todos modos, aquí lo tiene y buena suerte. Me pondré en contacto con usted durante la semana; no quiero que trata de ubicarme.

Le prendió fuego a la nota, la hizo arder en el cenicero del taxi.

Y se quedó con los gránulos negros.

Durante todo este tiempo, pensó, alucinógenos en nuestra agua corriente. Año tras año. Décadas. Y no en tiempo de guerra sino de paz. Y no de parte del enemigo sino de nuestro propio campo. Quizá debiera tomar esto; quizá debiera averiguar qué es él o eso y dejar que el grupo de Tanya Lee lo sepa.

Lo haré, decidió. Y además... tenía curiosidad.

Una emoción perniciosa, lo sabía. Sobre todo en las actividades del Partido la curiosidad era un estado de ánimo que podía poner punto final a su carrera.

Un estado de ánimo que por el momento lo invadía por completo. Se preguntó si duraría hasta la noche, si inhalaría en realidad la droga cuando llegara el instante preciso.

El tiempo lo diría. Eso y todo lo demás. Somos capullos en flor, pensó, sobre la llanura, donde los elige la muerte. Como lo expresaba el poema árabe. Trató de recordar el resto del poema pero no pudo.

Era probable que no tuviera importancia.

El oficial de protocolo de la quinta, un japonés llamado Kimo Okubara, alto y fornido, sin duda un ex luchador, lo examinó con hostilidad innata, incluso luego de presentarle su invitación grabada y demostrarle en forma fehaciente su identidad.

–Me sorprende que se haya molestado en venir –murmuró Okubara–. ¿Por qué no quedarse en casa y mirar TV? Nadie lo echa de menos. Hasta ahora la pasamos bien sin usted.

–Ya he mirado televisión –dijo Chien, envarado.

Y de todos modos rara vez se televisaban las cenas del Partido; eran demasiado indecentes.

La pandilla de Okubara lo cacheó dos veces en busca de armas, incluyendo la posibilidad de un supositorio anal, y luego le devolvieron la ropa. No encontraron la fenotiacina, sin embargo, porque ya la había tomado. Sabía que los efectos de dicha droga duraban unas cuatro horas; era más que suficiente. Y tal como Tanya le había dicho, era una dosis fuerte; se sentía perezoso, inepto y mareado, y la lengua se le movía en espasmos, en un falso mal de Parkinson: un efecto secundario desagradable que no había previsto.

A su lado pasó una muchacha, desnuda a partir del pecho, con largo cabello cobrizo cayéndole sobre los hombros y la espalda. Interesante.

Una muchacha desnuda a partir de las nalgas apareció en sentido opuesto. Interesante, también. Las dos parecían desocupadas y aburridas, y completamente dueñas de sí mismas.

—Usted también entra así —le informó Okubara a Chien.

Alarmado, Chien dijo:

—Tenía entendido que era una corbata blanca y frac.

—Es una broma —dijo Okubara—. Solo las muchachas van desnudas; hasta puede llegar a disfrutarlo, a menos que sea homosexual.

Bueno, pensó Chien, supongo que será mejor que me guste. Comenzó a vagar entre los demás invitados (usaban corbata blanca y frac, como él, y las mujeres, vestidos largos de noche) y se sintió ansioso, a pesar del efecto tranquilizante de la estelacina. ¿Por qué estoy aquí?, se preguntó. No se le escapaba la ambigüedad de su situación. Estaba allí para adelantar en su carrera dentro del aparato del Partido, para obtener el gesto de aprobación íntimo y personal de Su Excelencia... y por otro lado estaba allí para demostrar que Su Excelencia era un engaño; no sabía qué tipo de engaño, pero lo era: un engaño contra el Partido, contra todos los pueblos democráticos y amantes de la paz de la Tierra. Irónico, pensó. Y siguió mezclándose con la gente.

Una muchacha de pechos pequeños, brillantes, iluminados se acercó a pedirle fuego; sacó el encendedor con gesto abstraído.

—¿Qué es lo que hace resplandecer sus pechos? —le preguntó—. ¿Inyecciones radioactivas?

La muchacha se encogió de hombros, no dijo nada, pasó a su lado, dejándolo solo. Sin duda había actuado en forma incorrecta.

Quizás es una mutación de la época de la guerra, estimó.

—Una copa, señor —un sirviente tendió una bandeja hacia él con elegancia; aceptó un martini (que era el trago de moda entre las clases altas del Partido en China Popular) y probó el sabor seco y helado. Un buen gin inglés, se dijo. O posiblemente la mezcla original holandesa; con enebro o algo así. No estaba mal. Siguió avanzando, sintiéndose mejor; en realidad la atmósfera del lugar le resultaba agradable. Aquí la gente tenía confianza en sí misma; habían triunfado y ahora podían relajarse. Evidentemente era un mito que estar cerca de Su Excelencia producía ansiedad neurótica: al menos allí no veía el menor indicio, y él mismo apenas la sentía.

Un hombre calvo, maduro y fornido, lo detuvo por el simple procedimiento de apoyar su copa contra el pecho de Chien.

—La pequeña que le pidió fuego —dijo el hombre, y resopló—, la tipa con los pechos como adornos navideños... era un muchacho, de compañía —soltó una risita—. Aquí hay que tener cuidado.

—¿Y dónde puedo encontrar mujeres auténticas, si es que las hay? —preguntó Chien—. ¿Entre las corbatas blancas y los fracs?

–Muy cerca –dijo el hombre, y partió con un tropel de invitados hiperactivos, dejando a Chien a solas con su martini.

Una mujer alta, elegante, bien vestida, que estaba parada cerca de Chien, le agarró de pronto el brazo con la mano; Chien sintió que los dedos de la mujer se tensaban y ella le decía:

–Ahí viene Su Excelencia. Es la primera vez que lo veo; estoy un poco asustada. ¿Tengo bien el pelo?

–Espléndido –dijo Chien pensativo, y siguió la mirada de la mujer para ver por primera vez al Benefactor Absoluto.

Lo que cruzaba la habitación hacia la mesa del centro no era un hombre.

Y Chien advirtió que tampoco se trataba de un aparato mecánico; no era lo que había visto en la televisión. Evidentemente aquello era un sencillo dispositivo para emitir discursos, así como Mussolini había utilizado un brazo artificial para saludar en los desfiles largos y tediosos.

Dios, pensó, y se sintió enfermo. ¿Era esto lo que Tanya Lee llamaba el "horror acuático"? No tenía forma. Ni seudópodos, de carne o de metal. En cierto sentido no estaba allí: cuando lograba mirarlo de frente la forma se desvanecía; veía a través de ella, veía la gente al otro lado: pero no la forma en sí misma. Sin embargo, si giraba un poco la cabeza y la miraba de costado, la captaba, podía determinar sus límites.

Era terrible: lo abrumó de horror. A medida que avanzaba absorbía la vida de cada persona; devoró la gente allí reunida, siguió su camino, volvió a comer, siguió comiendo con apetito insaciable. Aquello odiaba; Chien sentía su odio. Aquello aborrecía; Chien sentía cómo aborrecía a todos los presentes: en realidad él compartía su aborrecimiento. De repente Chien y todos los que estaban en la enorme quinta eran cada uno una babosa retorcida, y por encima de los caparazones de babosa caídos, la criatura saboreaba, se demoraba, pero siempre yendo hacia él: ¿o era una ilusión? Si esto es una alucinación, pensó Chien, es la peor que he tenido en mi vida; si no lo es, entonces es una realidad maligna; es algo maligno que mata y lastima. Vio el rastro de sobras de hombres y mujeres pisoteados, amasados que el ser dejaba a su paso; los vio tratando de reponerse, de actuar con sus cuerpos tullidos: oyó cómo trataban de hablar.

Sé quién eres, pensó Tung Chien. Tú, el caudillo supremo de la estructura mundial del Partido. Tú, que destruyes cuanto objeto viviente tocas; comprendo aquel poema árabe, la búsqueda de las flores de la vida para comerlas: te veo montado a horcajadas sobre la llanura que para ti es la Tierra, una llanura sin profundidades ni alturas. Vas a todas partes, apareces en cualquier momento, devoras todo; edificas la vida y luego la engulles, y disfrutas al hacerlo.

Eres Dios, pensó.

—Señor Chien —dijo la voz, pero venía del interior de su cráneo, no del espíritu sin boca que se iba formando directamente ante él—. Me alegra volver a verlo. Usted no sabe nada. Váyase. Usted no me interesa. ¿Por qué tendría que importarme el barro? Barro; estoy atascado en él. Debo excretarlo, y así lo hago. Puedo destrozarlo, señor Chien; incluso puedo destrozarme a mí mismo. Bajo de mí hay rocas filosas; desparramo objetos con puntas agudas por encima del pantano. Hago que los sitios ocultos, profundos, hiervan como en una marmita; para mí el mar es como un pote de ungüento. Las partículas de mi carne están unidas a todo. Usted es yo. Yo soy usted. No importa, como no importa si la criatura de pechos encendidos era una muchacha o un muchacho; uno puede aprender a disfrutar de cualquiera de los dos.

Se rió.

Chien no podía creer que le estuviera hablando; no podía imaginar –era demasiado terrible– que lo hubiera elegido a él.

–Los he elegido a todos –dijo aquello–. Nadie es demasiado pequeño; cada uno cae y muere y yo estoy allí para contemplarlo. Solo necesito contemplar; es automático; fue dispuesto de ese modo.

Y entonces dejó de hablarle; se autodisgregó. Pero Chien lo seguía viendo; sentía su presencia múltiple. Era un globo que colgaba en la habitación con cincuenta mil ojos, con un millón de ojos... miles de millones; un ojo para cada ser viviente mientras esperaba que cada ser cayera, y luego lo pisoteaba cuando yacía debilitado. Había creado los seres para eso, y Chien lo sabía; lo comprendía. Lo que en el poema árabe parecía ser la muerte no era la muerte sino Dios; o mejor dicho Dios estaba muerto, aquello era una fuerza, un cazador, una entidad caníbal, y fallaba una y otra vez, pero como tenía toda la eternidad por delante podía permitirse fallar. Advirtió que era como en los dos poemas; también el de Dryden. La gastada procesión; eso es nuestro mundo y tú lo estás fabricando. Urdiéndolo para que así sea; amarrándonos.

Pero al menos me queda mi dignidad, pensó. Con dignidad abandonó su copa, se dio vuelta, caminó hacia las puertas del salón. Pasó a través de ellas. Caminó por un largo vestíbulo alfombrado. Un sirviente de la mansión, vestido de púrpura, le abrió una puerta; se encontró de pie afuera, en la oscuridad de la noche, en una galería, solo.

Solo, no.

El ser lo había seguido. O ya estaba allí antes de que él llegara; sí, lo había estado esperando. En realidad no había terminado con él.

–Allá voy –dijo Chien, y se precipitó sobre la baranda; estaba en un sexto piso, y abajo brillaba el río, y la muerte, la verdadera muerte, no lo que había vislumbrado el poema árabe.

Mientras trataba de saltar, aquello apoyó una extensión de sí mismo sobre su hombro.

–¿Por qué? –dijo Chien. Pero se detuvo. Intrigado. Sin comprender nada.

–No caigas por mí –dijo. Chien no podía verlo porque se había colocado detrás de él. Pero lo que estaba apoyado en su hombro... había comenzado a parecerse a una mano humana.

Y entonces el ser rió.

–¿Qué hay de gracioso? –preguntó Chien, mientras se balanceaba sobre la baranda, sostenido por la falsa mano.

–Estás haciendo mi trabajo –dijo–. No estás esperando; ¿no tienes tiempo para esperar? Te escogeré entre los demás; no necesitas acelerar el proceso.

–¿Y qué pasa si lo hago –dijo– por repulsión a ti?

El ser rió. Y no contestó.

–Ni siquiera me lo vas a decir –dijo Chien.

Otra vez no hubo respuesta. Comenzó a deslizarse hacia atrás, hacia la galería. Y la presión de la falsa mano aflojó de inmediato.

–¿Tú fundas el Partido? –preguntó.

–Fundé todo. Fundé el anti-Partido y el Partido que no es un partido, y los que están a favor de él y los que están en contra, los que tú llamarías Yanquis Imperialistas, los del campo reaccionario, y así hasta el infinito. Fundé todo. Como si fueran hojas de hierba.

–¿Y estás aquí para disfrutarlo? –preguntó.

–Lo que quiero es que me veas, como soy, como me has visto, y que luego confíes en mí –dijo el ser.

–¿Qué? –preguntó Chien, temblando–. ¿Confiar en ti para qué?

–¿Crees en mí?

–Sí. Puedo verte.

–Entonces vuelve a tu empleo en el Ministerio. Cuéntale a Tanya Lee que soy un anciano gastado, obeso, que bebe mucho y pellizca el trasero de las muchachas.

–Oh, Cristo –dijo Chien.

–Mientras sigas viviendo, incapaz de detenerte, te atormentaré –dijo aquello–. Te quitaré partícula por partícula todo lo que posees o deseas. Y cuando estés destrozado hasta la muerte te revelaré un misterio.

–¿Cuál misterio?

–Los muertos vivirán, los vivos morirán. Yo mato lo que vive; salvo lo que ha muerto. Y te diré esto: *hay cosas peores que yo*. Pero no te encontrarás con ellas porque para entonces te habré matado. Ahora regresa al salón y prepárate para la cena. No cuestiones lo que estoy haciendo; lo hacía mucho antes de que existiera Tung Chien y lo seguiré haciendo mucho después de que deje de existir.

Chien lo golpeó con la máxima fuerza posible.

Y experimentó un fuerte dolor en la cabeza.

Y oscuridad, con una sensación de caída.

Luego, otra vez oscuridad. Te alcanzaré, pensó. Me ocuparé de que tú también mueras. De que sufras; vas a sufrir, como nosotros, exactamente del mismo modo; volveré a enfrentarte, y te sujetaré con clavos; juro por Dios que te crucificaré contra algo. Y dolerá. Tanto como me duele a mí ahora.

Cerró los ojos.

Lo sacudían con rudeza. Y oía la voz de Kimo Okubara.

–Párese, borracho. ¡Vamos!

Sin abrir los ojos, dijo:

–Necesito un taxi.

–El taxi ya espera. Váyase a su casa. Desastre. Hacer el ridículo ante todos.

Chien se puso temblorosamente de pie, abrió los ojos,

se examinó. El Líder a quien seguimos, pensó, es el Único Dios Verdadero. Y el enemigo contra el que luchamos y hemos luchado también es Dios. Tienen razón: está en todas partes. Pero no entiendo lo que eso significa. Clavó los ojos en el oficial de protocolo y pensó, Tú también eres Dios. Así que no hay escapatoria, quizá ni siquiera saltando. Como yo empecé a hacerlo, instintivamente. Se estremeció.

—Mezclar copas con drogas —dijo Okubara con tono ofendido—. Arruinar la carrera. Lo vi ocurrir muchas veces. Desaparezca.

Vacilante, caminó hacia la gran puerta central de la quinta del Río Yangtsé, dos criados, vestidos como caballeros medievales, con penachos de plumas, le abrieron ceremoniosamente la puerta y uno de ellos dijo:

—Buenas noches, señor.

—¡Para usted! —dijo Chien, y entró en la noche.

A las tres menos cuarto de la mañana, mientras estaba sentado insomne en la sala de estar de su departamento, fumando un Cuesta Rey Astoria tras otro, sonó un golpe en la puerta.

Cuando abrió se encontró frente a Tanya Lee, con su impermeable y el rostro marchito de frío. Sus ojos ardían, interrogantes.

—No me mires así —dijo él ásperamente. Su cigarro se había apagado; volvió a encenderlo—. Ya me han mirado lo suficiente.

—Lo viste —dijo ella.

Chien asintió.

La muchacha se sentó en el brazo del sillón y luego de un momento dijo:

—¿Quieres contármelo?

—Vete lo más lejos posible —dijo Chien—. Bien lejos.

Y luego recordó; no había camino que se alejara bastante. Recordó haber leído también eso.

—Olvídalo —dijo; poniéndose de pie, fue con paso torpe hasta la cocina y empezó a preparar café.

Siguiéndolo, Tanya dijo:

—¿Fue... tan malo?

—No podemos ganar —dijo él—. Ustedes no pueden ganar; no quise incluirme. Yo no entro en eso; solo quiero seguir haciendo mi trabajo en el Ministerio y olvidarme. Olvidarme de todo el maldito asunto.

—¿Es extraterrestre?

—Sí.

—¿Es hostil a nosotros?

—Sí —dijo Chien—. No. Las dos cosas. Sobre todo hostil.

—Entonces tenemos que...

—Vete a casa, y acuéstate —la escrutó con cuidado; había permanecido sentado un largo rato y había pensado mucho. Acerca de muchas cosas—. ¿Estás casada? —preguntó.

—No. Ahora no. Lo estuve.

—Quédate conmigo esta noche —dijo él—. Por lo menos el resto de la noche. Hasta que salga el sol —y agregó—: Durante la noche es horrible.

—Me quedaré —dijo Tanya, desabrochándose el cinturón del impermeable—, pero necesito tener algunas respuestas.

—¿Qué quería decir Dryden con eso de que la música destemplaría el cielo? —dijo Chien—. ¿Qué puede hacer la música al cielo?

—Que todo el orden celestial del universo termina —dijo la muchacha mientras colgaba el impermeable en el armario del dormitorio; debajo llevaba un suéter anaranjado a rayas y pantalones elásticos.

—Eso es lo malo —dijo Chien.

La muchacha hizo una pausa, reflexionando.

—No sé. Supongo que sí.

—Es concederle mucho poder a la música.

—Bueno, ya conoces la antigua idea pitagórica acerca de la "música de las esferas" —con gestos precisos se sentó en el borde de la cama y se sacó sus zapatos livianos como chinelas.

—¿Crees en eso? —dijo Chien—. ¿O crees en Dios?

—¡Dios! —la muchacha rió—. Eso desapareció junto con la caldera a vapor. ¿De qué estás hablando? ¿De Dios o de dios? —se acercó a él, mirándolo a los ojos.

—No me mires tan de cerca —dijo Chien con voz aguda, retrocediendo—; no quiero que me vuelvan a mirar así.

Se apartó, irritado.

—Creo que si hay un Dios, le importa muy poco los asuntos humanos —dijo Tanya—. Bueno, ésa es mi teoría. Quiero decir, a Él no parece importarle que triunfe el mal o que la gente y los animales sean heridos y mueran. Francamente no veo Su presencia a mi alrededor. Y el Partido siempre ha negado cualquier forma de...

—¿Alguna vez lo viste a Él? —preguntó Chien—. ¿Cuando eras niña?

—Oh, desde luego, cuando niña. Pero también creía...

—¿Alguna vez se te ocurrió que el mal y el bien son nombres que designan la misma cosa? ¿Que Dios podría ser al mismo tiempo bueno y malo?

—Te prepararé un trago —dijo Tanya, y entró descalza a la cocina.

—El Triturador, el Chirriante, el Tragón y el Pájaro y el Tubo Trepador —dijo Chien— ...más otros nombres, otras formas. No sé. Tuve una alucinación. En la cena. Una alucinación enorme. Terrible.

—Pero la estelacina...

—Provocó una peor —dijo él.

—¿Hay algún modo de luchar contra lo que viste? —dijo Tanya sombríamente—. ¿Ese fantasma al que llamas alucinación pero que sin duda no lo era?

—Creer en él —dijo Chien.

—¿Qué lograremos con eso?

—Nada —dijo él, agotado—. Absolutamente nada. Estoy cansado; no quiero un trago... vamos a la cama.

—Está bien —regresó silenciosa al dormitorio, comenzó a sacarse el suéter a rayas por la cabeza—. Lo discutiremos a fondo más tarde.

—Una alucinación es algo misericordioso —dijo Chien—. Me gustaría haberla tenido; quiero que vuelva la mía. Quiero estar como antes de que tu vendedor ambulante me encontrara con aquella fenotiacina.

—Ahora ven a la cama. Seré amable. Toda calor y ternura.

Chien se sacó la corbata, la camisa... y vio, sobre su hombro derecho, la marca, el estigma que le había dejado aquello cuando le impidió saltar. Marcas lívidas que parecían estar allí para siempre. Entonces se puso la chaqueta del pijama: ocultaba las marcas.

—De todos modos tu carrera ha adelantado muchísimo —dijo Tanya cuando él entró a la cama—. ¿No estás contento?

—Por supuesto —dijo él, asintiendo invisible en la oscuridad—. Muy contento.

—Ven, acércate a mí —le pidió Tanya, rodeándolo con los brazos—. Y olvídate de todo lo demás. Al menos por ahora.

Chien la atrajo hacia él, entonces, haciendo lo que ella pedía y él quería hacer. La muchacha fue limpia; se movió con eficacia, con rapidez y cumplió su parte. No se molestaron en hablar hasta que por fin Tanya dijo, "¡Oh!" y se relajó.

—Me gustaría que pudiéramos seguir para siempre —deseó Chien.

—Lo hicimos —dijo Tanya—. Es algo fuera del tiempo; no tiene límites, como un océano. Así éramos en la época cámbrica, antes de que emigráramos a la tierra; es como las antiguas aguas primordiales. El único momento en que retrocedemos es cuando lo hacemos. Por eso es tan importante para nosotros. Y en aquellos días no estábamos separados: era como una gran gelatina, como esas burbujas que flotan hasta la playa.

–Que flotan y allí se quedan, para morir –dijo Chien.

–¿Puedes alcanzarme una toalla? –preguntó Tanya–. ¿O un trapo? Lo necesito.

Chien caminó descalzo hasta el baño, y entró a buscar una toalla. Allí (ahora estaba totalmente desnudo) vio por segunda vez su hombro, vio el sitio donde el ser lo había aferrado y lo había sostenido, tirándolo hacia atrás, quizá para juguetear con él un poco más.

Las marcas, inexplicablemente, sangraban.

Se limpió la sangre. Enseguida brotó más, y al verla, se preguntó cuánto tiempo le quedaba. Era probable que solo unas horas.

Volviendo a la cama, preguntó:

–¿Puedes seguir?

–Por supuesto. Si te queda energía; tú decides –la muchacha lo miraba sin pestañear, apenas visible en la difusa luz nocturna.

–Me queda –dijo Chien. Y la atrajo con fuerza hacia él.

(1967)

La hormiga eléctrica

A las cuatro y cuarto de la tarde, Garson Poole despertó en una cama de hospital, descubrió que estaba internado en una habitación para tres pacientes, y descubrió además otras dos cosas: que ya no tenía mano derecha y que no sentía dolor.

Me dieron un analgésico muy fuerte, pensó mientras observaba la pared más lejana, en la que había una ventana a través de la cual se podía ver el centro comercial de Nueva York: telarañas por las que se apresuraban vehículos y peatones que se entreveían tenuemente con el último sol de la tarde. El resplandor de la luz moribunda le agradó. La luz todavía no se fue. Y yo tampoco.

Había un videófono en la mesita junto a la cama. Vaciló, luego lo tomó e hizo una llamada al exterior. Un momento más tarde tenía delante a Louis Danceman, quien quedaba a cargo de las actividades de Tri-Plan mientras él, Garson Poole, estuviera en otro lugar.

–Gracias a Dios que está vivo –dijo Danceman al verlo. Su rostro carnoso y grande, poceado como la superficie lunar, se relajó aliviado–. Estuve llamando a todos...

–Perdí la mano derecha –aclaró Poole.

–Pero eso se puede arreglar. Quiero decir, le pueden injertar otra.

–¿Cuánto hace que estoy aquí? –dijo Poole. Se preguntó dónde estaban las enfermeras y los médicos. ¿Por qué no están protestando a mi alrededor cuando hago un llamado en estas condiciones?

—Cuatro días —dijo Danceman—. Aquí en la planta todo está saliendo muy bien. Incluso recibimos encargos de tres departamentos de policía distintos, todos de aquí, en la Tierra. Dos de Ohio, uno de Wyoming. Encargos fuertes, con una tercera parte por adelantado y la opción usual de alquiler por tres años.

—Sáqueme de aquí —dijo Poole.

—No puedo hacerlo hasta que tenga la nueva mano...

—Me la injertaré más adelante. —Deseaba desesperadamente regresar a un medio ambiente familiar. El recuerdo del cohete comercial asomando grotesco en la pantalla del piloto volvía una y otra vez a su mente. Si cerraba los ojos se sentía de nuevo en la destrozada nave mientras era arrojado de un lugar a otro, recibiendo heridas y lastimaduras. La fuerza cinética... se sobresaltó al recordar todo eso. Supongo que tuve suerte, se dijo.

—¿Está Sarah Benton allí? —preguntó Danceman.

—No. —Por supuesto, era su secretaria privada, y aunque fuese solo por lo relacionado con el trabajo tenía que estar a su lado, arrullándolo monótonamente como si fuera un bebé. A todas las mujeres robustas les gusta hacer de madres, pensó. Y eso es peligroso. Si se te caen encima pueden matarte—. Tal vez fue eso lo que me sucedió —dijo Poole en voz alta—. Tal vez Sarah se cayó sobre mí.

—No, no. Se rompió un eje del sistema de dirección durante la hora de tráfico más pesado y usted...

—Lo recuerdo muy bien.

Dio media vuelta en la cama al oír que se abría la puerta de la habitación: aparecieron un médico con una bata blanca y dos enfermeras de azul, y se dirigieron hacia su cama.

—Lo llamaré más tarde —dijo Poole y colgó el videófono. Respiró profundo, a la expectativa.

—Usted no debería estar videofoneando tan pronto —le dijo el médico mientras estudiaba su historia clínica—. Us-

ted es Garson Poole, propietario de Tri-Plan Electronics. Fabricante de unos dardos dentados que pueden perseguir a una presa en un radio de miles de kilómetros, respondiendo únicamente a sus ondas cerebrales. Usted es un hombre de éxito, señor Poole. Pero la cuestión es que no es un hombre. Es una hormiga eléctrica.
　–Por Dios –dijo Poole aturdido.
　–Por lo tanto no lo pudimos tratar aquí una vez que descubrimos su condición. Por supuesto, lo supimos en cuanto le examinamos su mano derecha herida. Vimos los elementos electrónicos, así que le hicimos una radiografía del torso, que confirmó nuestra hipótesis.
　–¿Qué es –preguntó Poole– una "hormiga eléctrica"?
Pero lo sabía; era capaz de descifrar esa expresión.
　–Un robot orgánico –le contestó una enfermera.
　–Ya veo –dijo Poole. Un sudor frío le brotó de la piel a lo largo de todo el cuerpo.
　–¿Usted no lo sabía? –le dijo el médico.
　–No –Poole sacudió su cabeza.
　–Recibimos una hormiga eléctrica más o menos una vez a la semana –le dijo el médico–. Ya sea por un accidente de cohetes, como usted, o porque solicitan voluntariamente su admisión... por lo general hormigas a las que, como le sucedió a usted, no se lo comunicaron, de manera que funcionaron junto a humanos creyéndose humanas. Y respecto a su mano... –hizo una pausa.
　–Olvide mi mano –dijo Poole secamente.
　–Cálmese –El médico se inclinó hacia él y examinó detenidamente su cara–. Una nave del hospital lo conducirá a un taller donde le repararán, o reemplazarán, su mano a un costo muy razonable, lo pague usted o sus propietarios, si los hubiere. En cualquiera de los dos casos, pronto podrá regresar a su escritorio en Tri-Plan, funcionando tan bien como antes.

—Excepto —dijo Poole— que ahora lo sé.

Se preguntó si Danceman, Sarah o alguno de los de la oficina ya lo sabían. ¿Alguno de ellos, o varios, era su propietario? ¿Lo habían encargado? Soy un monigote, se dijo. Eso es lo que siempre fui. En realidad, nunca estuve dirigiendo la compañía, solo fue una ilusión que me implantaron cuando me construyeron... junto con la ilusión de que era un ser humano y estaba vivo.

—Antes de que parta al taller de reparaciones —le dijo el médico—, le agradecería si pudiera pasar por la oficina que está en la entrada para abonar su factura.

—¿Cómo pueden cobrarme si aquí no atienden hormigas? —dijo Poole con amargura.

—Por nuestros servicios —dijo la enfermera—, hasta el momento en que lo descubrimos.

—Envíen la cuenta —dijo Poole con rencor impotente—. Envíenla a mi compañía.

Con un esfuerzo supremo se las arregló para sentarse; la cabeza daba vueltas y, vacilando, bajó las piernas de la cama al piso—.

—Me sentiré muy feliz si puedo irme —dijo mientras se ponía de pie—. Y les agradezco mucho por su tan humana atención.

—Gracias a usted, también, señor Poole —dijo el médico—. O más bien deba decir solo Poole.

En el taller de reparaciones reemplazaron su mano desaparecida.

La mano resultó algo fascinante. Estuvo examinándola largo rato antes de que se la instalaran los técnicos. En la superficie parecía orgánica y, en realidad, así era en la superficie. La piel natural cubría la carne natural, y sangre verdadera recorría las venas y los capilares. Pero, bajo todo eso, había cables y circuitos, componentes en miniatura...

mirando bien adentro por la muñeca pudo ver puertos, motores, válvulas multifase, todo muy pequeño. Era algo muy complejo. Y la mano le costó cuarenta ranas. El sueldo de una semana en cuanto pudiera retirarlo de la compañía.

–¿Qué garantía tiene? –le preguntó a los técnicos mientras fusionaban el hueso de la mano con el resto del cuerpo.

–Por noventa días, los componentes y la mano de obra –dijo uno de los técnicos–. A menos que se vea sometida a abuso inusual o intencional.

–Eso suena vagamente sugestivo –dijo Poole.

El técnico, un hombre –como todos– le dijo con cierta consideración:

–¿Estuvo simulando su condición?

–Sin intención –dijo Poole.

–¿Y ahora es intencional?

–Exactamente –añadió Poole.

–¿Sabe por qué no lo sospechó nunca? Siempre hay algunas señales... repiqueteos y chirridos que surgen del interior de vez en cuando. Usted nunca lo sospechó porque lo programaron para que no lo notara. Por lo tanto va a tener la misma dificultad para descubrir por qué lo construyeron y para quién trabaja.

–Un esclavo –dijo Poole–. Un esclavo mecánico.

–Pero la pasó bien.

–Tuve una vida agradable –dijo Poole–. Pero trabajé muy duro.

Pagó en el taller sus cuarenta ranas, flexionó los dedos nuevos y los probó recogiendo varias monedas, y luego se fue. Diez minutos más tarde estaba a bordo de un transporte público, camino a casa. Ya había tenido suficiente por ese día.

En su departamento de un ambiente se sirvió un trago de Jack Daniels Etiqueta Púrpura –con un añejamiento de sesenta años–, y se sentó a beber mientras su mirada se dirigía vagamente, a través de la única ventana, al edificio al otro lado de la calle. ¿Debo ir a la oficina?, se preguntó. Y si es así, entonces, ¿por qué? Por Dios, se dijo, algo así te puede destruir. Soy un monstruo, comprendió. Un objeto inanimado que imita a uno animado. Sin embargo... se sentía vivo. Pero ahora se sentía diferente. Respecto de sí mismo. Y también respecto a todos en Tri-Plan, en especial a Danceman y a Sarah.

Creo que me suicidaré, se dijo. Pero probablemente esté programado para no hacerlo. Sería un desperdicio cuyos costos tendría que absorber mi propietario. Y seguro que no le gustará.

Programado. En algún lugar de mi cuerpo, pensó, tengo instalada una matriz, un filtro que me impide tener ciertos pensamientos y llevar adelante ciertas acciones. Y me fuerza a otras. No soy libre. Nunca lo fui, pero ahora lo sé. Ésa es la diferencia.

Opacó la ventana y encendió la luz. Con cuidado se sacó toda la ropa, prenda por prenda. Había estado observando con atención mientras los técnicos en el taller le ajustaban su nueva mano: ahora tenía una idea bastante clara de cómo estaba ensamblado su cuerpo. Tenía dos paneles principales, uno en cada muslo. Los técnicos los habían removido para comprobar los complicados circuitos que había en su interior. Si estoy programado, decidió, entonces la matriz muy probablemente se encuentre allí.

El laberinto de circuitos lo dejó pasmado. Necesito ayuda, se dijo. Veamos... ¿cuál es el número de videófono de la computadora BBB que habían contratado en la oficina?

Tomó el videófono, marcó el número de la computadora en Boise, Idaho.

–El uso de esta computadora es de cinco ranas por minuto –dijo una voz mecánica–. Por favor, ponga su hoja de crédito personal delante de la pantalla.

Así lo hizo.

–A partir del zumbido quedará conectado con la computadora –continuó la voz–. Por favor, haga la pregunta lo más rápido posible, tomando en cuenta que la respuesta será dada en un microsegundo, mientras que su pregunta... –bajó el sonido. Pero rápidamente volvió a subirlo cuando la señal de habilitación del audio apareció en la pantalla. En ese momento la computadora se convirtió en una oreja gigante que lo escuchaba... así como también a otras cincuenta mil personas a lo ancho de la Tierra.

–Examíname visualmente –le ordenó a la computadora–. Y dime dónde puedo encontrar el mecanismo programador que controla mis pensamientos y mi conducta.

Esperó. La pantalla del videófono era un gran ojo, con múltiples lentes, que lo estaba examinando. Poole se exhibió por completo para que lo examinara en su departamento de un ambiente.

–Retire el panel de su pecho –dijo la computadora–. Presione ligeramente sobre el esternón y luego sáquelo hacia fuera.

Así lo hizo. Una parte de su pecho se desprendió. Aturdido, se sentó en el piso.

–Puedo distinguir los módulos de control –dijo la computadora– pero no puedo decir cuál...

Hizo una pausa mientras su ojo se movía sobre la pantalla del videófono.

–Puedo distinguir un rollo de cinta montado sobre el mecanismo de su corazón. ¿Puede verlo?

Poole retorció el cuello, examinando. También lo vio.

–Tendré que cortar la comunicación –dijo la computadora–. Una vez que pueda examinar toda la información disponible me pondré en contacto y le daré una respuesta. Buenos días –la pantalla se apagó.

Me arrancaré la cinta, se dijo Poole. Es diminuta, no más grande que un carrete de hilo, con una lectora montada entre el tambor emisor y el tambor receptor. No pudo ver ninguna señal de movimiento. Los carretes permanecieron inertes. Deben de ponerse en movimiento, reflexionó, ante situaciones específicas. Dominan mis procesos encefálicos. Y lo han estado haciendo toda mi vida.

Extendió la mano y tocó el carrete emisor. Todo lo que tengo que hacer es retirar esto, pensó, y...

La pantalla del videófono parpadeó.

—Hoja de crédito número 3-BNX-882-HQR446-T —se escuchó la voz de la computadora—. Aquí BBB-307DR poniéndose en contacto para responder a su consulta de hace dieciséis segundos, 4 de noviembre de 1992. El rollo de cinta grabada instalada sobre el mecanismo del corazón no es una bobina de programación sino, en verdad, un constructor de realidades supletorias. Todos los estímulos sensoriales recibidos por su sistema neurológico central emanan de esa unidad. Sería muy peligroso manipularla, probablemente terminal. —Añadió—: Parece que no tiene circuitos de programación. Ésa es la respuesta solicitada. Buenos días —y se apagó.

Poole, parado desnudo ante la pantalla del videófono, se tocó el carrete una vez más, con una enorme precaución. Ya veo, pensó salvajemente. ¿O no? Esta unidad...

Si yo corto la cinta, comprendió, mi mundo desaparecerá. La realidad continuaría para los demás, pero no para mí. Porque mi realidad, mi universo, proviene de una unidad minúscula. Alimenta la lectora y luego pasa directamente a mi sistema nervioso central mientras se desenrolla lentamente.

Comprendió que esto había estado sucediendo durante años.

Recogió las ropas, se volvió a vestir, se sentó en un gran

sillón, un lujo trasladado a su departamento desde las oficinas principales de Tri-Plan, y prendió un cigarrillo. Sus manos temblaban mientras dejaba el encendedor; echándose hacia atrás, expulsó el humo, generando una nube gris.

Tengo que ir despacio, se dijo. ¿Qué es lo que estoy tratando de hacer? ¿Abandonar mi programación? Pero la computadora no encontró un circuito de programación. ¿Quiero interferir con la cinta de la realidad? Y si así fuera, *¿para qué?*

Porque si la controlo, pensó, controlaré la realidad. Al menos, en lo que tiene que ver conmigo. Mi realidad subjetiva... pero eso era todo. La realidad objetiva es una construcción sintética, está vinculada a la universalización hipotética de una multitud de realidades subjetivas.

Mi universo está al alcance de los dedos, comprendió. Si siquiera pudiera descubrir cómo funciona el maldito aparato. Lo primero que tengo que hacer es buscar y localizar mi circuito de programación, con el fin de obtener un verdadero funcionamiento homeostático. El control de mí mismo. Pero con esto...

Con esto no solo obtendría el control de sí mismo; también tendría el control sobre todo.

Y esto me hace distinto de cada ser humano que haya vivido y muerto, pensó sombrío.

Recogió el videófono y marcó el número de su oficina. Cuando apareció Danceman en la pantalla le dijo enérgicamente:

—Quiero que me envíe un juego completo de microherramientas y una pantalla amplificadora a mi departamento. Tengo que trabajar en algunos microcircuitos —luego cortó la comunicación, sin detenerse a discutir.

Media hora más tarde se oyó un golpe en la puerta. Cuando la abrió se encontró ante uno de los encargados del taller cargado con una caja con microherramientas de todo tipo.

–No dijo exactamente lo que quería –dijo el encargado mientras entraba en el departamento–, así que el señor Danceman hizo que le trajera todo.

–¿Y las lentes amplificadoras?

–En el camión, arriba, en la terraza.

Tal vez lo que quiero hacer, pensó Poole, es morir. Encendió un cigarrillo, se quedó fumando mientras esperaba que el encargado trajera las pesadas lentes amplificadoras, con sus fuentes de poder y su panel de control, al departamento. Lo que intento es suicidarme. Se encogió de hombros.

–¿Está todo bien, señor Poole? –le dijo el encargado del taller mientras se enderezaba luego de dejar en el suelo el sistema de lentes amplificadoras–. Todavía debe de estar bastante golpeado después del accidente.

–Sí –dijo tranquilamente Poole. Se quedó callado hasta que el encargado se fue.

Bajo el sistema de lentes amplificadoras, la cinta de plástico adquiriría una forma nueva: una banda amplia a cuyo largo había cientos de miles de diminutos agujeros. Eso es mi pensamiento, pensó Poole. No estaba grabado en una capa de óxido ferroso sino que eran perforaciones.

Bajo las lentes la cinta se movía visiblemente. Muy despacio, pero lo hacía a una velocidad uniforme, en dirección a la lectora.

Lo que me imaginaba, pensó. Funciona como una pianola; sólido significa no, el agujero perforado es sí. ¿Cómo puedo comprobarlo?

Obviamente, tapando algunas perforaciones.

Calculó la cantidad de cinta que quedaba en el carrete de salida, también midió, con un gran esfuerzo, la velocidad de movimiento de la cinta, y al final obtuvo una cifra.

Si alteraba la cinta visible en la parte que se introducía en la lectora, pasarían entre cinco y siete horas antes de que alcanzara el cabezal. En realidad, lo que iba a hacer era suprimir algunos estímulos que de otro modo hubieran tenido lugar en unas pocas horas.

Con un micropincel pintó una sección relativamente grande con un barniz opaco que encontró en el equipo de accesorios que acompañaba a las microherramientas. Suprimí los estímulos por al menos media hora, meditó. Cubrí al menos un millar de aberturas.

Será interesante ver qué cosas cambian, si algo lo hace, en su entorno, en unas seis horas.

Cinco horas y media más tarde estaba sentado en Krackter's, un elegante bar en Manhattan, tomando un trago con Danceman.

–Se lo ve mal –dijo Danceman.

–Estoy mal –dijo Poole. Terminó su bebida, un whisky, y pidió otro.

–¿Por el accidente?

–En cierto sentido sí.

Danceman preguntó:

–¿Es... algo que descubrió sobre sí mismo?

Levantando la cabeza, Poole lo miró directamente bajo la difusa luz del bar.

–Entonces usted lo sabía.

–Sé –dijo Danceman– que debería llamarle "Poole" en lugar de "señor Poole". Pero prefiero lo último y seguiré llamándole de ese modo.

–¿Cuánto hace que lo sabe? –preguntó Poole.

–Desde que entró en la compañía. Me dijeron que los verdaderos propietarios de Tri-Plan, que viven en el Sistema Prox, querían que Tri-Plan fuera manejada por una hormiga eléctrica que ellos pudieran controlar. Querían una hormiga brillante y enérgica...

—¿Los verdaderos propietarios? —Ésta era la primera vez que escuchaba eso—. Tenemos dos mil accionistas, diseminados por todas partes.

—Marvis Bey y su esposo Ernan, en Prox 4, controlan el cincuenta y uno por ciento de las acciones con derecho a voto. Y fue así desde el principio.

—¿Por qué yo no lo supe nunca?

—Me dijeron que no se lo contara. Usted tenía que creer que manejaba las políticas de la compañía. Con mi ayuda. Pero en realidad le estaba transmitiendo lo que los Bey me transmitían a mí.

—Soy un monigote —dijo Poole.

—En cierto sentido sí —asintió Danceman—. Pero para mí siempre será el "señor Poole".

Una parte de la pared se desvaneció, y junto con ella varias personas en las mesas cercanas. Y...

Pudo ver que a través de la gran vidriera del bar, desaparecía el contorno de la ciudad de Nueva York.

—¿Qué pasa? —dijo Danceman cuando vio su expresión.

—Mire a su alrededor —dijo Poole ásperamente—. ¿Ve que algo haya cambiado?

Después de echar una mirada en torno al salón, Danceman dijo:

—No. ¿Cómo qué?

—¿Todavía sigue viendo el contorno de la ciudad?

—Por supuesto. A pesar de la niebla. Las luces parpadean...

—Ya sé cómo funciona —dijo Poole.

Estaba en lo correcto. Cada perforación cubierta significaba la desaparición de algún objeto en su realidad. Poniéndose en pie, dijo:

—Le veré más tarde, Danceman. Tengo que regresar a mi

departamento, tengo que hacer algo allí. Buenas noches.

Salió del bar hacia la calle, en busca de un taxi.

No había taxis.

Esto también, pensó. Me pregunto que más habré borrado. ¿Las prostitutas? ¿Las flores? ¿Las cárceles?

En la playa de estacionamiento del bar estaba el cohete de Danceman. Se lo llevaría, decidió. Todavía había taxis en el mundo de Danceman, podría tomar uno más tarde. De todos modos, es propiedad de la compañía y yo tengo una copia de la llave.

Muy pronto estuvo en el aire, en camino hacia su apartamento.

La ciudad de Nueva York no había vuelto a aparecer. Había vehículos, edificios, calles, peatones, carteles a la izquierda y a la derecha, pero en el centro nada. ¿Cómo puedo volar así? Desapareceré.

¿O no? Voló hacia la nada.

Fumando un cigarrillo tras otro voló en círculos durante quince minutos... y luego, sin ningún sonido Nueva York reapareció. Podía darle destino a su viaje. Apagó su cigarrillo (qué desperdicio perder algo tan valioso) y se dirigió hacia su departamento.

Si inserto una cinta opaca, pensaba mientras abría la puerta de su departamento, podría...

Sus pensamientos se interrumpieron. Había alguien en la silla de su sala de estar, mirando al Capitán Kirk en la televisión.

–¡Sarah! –dijo, sorprendido.

Ella se puso de pie, corpulenta pero aún con gracia.

–No estabas en el hospital, así que vine para aquí. Todavía tengo la llave que me diste en marzo después de que tuviéramos esa horrible pelea. Oh... te ves tan deprimido –se dirigió hacia él y examinó su rostro con ansiedad–. ¿Tanto te lastimaste?

—No es eso.

Se quitó el saco, la corbata y la camisa, y luego el panel del pecho. Se puso de rodillas y comenzó a ponerse los guantes para manipular las microherramientas. Hizo una pausa, levantó la vista hacia ella y dijo:

—Descubrí que soy una hormiga eléctrica. Algo que, desde cierto punto de vista, me abre algunas posibilidades, que ahora estoy explorando.

Flexionó los dedos y movió un destornillador en el extremo del waldo izquierdo, que se podía ver ampliado por el sistema de lente.

—Puedes mirar —le informó—, si lo deseas.

Sarah comenzó a llorar.

—¿Qué te ocurre? —le preguntó con brutalidad, sin levantar la vista de su trabajo.

—Es... es tan triste. Fuiste un buen compañero para todos en Tri-Plan. Todos te respetábamos. Y ahora todo cambió.

La cinta de plástico tenía un margen sin puntear arriba y abajo. Cortó una tira horizontal muy angosta; luego, tras un momento de gran concentración, cortó la cinta misma a cuatro horas de la cabeza lectora. Luego hizo girar la cinta cortada en ángulo recto con relación a la lectora, la unió en el lugar apropiado con un instrumento de microcalor, y por último volvió a unir el carrete a la izquierda y a la derecha. Bien, había insertado unos veinte minutos muertos en el fluir de la realidad. Tendría efecto, de acuerdo a sus cálculos, unos pocos minutos después de la medianoche.

—¿Te estás arreglando a ti mismo? —preguntó tímidamente Sarah.

—Me estoy liberando —dijo Poole. Aparte de ésta, tenía otras alteraciones en mente. Pero primero tenía que comprobar su teoría. Una cinta en blanco, sin perforaciones, significaba sin estímulos, en cuyo caso la *carencia* de cinta significaba...

—Esa expresión en tu rostro —dijo Sarah. Comenzó a tomar su cartera, su saco, la revista audiovisual—. Me iré. Puedo comprender cómo te sientes por haberme encontrado aquí.
—Quédate —dijo él—. Miremos juntos al Capitán Kirk.
Se puso la camisa.
—¿Recuerdas hace unos años cuando había veinte o veintidós canales de televisión? ¿Antes de que el gobierno cerrara las cadenas independientes?
Sarah asintió.
—¿Cómo se habría visto —dijo él— si el aparato de televisión proyectara todos los canales sobre la pantalla *al mismo tiempo*? ¿Podríamos haber distinguido algo en la confusión?
—No lo creo.
—Tal vez hubiésemos podido aprender a hacerlo. Aprender a ser selectivos. A desarrollar la percepción para saber qué era lo que queríamos ver y qué no. Piensa en las posibilidades, si nuestros cerebros pudiesen manejar veinte imágenes a la vez, piensa en la cantidad de conocimiento que podríamos almacenar durante un período determinado. Me pregunto si el cerebro, el cerebro humano... —Se interrumpió—. El cerebro humano no podría hacerlo —dijo de pronto, para sí mismo—. Pero en teoría un cerebro cuasi-orgánico sí podría.
—¿Es eso lo que tienes? —preguntó Sarah.
—Sí —dijo Poole.

Miraron al Capitán Kirk hasta el final, y luego se fueron a la cama. Pero Poole se quedó sentado, apoyado contra las almohadas, fumando y meditando. A su lado, Sarah se revolvía incansable, preguntándose por qué no apagaba la luz.
Las once y cincuenta. A partir de ahora, podía suceder en cualquier momento.

—Sarah —le dijo—. Necesito tu ayuda. En unos minutos me va a suceder algo extraño. No durará mucho, pero quiero que me observes con atención. Fíjate si yo... —hizo un gesto— muestro algún cambio. Si parece que me quedé dormido, o si digo cosas sin sentido, o... —Quería decir: si desaparezco, pero no lo hizo—. No te haré ningún daño, pero creo que sería una buena idea que estuvieras armada. ¿Trajiste tu pistola particular?

—Está en mi cartera —Ahora ella estaba completamente despierta. Se sentó en la cama y miró a Poole con temor, exponiendo su amplia espalda bronceada y llena de pecas a la luz.

Poole fue a buscar la pistola para llevársela.

La habitación se petrificó. Entonces, los colores comenzaron a desvanecerse. Los objetos se hacían cada vez más chicos hasta que, como humo, se evaporaban entre las sombras. La oscuridad lo ocupaba todo a medida que los objetos de la habitación se iban esfumando.

Se están acabando los últimos estímulos, comprendió Poole. Entrecerró los ojos en un intento de ver. Descubrió a Sarah Benton sentada en la cama: una figura bidimensional que se parecía a una muñeca erguida. Se estaba encogiendo. Torbellinos de sustancia sin materia se arremolinaban en nubes inestables. Los elementos se juntaban, luego se separaban, luego volvían a juntarse una y otra vez. Y poco después se disipaban los últimos rastros de calor, de energía y de luz. La habitación se cerró y se contrajo, como si hubiera sido expulsada de la realidad. Y en ese momento la más absoluta oscuridad lo reemplazó todo, un espacio sin profundidad, no una oscuridad nocturna sino una oscuridad tensa e inflexible. A esto se sumaba que no se podía escuchar nada.

Se estiró, intentando alcanzar algo. Pero no había nada que alcanzar. La conciencia de su propio cuerpo había partido junto con todo lo demás del universo. No tenía manos y, aunque las tuviera, no podría sentir nada.

Estaba en lo correcto acerca del funcionamiento de la maldita cinta, se dijo, utilizando una boca inexistente para comunicar un mensaje invisible.

¿Esto pasará en diez minutos?, se preguntó. ¿También estaré en lo correcto con respecto a esto? Esperó... pero tuvo la intuición de que el sentido del tiempo se había ido con todo lo demás. Sólo puedo esperar, comprendió. Y la espera no será larga.

Para serenarme, pensó, haré una enciclopedia. Intentaré hacer una lista con todo lo que comienza con "a". Veamos. Meditó. Aguja, automóvil, acsetrón, atmósfera, Atlántico, araña, aviso... siguió pensando y pensando, las palabras fluían de su mente atemorizada.

Repentinamente se encendieron las luces.

Se encontraba sobre el sillón de la sala de estar. La suave luz del sol se filtraba a través de la única ventana. Había dos hombres reclinados sobre él con las manos llenas de herramientas. Hombres de mantenimiento, comprendió. Estuvieron trabajando en mí.

–Está consciente –dijo uno de los técnicos. Se puso de pie y se apartó. Lo reemplazó Sarah Benton, llena de ansiedad.

–¡Gracias a Dios! –dijo, respirando húmedamente en la oreja de Poole–. Tuve tanto miedo. Llamé al señor Danceman para que...

–¿Qué sucedió? –interrumpió con brusquedad Poole–. Comienza desde el principio y, por Dios, habla lentamente. Así puedo asimilarlo todo.

Sarah se recompuso, hizo una pausa para frotarse la nariz, y luego se puso a hablar precipitada y nerviosamente.

–Te desmayaste. Te quedaste ahí tirado, como muerto. Esperé hasta las dos y media y ni te moviste. Entonces llamé al señor Danceman, desafortunadamente lo desperté, y él llamó al servicio de mantenimiento de hormigas eléctricas... perdón, quiero decir a la gente de mantenimiento de robots orgánicos, y vinieron estos dos hombres a la cinco menos cuarto, y estuvieron trabajando en ti desde entonces. Ahora son las seis y cuarto de la mañana. Y yo tengo mucho frío y me quiero ir a la cama; no podré ir a la oficina hoy, la verdad que no.

Se apartó lloriqueando. El sonido lo molestó.

—Estuvo toqueteando su cinta de realidad —le dijo uno de los hombres uniformados de mantenimiento.

—Sí —dijo Poole. ¿Por qué lo iba a negar? Seguramente ya habían encontrado la cinta sin perforaciones que insertó—. No debí haberme quedado así tanto tiempo —dijo—. Sólo inserté una cinta de unos diez minutos.

—Dejó de funcionar el transporte de la cinta —explicó el técnico—. La cinta dejó de correr hacia delante, la inserción se trabó y automáticamente se detuvo el mecanismo para evitar que se dañara la cinta. ¿Por qué se metió con ella? ¿No sabía lo que podía pasar?

—No estaba seguro —dijo Poole.

—Pero tenía una idea aproximada.

—Por eso lo hice —contestó agriamente.

—La cuenta —dijo el hombre de mantenimiento— es de noventa y cinco ranas. Si lo desea puede pagarla en cuotas.

—Está bien —dijo. Se sentó y se sintió mareado. Se frotó los ojos e hizo una mueca. Le dolía la cabeza y sentía el estómago completamente vacío.

—La próxima vez alise la cinta —le dijo el primero de los técnicos—. De ese modo no se va a trabar. ¿No se le ocurrió que debía tener algún sistema de seguridad? De esa manera se detiene antes que...

—¿Qué sucede —interrumpió Poole en voz baja e intensamente cauta– si no pasa ninguna cinta por la lectora? Ninguna cinta. ¿Si la célula fotoeléctrica brilla sin que nada la detenga?

Los técnicos se contemplaron mutuamente. Uno dijo:

–Saltan todos los neurocircuitos y se cortan.

–¿Y eso qué significa? –preguntó Poole.

–Significa el fin del mecanismo.

–Examiné el circuito –dijo Poole–. No tiene suficiente voltaje como para que eso suceda. El metal no se funde ante una corriente tan baja, aun si tocan las terminales. Estamos hablando de la millonésima de un vatio a lo largo de un conducto de cesio de dos milímetros de longitud. Supongamos que hay un millón de combinaciones posibles en un instante surgiendo de las perforaciones en la cinta. El total no es acumulativo, la cantidad de corriente depende de lo que la batería destina a ese módulo, y no es mucha. Con todas las perforaciones abiertas y corriendo.

–¿Le mentiríamos? –le preguntó cansadamente uno de los técnicos.

–¿Y por qué no? –dijo Poole–. Ahora tengo la oportunidad para experimentarlo todo. Simultáneamente. Conocer al universo en su totalidad, estar por un momento en contacto con toda la realidad. Algo que ningún humano puede hacer. Un concierto sinfónico que entra a mi cerebro, todas las notas y todos los instrumentos al unísono. Y todas las sinfonías. ¿Lo alcanza a comprender?

–Eso lo quemaría –dijeron en conjunto ambos mecánicos.

–No lo creo –dijo Poole.

–¿No le gustaría una taza de café, señor Poole? –dijo Sarah.

–Sí –dijo. Bajó sus piernas del sofá, presionó sus pies helados contra el piso, se estremeció. Entonces se puso de pie. Le dolía el cuerpo. Estuvieron toda la noche sobre el sofá, se dio cuenta. Pensándolo un poco, podríamos haber hecho algo mejor que eso.

En una mesa en un rincón de la cocina, Garson Poole estaba sentado frente a Sarah tomando un café. Los técnicos se habían ido hacía un largo rato.
—No vas a intentar más experimentos sobre ti mismo, ¿verdad? —dijo Sarah esperanzada.
—Me gustaría controlar el tiempo —contestó Poole, irritado—. Invertirlo.

Si cortaba un segmento a la salida de la cinta, pensó, y lo unía con un fragmento a la entrada, las secuencias causales fluirían en el otro sentido. Entonces bajaría por la escalera hacia atrás desde la playa de estacionamiento de la terraza hacia mi puerta, empujaría la puerta cerrada para abrirla, seguiría caminando hacia atrás dirigiéndome hacia la pileta de la cocina, donde apilaría un montón de platos sucios, los llevaría nuevamente a la mesa donde me sentaría luego de distribuirlos y entonces los llenaría con alimento producido por mi estómago... Luego llevaría la comida hacia la heladera, la pondría en sus envases, más tarde llevaría los envases al supermercado. Y por último, en las cajas me darían dinero por estos envases. Los alimentos serían empaquetados junto a otros alimentos en grandes cajas de plástico, las enviarían desde la ciudad hacia las fábricas hidropónicas sobre el Atlántico, donde las sustancias serían reintegradas a los árboles, a las plantaciones, al cuerpo de animales muertos, o enterradas bajo la superficie. Pero ¿qué probaría todo eso? Una grabación de video marcha atrás... No sabría más de lo que ahora sé, lo que no es suficiente.

Lo que yo quiero, se dio cuenta, es la realidad última y definitiva, durante un microsegundo. Después de eso no importará nada, porque habré conocido todo, no quedará nada para comprender o ver.

También podría intentar otro cambio, se dijo, antes de probar con un corte a la cinta. Perforaré nuevos agujeros en la cinta y veré qué representan. Será algo interesante.

Utilizando la punta de una microherramienta, perforó varios agujeros al azar sobre la cinta, tan cerca de la lectora como pudo... no quería tener que esperar.

—Me pregunto si tú podrás ver algo —le dijo a Sarah.

En principio no, hasta donde pudo extrapolar.

—Puede aparecer algo —agregó—. Quiero tenerte sobre aviso porque no quiero que te asustes.

—Oh, querido —dijo ella débilmente.

Controló su reloj. Pasó un minuto, luego otro, un tercero. Y entonces...

En el centro de la habitación apareció una bandada de patos verdes y negros. Parpaban excitados, se elevaban y revoloteaban hasta el cielo raso en una tumultuosa masa de plumas y alas, frenéticos porque su instinto les decía que tenían que salir de allí.

—Patos —murmuró Poole maravillado—. Perforé un agujero que significaba una bandada de patos salvajes.

Había aparecido otra cosa. El banco de una plaza con un anciano sentado en él, leyendo un diario doblado y arrugado. Levantó la vista, descubrió a Poole y le sonrió brevemente con sus dientes deteriorados, y luego volvió al diario. Continuó leyendo.

—¿Lo ves? —Poole le preguntó a Sarah—. Y los patos

En ese momento los patos y el banco de plaza desaparecieron. No quedó nada de ellos. El segmento que perforó pasó rápidamente.

—No eran reales —dijo Sarah—. ¿O sí lo eran? Y entonces cómo...

—Tú no eres real —le dijo a Sarah—. Solo eres un estímulo en mi cinta de realidad. Una perforación que se puede tapar. ¿Existes también en otra cinta de realidad, o la tienes en la realidad objetiva?

Él no lo sabía; no podía decirlo. Tal vez Sarah tampoco lo supiera. Tal vez existiera en un millar de cintas de realidad, tal vez incluso en cada una de las cintas de realidad que se habían hecho.

—Si cortara la cinta —dijo— estarías en todas partes y en ninguna. Como todo lo demás en el universo. Al menos en lo que a mí respecta.

—Soy real —balbuceó Sarah.

—Quiero conocerte por completo —dijo Poole—. Y para hacerlo debo cortar la cinta. Si no lo hago ahora, lo haré en algún otro momento. Es inevitable.

Así que, ¿para qué esperar?, se preguntó. Y siempre estaba la posibilidad de que Danceman le hubiera avisado a sus dueños, y que éstos le ganaran de mano. Porque, tal vez, él estuviera dañando su propiedad: a sí mismo.

—Haces que piense que hubiera sido mejor si hubiese ido a la oficina —dijo Sarah haciendo con su boca un mohín de tristeza.

—Vete —dijo Poole.

—No quiero dejarte solo.

—Estaré muy bien —respondió Poole.

—No, no vas a estar bien. Vas a desenchufarte o lo que fuere, te vas a matar porque descubriste que eres una hormiga eléctrica y no un ser humano.

—Tal vez —contestó rápidamente. Tal vez así sea—. Puede que todo se reduzca a eso.

—Y yo no puedo detenerte —dijo ella.

—No —estuvo de acuerdo Poole.

—Pero igual me voy a quedar —dijo Sarah—. Aunque no pueda detenerte. Porque si me voy y te mueres, el resto de mi vida me preguntaré qué hubiera sucedido si me hubiese quedado. ¿Lo entiendes?

Otra vez asintió.

—Sigue adelante —dijo Sarah.

Él se puso de pie.

—No es dolor lo que voy a sentir —le dijo—. Aunque te pueda parecer así. Ten presente el hecho de que los robots orgánicos tienen muy pocos circuitos de dolor en su interior. Experimentaré el más intenso...

—No me cuentes más —lo interrumpió—. Solo haz lo que quieras, y si no quieres no hagas nada.

Con torpeza porque estaba asustado, se puso los guantes para manejar las microherramientas, y tomó una con una hoja muy afilada.

—Voy a cortar la cinta montada en el panel que está en el interior de mi pecho —anunció mientras miraba a través del sistema de lentes—. Eso será todo.

Su mano temblaba cuando levantó el bisturí. Se puede hacer en un segundo, comprendió. Acabar con todo. Y... además, me quedará tiempo para unir los extremos de la cinta otra vez, se concedió. Media hora al menos. Por si cambio de opinión.

Cortó la cinta.

Mirándolo amedrentada, Sarah susurró:

—No pasó nada.

—Tengo todavía treinta o cuarenta minutos.

Se sentó a la mesa después de sacarse los guantes. Notó que su voz temblaba. Indudablemente Sarah también lo notó y se odió a sí mismo, sabiendo que la estaba alarmando.

—Discúlpame —dijo irracionalmente—. Tal vez hubiera sido mejor que te fueras —dijo entrando en pánico, y se puso de pie nuevamente.

Sarah hizo lo mismo, sin pensarlo, como si lo imitara. Paralizada por los nervios se quedó allí de pie.

—Vete —le dijo con voz apagada—. Ve a la oficina, que es

donde deberías estar. Ambos deberíamos estar allí.

Voy a unir los dos extremos de la cinta, se dijo, la tensión es demasiado grande para soportarla.

Estiró sus manos hacia los guantes y se los puso sobre los dedos temblorosos. Examinó la pantalla de aumento, vio que el haz de la célula fotoeléctrica resplandecía hacia arriba, directamente hacia la lectora, y al mismo tiempo pudo ver que el final de la cinta desaparecía bajo la lectora... Al ver esto comprendió: es demasiado tarde. Ya ha pasado. Dios mío, pensó, ayúdame. Se deslizó a una velocidad mayor de la que calculé. Así que es *ahora* que...

Vio manzanas, adoquines y cebras. Sintió calor y la sedosa textura de la tela. Sintió que el océano lo lamía y un fuerte viento, desde el norte, que lo empujaba como queriéndolo llevar hacia alguna parte. Sarah estaba a su alrededor, y Danceman también. Nueva York resplandecía en la noche, y los cohetes barrenaban y flotaban a través de los cielos nocturno y diurno, y lo inundaban y lo secaban. La manteca se hizo líquida en su boca, y al mismo tiempo lo asaltaron olores y gustos horribles: la presencia amarga de venenos, limones y hojas de hierbas de verano. Se ahogó, cayó y yació en brazos de una mujer en una enorme cama blanca que al mismo tiempo le chillaba estrepitosamente al oído: la alarma de emergencia de un ascensor defectuoso en uno de los hoteles arruinados y antiguos de la ciudad. Estoy viviendo, he vivido, nunca viviré, se dijo, y con estos pensamientos llegó toda palabra y todo sonido; los insectos zumbaron y se dispararon, y él estaba sumergido a medias en la compleja estructura de una máquina homeostática ubicada en algún lugar en los laboratorios de Tri-Plan.

Le quiso decir algo a Sarah. Abriendo la boca intentó sacar las palabras... una cadena específica de ellas elegidas de la enorme masa que iluminaba con intensidad su

mente, que la quemaban con sus significados completos.
La boca le ardió. Se preguntó por qué.

Petrificada contra la pared, Sarah Benton abrió los ojos y vio la columna de humo que salía de la boca semiabierta de Poole. Luego el robot se hundió sobre sí mismo, doblándose sobre rodillas y codos, entonces lentamente comenzó a aflojarse. Ella supo sin tener que revisarlo que había "muerto".

Poole se lo hizo a sí mismo, se dijo. Y había dicho que no sentiría dolor. O al menos no mucho, tal vez un poco. De todos modos, ahora todo se había acabado.

Lo mejor que puedo hacer es llamar al señor Danceman y contarle lo que sucedió, decidió Sarah. Todavía temblorosa, recorrió el camino hacia el videófono, lo tomó y marcó de memoria.

Poole pensó que yo era una serie de estímulos en su cinta de realidad, se dijo. Así que supuso que yo moriría cuando él lo hiciera. Qué extraño, pensó. ¿Por qué se imaginó eso? Nunca había estado conectado con el mundo real, siempre había "vivido" en un mundo electrónico propio. Qué raro.

–Señor Danceman –dijo cuando se conectó con el circuito de la oficina–. Se acabó Poole. Se destruyó a sí mismo delante de mis propios ojos. Haría bien en venir.

–Así que finalmente nos libramos de él.

–Sí, ¿no es maravilloso?

–Le enviaré un par de hombres del taller –dijo Danceman. Miró más allá de ella y pudo ver a Poole caído junto a la mesa de la cocina.

–Vaya a su casa y descanse –le ordenó a Sarah–. Debe estar agotada después de todo esto.

–Sí –dijo ella–. Gracias, señor Danceman.

Colgó y se quedó de pie junto al videófono sin saber qué hacer.

Y entonces notó algo.

Mis manos, pensó. Las levantó. ¿Por qué puedo ver a través de ellas?

También las paredes de la habitación se estaban desdibujando.

Temblando, caminó hacia el robot inerte, se quedó junto a él, sin saber qué hacer. A través de sus propias piernas podía ver la alfombra, y luego la misma alfombra comenzó a desvanecerse y a través de ella vio más allá capas de materia sucesivas desintegrándose.

Tal vez si pudiera unir los extremos de la cinta, pensó. Pero no sabía cómo hacerlo. Y Poole se estaba volviendo difuso.

El viento de la mañana sopló sobre ella. No lo sintió, ahora había comenzado a dejar de sentir.

El viento siguió soplando.

(1968)

Algo para nosotros, temponautas

Addison Doug caminaba pesadamente por el largo sendero de madera de secoya sintética, paso a paso, con la cabeza ligeramente echada hacia abajo, como si sintiera un dolor físico. La muchacha lo observó, quiso ayudarlo, sufriendo ella misma al ver cuán cansado e infeliz se veía, pero al mismo tiempo experimentó una enorme alegría de que al menos estuviera allí. Avanzaba paso a paso hacia ella, sin levantar la vista, en forma automática... como si lo hubiera hecho muchas veces, pensó de pronto. ¿Por qué conoce el camino tan bien?

–¡Addi! –lo llamó y corrió hacia él–. En la televisión dijeron que habías muerto. ¡Que todos habían muerto!

El hombre se detuvo, con un gesto quiso echar hacia atrás su pelo negro, que ya no era largo: se lo habían cortado antes del lanzamiento, pero evidentemente lo había olvidado.

–¿Crees en todo lo que ves en la televisión? –dijo, y continuó caminando, vacilante pero ahora sonriente. Y llegó hasta ella.

Por Dios, qué maravilloso es poder abrazarte y sentir tus manos otra vez sobre mí, pensó ella; tiene más fuerza de lo que esperaba.

–Ya iba a buscarme a otro –jadeó–. Para reemplazarte.

–Te hubiera partido la cabeza si lo hubieses hecho –dijo él–. De todos modos, no habría sido posible: nadie puede reemplazarme.

—Pero, ¿qué sucedió con la implosión? –dijo ella–. En la reentrada... dijeron que...

—Lo olvidé –dijo Addison en el tono que usaba cuando quería decir que no tenía ganas de hablar de eso. Ese tono siempre la había irritado, pero ahora no le importó. Comprendió que el recuerdo tenía que ser algo espantoso.

—Voy a quedarme contigo un par de días –agregó él mientras se dirigían juntos por la vereda hacia la puerta abierta de la casa en forma de A–. Si te parece bien. Y más tarde se me unirán Benz y Crayne, tal vez esta misma noche. Tenemos mucho de qué hablar.

—Entonces sobrevivieron los tres –dijo ella levantando la mirada hacia el demacrado rostro de Addison–. En la televisión dijeron que... –entonces comprendió. O creyó hacerlo–. Es una historia inventada, me imagino que por razones políticas, para engañar a los rusos. ¿Es así? Quiero decir que los rusos van a pensar que el vuelo fue un fracaso porque en la reentrada...

—No –dijo él–. Muy probablemente se nos una un crononauta ruso. Para ayudarnos a descubrir lo que sucedió. El general Toad nos avisó que ya estaba en camino hacia aquí. Ya le concedieron la visa. Por la gravedad de la situación.

—¡Por Dios! –dijo la muchacha afligida–. Entonces, ¿para quién inventaron la noticia?

—Dame algo de beber –dijo Addison–, y luego te haré un resumen de lo que pasó.

—Lo único que tengo para beber es brandy californiano.

—Del modo en que me siento me bebería cualquier cosa –dijo Addison Doug.

Se dejó caer sobre el sillón, se echó hacia atrás y dejó escapar un largo suspiro de angustia mientras la muchacha servía apresuradamente dos vasos.

—...apenados ante el trágico vuelco en que se precipitaron los hechos ante un inesperado... –decía la radio FM del automóvil.

–Pura cháchara oficial sin sentido –dijo Crayne mientras apagaba la radio. Benz y él habían tenido algunos problemas para encontrar la casa dado que habían estado allí solo una vez. Crayne pensó que era algo bastante informal concretar una conferencia de semejante importancia en el departamento de la novia de Addison, en las afueras de Ojai. Por otro lado, eso tenía la ventaja de que no molestarían los curiosos. Y probablemente tampoco les quedaba mucho tiempo. Pero era algo difícil de predecir; nadie podía estar seguro sobre el tema.

A ambos lados de la ruta se podían ver cerros que una vez estuvieron poblados de bosques, observó Crayne. Ahora las entradas a las casas y sus irregulares rutas de plástico fundido estropeaban el paisaje.

–Apostaría a que alguna vez esto fue hermoso –le dijo a Benz, que conducía.

–El Parque Nacional Los Padres está aquí cerca –dijo Benz–. Me perdí en él cuando tenía ocho años. Durante muchas horas estuve seguro de que me perseguía una serpiente de cascabel. Cada rama que veía se parecía a una serpiente.

–Ahora la serpiente te alcanzó –dijo Crayne.

–A todos nosotros –dijo Benz.

–Sabes –dijo Crayne– es una experiencia de mierda estar muerto.

–Dilo por ti.

–Pero técnicamente...

–Si solo escuchas la radio y la televisión –Benz se volvió hacia él con su enorme cara de gnomo terriblemente seria–. No estamos más muertos que cualquier otra persona en este planeta. La diferencia para nosotros es que la fecha de nuestra muerte está en el pasado, y la de todos los demás está en algún momento indeterminado en el futuro. En realidad, algunas personas ya la tienen bastante bien determinada, como las que están en los hospitales de oncología. Para ellas es tan segura como para nosotros. Más, incluso. Por ejemplo, ¿cuánto tiempo podemos quedarnos aquí antes de tener que regresar? Tenemos cierto margen, una libertad que la víctima de un cáncer terminal no tiene.

–Lo próximo que dirás para levantarnos el ánimo es que tampoco sentimos dolor –dijo Crayne alegremente.

–Addi lo siente. Esta mañana temprano lo vi salir dando tumbos. Somatiza con facilidad,... y esto ya se convirtió en una dolencia física. Como si Dios le estuviera clavando una rodilla en el cuello. Ya sabes, carga con demasiado peso y eso no es justo, pero no se queja en voz alta... solo de tanto en tanto muestra las llagas en sus manos –sonrió.

–Addi tiene mucho más por qué vivir que nosotros.

–Todos los hombres tienen algo por qué vivir. Yo no tengo una novia atractiva con la cual acostarme pero me gustaría ver a los semis circulando al atardecer por la Autopista Riverside algunas veces más. No es lo que tienes para vivir lo que importa, sino si quieres vivir para verlo, para estar allí... eso es lo que resulta malditamente lamentable.

Continuaron en silencio.

En la tranquila sala de estar de la casa de la muchacha los tres temponautas estaban sentados fumando, tomándose las cosas con calma. Addison Doug pensó para sí mismo que la muchacha parecía inusualmente provocativa y deseable con su suéter blanco ajustado y su minifalda. Deseó que estuviera un poco menos tentadora. No se sentía con fuerzas para tener algo con ella en ese momento. Estaba demasiado cansado.

—¿Sabe de qué se trata esto? —dijo Benz señalando a la muchacha—. Quiero decir, podemos hablar abiertamente. ¿No le hará daño?

—Todavía no le expliqué nada —dijo Addison.

—Pues será mejor que lo hagas de una maldita vez —agregó Crayne.

—¿Qué es lo que pasa? —preguntó la muchacha, sobresaltada, poniéndose una mano directamente entre los pechos. Como si quisiera aferrar algún símbolo religioso que no estaba allí, pensó Addison.

—Estiramos la pata en la reentrada —dijo Benz. En realidad él era el más cruel de los tres. O al menos el más brutal—. Mire, señorita...

—Hawkins —susurró ella.

—Encantado de conocerla, señorita Hawkins —la examinó de un modo frío y lento—. ¿Cuál es su nombre?

—Merry Lou.

—Muy bien, Merry Lou —dijo Benz. Miró a los otros dos hombres—. Suena como uno de esos nombres que llevan las meseras en la blusa. Me llamo Merry Lou y le serviré la cena, el desayuno, el almuerzo, la cena y el desayuno durante los próximos días o hasta que regrese a su propio tiempo. Son treinta y tres dólares con ocho centavos, por favor, sin incluir la propina. Y espero que no vuelva nunca más, ¿me escuchó?

Su voz había comenzado a estremecerse, el cigarrillo también.

—Discúlpeme, señorita Hawkins —dijo a continuación—. Todos estamos alterados por la implosión en la reentrada. Nos dimos cuenta en cuanto llegamos a la ATE. Lo supimos antes que nadie, lo supimos en cuanto encontramos el Tiempo de Emergencia.

—Pero ya no había nada que pudiéramos hacer —dijo Crayne.

—Nadie puede hacer nada —dijo Addison y la abrazó. Sintió como un *déjà vu*, pero luego la comprensión lo estremeció. Estamos atrapados en un bucle temporal, pensó, y daremos una y otra vuelta en él, tratando de resolver el problema de la reentrada, siempre pensando que es la primera vez, la única vez... y fracasando siempre. ¿Qué número de intento será éste? Tal vez el millonésimo. Estuvimos sentados aquí un millón de veces, examinando los mismos hechos una, otra y otra vez más sin llegar a ningún lado. Al pensar en eso sintió que el cansancio le llegaba hasta los huesos. Y al mismo tiempo experimentó cierto tipo de vasto odio filosófico hacia los otros dos hombres, que no tenían que resolver este enigma. Todos vamos al mismo lugar, como dice la Biblia. Pero... nosotros tres ya estuvimos allí. *Ahora* estamos allí. Así que fue un error que nos pidieran que nos quedáramos en la superficie de la Tierra para discutir y preocuparnos sobre el problema de la reentrada e intentáramos descubrir qué era lo que había funcionado mal. En realidad, eso lo tendrían que hacer nuestros herederos. Nosotros ya tuvimos suficiente.

No lo dijo en voz alta, sin embargo... por los demás.

—Quizás se llevaron algo por delante —dijo la muchacha.

—Quizás nos llevamos algo por delante —dijo Benz burlón, mirando a los demás.

—Los periodistas de la televisión dijeron eso —dijo Merry Lou—, que el peligro en la reentrada era encontrarse fuera de fase y chocar con algún objeto tangible en el nivel molecular, sin importar cuál fuera... —hizo un gesto—. Ustedes ya saben, "dos objetos no pueden ocupar el mismo espacio al mismo tiempo". De manera que todo explotó por esa razón.

Miró alrededor interrogante.

—Ése era el mayor factor de riesgo —reconoció Crayne—.

Al menos en teoría, como calculó el doctor Fein en Planificación, cuando tuvieron que determinar los imprevistos. Pero teníamos una gran variedad de sistemas de seguridad automáticos para sortearlo. La reentrada no se podía efectuar a menos que estos sistemas nos hubieran estabilizado y evitado que nos superpusiéramos con algún objeto. Por supuesto, podrían haber fallado todos los sistemas en esta secuencia. Uno tras otro. Yo observé mis sistemas de control en el lanzamiento, y todos ellos señalaban, todos y cada uno de ellos, que en ese momento estábamos pasando de fase correctamente. Y no escuché ningún sonido de advertencia. Tampoco vi nada –esbozó una sonrisa cansada–. Al menos no sucedió entonces.

–¿Se dieron cuenta de que nuestros parientes más cercanos ahora son ricos? –dijo Benz de pronto–. Tienen que cobrar nuestros seguros de vida en las compañías y también las indemnizaciones del gobierno. Nuestros "parientes más cercanos", ¡por Dios!, esos somos nosotros, supongo. Podemos reclamar decenas de miles de dólares, en efectivo. Entramos en las oficinas de seguros y decimos: "Estoy muerto, poniendo estaba la gansa".

Addison Doug estaba pensando. Los funerales públicos. Eso es lo que tienen planeado para después de las autopsias. Una larga columna de Cadillacs negros recorriendo la Avenida Pennsylvania, con todos los dignatarios del gobierno y los científicos... *y nosotros también estaremos allí*. No una sino dos veces. Una en los féretros de roble cubiertos con banderas, pero también... tal vez en las limosinas descapotadas, saludando a la multitud que escoltaba el cortejo.

–Las ceremonias –dijo en voz alta.

Los demás lo miraron molestos, sin comprender. Y entonces, uno a uno, comprendieron; se pudo ver en sus expresiones.

–No –dijo Benz con voz ronca–. Eso es imposible.

Crayne sacudió la cabeza con énfasis.

–Nos van a ordenar que estemos allí, y allí estaremos. Obedeciendo órdenes.

–¿También tendremos que *sonreír*? –agregó Addison–. ¿Hay que ofrecerles una puta *sonrisa*?

–No –dijo el general Toad lentamente, con su gran papada afeitada sobre el cuello similar a un palo de escoba, con la piel manchada de un color sucio, como si el peso de las condecoraciones que le colgaban del pecho hubiera provocado que parte de él comenzara a derrumbarse–. No tendrán que sonreír, más bien todo lo contrario, deben adoptar una actitud acorde con las circunstancias. Debe corresponder con el duelo nacional que se decretó.

–Eso será difícil de hacer –dijo Crayne.

El crononauta ruso no agregó nada. Su delgado rostro de pájaro, atrapado dentro de los auriculares que le permitían seguir la traducción simultánea, permanecía rígido e interesado.

–La nación –dijo el general Toad– tomará conciencia de su presencia entre nosotros una vez más durante un breve intervalo. Las cámaras de las mayores cadenas de televisión girarán hacia ustedes de improviso; se les entregaron instrucciones a los periodistas para que les digan a sus públicos algo así –extrajo una hoja de papel mecanografiada, se puso los anteojos, aclaró su garganta y dijo–: "Vemos tres figuras que vienen juntas en un automóvil. No las puedo reconocer. ¿Lo puedes hacer tú?".

El general Toad bajó el papel.

–En ese momento interrogarán a sus colegas de improviso. Exclamarán: "Pero, Roger", o Walter o Ned, como sea el caso según la cadena...

–O Bill –dijo Crayne–. Si se trata de la cadena Bufunidae que transmite desde el pantano.

El general Toad lo ignoró.

–Exclamarán por separado: "Pero Roger, ¡creo que estamos en presencia de los tres temponautas! ¿No querrá decir esto que, de algún modo, el inconveniente fue...?" Y entonces sus compañeros dirán con un tono sombrío: "Lo que vemos en este momento, creo, David" o Henry, o Pete o Ralph, según de quien se trate, "es la primera vez que la humanidad puede apreciar lo que los técnicos llaman Actividad de Tiempo de Emergencia, o ATE. Al contrario de lo que podría parecer a primera vista, estos *no* son, repito, *no* son nuestros tres valientes temponautas, como ordinariamente los conocimos, sino que lo que toman nuestras cámaras es la imagen de los tres suspendidos transitoriamente en su viaje hacia el futuro, el que inicialmente hay razones para esperar que tenga lugar en un continuo temporal a más o menos cien años en el futuro... pero parece que, por algún error, el impulso falló y ahora están aquí, en este momento, que para nosotros es, por supuesto, nuestro presente".

Addison Doug cerró los ojos y pensó, Crayne le va a pedir que lo enfoquen las cámaras mientras sostiene un globo y come maíz inflado. Creo que nos hemos vuelto locos, todos. Y entonces se preguntó: ¿cuántas veces vamos a tener que pasar por esta estúpida situación?

No puedo probarlo, pensó cansado. Pero sé que es verdad. Hemos estado sentados aquí, escuchando y diciendo estos disparates muchas veces. Se estremeció. Cada palabra...

–¿Qué pasa? –dijo Benz cortante.

El crononauta ruso habló por primera vez.

–¿Cuál es el máximo intervalo posible de ATE para la tripulación de tres hombres? Y ¿qué porcentaje de ese tiempo ya se consumió?

Después de una pausa, Crayne dijo:

—Nos hablaron sobre eso antes de venir para aquí. Consumimos aproximadamente la mitad de nuestro intervalo máximo total de ATE.

—De todos modos —gruñó el general Toad— programamos el Duelo Nacional para que caiga dentro del período de tiempo de ATE que resta. Esto nos obliga a apurarnos con la autopsia y los otros exámenes forenses, pero ante el sentimiento público creímos...

La autopsia, pensó Addison Doug, y otra vez se estremeció. Esta vez no pudo contener sus pensamientos y dijo:

—¿Por qué no suspendemos esta insensata reunión y vamos a Patología para ver algunos tejidos ampliados y coloreados, y tal vez tengamos algunas ideas nuevas y vitales que ayuden a la ciencia médica en su búsqueda de la explicación de lo sucedido? Una explicación... eso es lo que necesitamos. Respuestas a problemas que todavía no existen. Ya los podremos desarrollar más tarde —hizo una pausa—. ¿Quién está de acuerdo?

—Yo no quiero ver mi bazo en una pantalla —dijo Benz—. Iré al cortejo pero no tomaré parte de mi propia autopsia.

—Podrías regalarles muestras microscópicas de tus propias tripas a todos los que vayan a despedirte —dijo Crayne—. Nos podrían dar a cada uno una bolsa con ellas. ¿Le parece bien, General? Podemos arrojarlas como si fuera papel picado. E incluso creo que deberíamos sonreír.

—Estuve investigando en el protocolo acerca de eso —dijo el general Toad, revisando las páginas que tenía ante él—, y hay consenso en que la sonrisa no está de acuerdo con el sentimiento nacional. De modo que éste es un tema cerrado. En cuanto a su participación en los procedimientos de la autopsia que ahora se está llevando adelante...

—¡Nos la estamos perdiendo mientras nos quedamos sentados aquí! —le dijo Crayne a Addison Doug—. Siempre me pasa lo mismo.

Ignorándolo, Addison se dirigió al crononauta ruso.

–Oficial N. Gauki –le dijo al micrófono que colgaba sobre su pecho–, en su opinión, ¿cuál es el mayor terror al que tiene que enfrentarse un viajero temporal? ¿Que haya una implosión por una superposición en el momento de la reentrada, como sucedió con nuestra misión? ¿O su camarada y usted tuvieron otras obsesiones traumáticas durante su breve pero exitoso viaje temporal?

N. Gauki respondió después de una pausa:

–R. Plenya y yo intercambiamos opiniones informales en varias ocasiones. Creo que puedo responder por ambos a su pregunta: sin ninguna duda, nuestro mayor temor fue que inadvertidamente hubiésemos ingresado en un bucle temporal y nunca pudiéramos salir de él.

–¿Se repetiría para siempre? –preguntó Addison Doug.

–Sí, señor A. Doug –dijo el crononauta asintiendo sombrío.

Lo dominó un miedo como nunca había experimentado. Se volvió sin esperanzas hacia Benz y murmuró:

–¡Mierda! –los dos se miraron.

–Realmente no creo que sea eso lo que está sucediendo –le dijo Benz en voz baja, poniendo la mano sobre el hombro de Doug. Lo apretó con firmeza, un apretón amistoso–. Implosionamos en la reentrada, eso fue todo. Tómatelo con calma.

–¿Podríamos concluir con esta reunión pronto? –dijo Addison Doug con una voz ronca y estrangulada, levantándose a medias de su silla. Comenzó a sentir que la habitación lo sofocaba. Claustrofobia, pensó. Como cuando estaba en la escuela superior y lanzaron una prueba sorpresa en nuestras máquinas de enseñanza, y pensé que no podría superarla.

–Por favor –dijo simplemente, terminando de ponerse de pie. Todos lo estaban mirando con expresiones diferentes. El rostro del ruso era especialmente considerado, pero mostraba preocupación.

–Quiero irme a casa –les dijo a todos, y se sintió estúpido.

Estaba bebido. Era muy tarde por la noche, en un bar en Hollywood Boulevard. Afortunadamente Merry Lou estaba con él, y la estaban pasando bien. Se colgó de Merry Lou y dijo:

–La gran unidad en la vida, la suprema unidad y el supremo significado, es el hombre y la mujer. Su unidad absoluta. ¿Estás de acuerdo?

–Lo sé –dijo Merry Lou–. Lo estudiamos en clase.

Merry Lou era una rubia menuda, y esa noche, a su pedido, tenía puestos unos pantalones púrpura acampanados, zapatos de tacos altos y una blusa que le dejaba el ombligo expuesto. Más temprano había llevado un lapislázuli en su ombligo, pero se le había caído durante la cena en Ting Ho y lo había perdido. El propietario del restaurante le había prometido que lo seguiría buscando, pero ella había estado triste desde entonces. Era un símbolo, dijo. Pero no dijo de qué. O al menos él ya no podía recordarlo. Tal vez era eso. Ella le había contado su significado y él lo había olvidado.

Durante un tiempo un elegante negro de una mesa cercana, con peinado afro, chaleco a rayas y corbata color rojo brillante, estuvo observando a Addison. Obviamente, quería acercarse a la mesa pero no se animaba. De todos modos, siguió mirando.

–¿Nunca tuviste la sensación –le dijo Addison a Merry Lou– de saber lo que está por pasar? ¿Lo que alguien está por decir? ¿Palabra por palabra? Hasta el detalle más pequeño. Como si ya lo hubieras vivido antes.

–Nos pasa a todos –dijo Merry Lou mientras sorbía su Bloody Mary.

El negro se levantó y caminó hacia ellos. Se paró junto a Addison.

–Disculpe si lo molesto, señor.

–Va a decir "¿no lo conozco de algún lado?" –le dijo Addison a Merry Lou–, ¿no lo he visto en la televisión?

–Eso es precisamente lo que iba a decir –dijo el negro.

–Seguramente vio mi foto en la página cuarenta y seis del último número de *Time*, la sección de descubrimientos médicos –dijo Addison–. Soy médico clínico de una pequeña ciudad de Iowa y me vi catapultado a la fama al inventar una forma rápida y al alcance de todos de lograr la vida eterna. Las empresas farmacéuticas más grandes están pujando por mi vacuna.

–Podría haber sido ahí donde vi su foto –dijo el negro, pero no pareció convencido. Tampoco parecía haber bebido en exceso. Miró a Addison Doug con intensidad–. ¿Puedo sentarme con usted y la señora?

–Por supuesto –dijo Addison Doug. Entonces vio, en la mano del hombre, la identificación de la agencia de seguridad de los Estados Unidos que se había ocupado del proyecto desde el principio.

–Señor Doug –dijo el agente de seguridad mientras se sentaba junto a Addison–, usted no tendría que estar aquí hablando de esa manera. Si yo lo reconocí podría hacerlo cualquiera y se moriría del susto. Está todo clasificado hasta el día del Duelo Nacional. Técnicamente, usted está violando un Estatuto Federal al estar aquí, ¿no se da cuenta de eso? Debería arrestarlo. Pero ésta es una situación muy difícil. No queremos que pase algo desagradable y tener una escena. ¿Dónde están sus dos colegas?

–En mi casa –dijo Merry Lou. Ella obviamente no había visto la identificación.

–Escuche –le dijo cortante al agente–, ¿por qué no se larga? Mi marido ha pasado por momentos muy difíciles y ésta es la única oportunidad que tiene de relajarse.

Addison miró al hombre.

–Sabía lo que iba a decir usted antes de que viniera aquí.

Palabra por palabra, pensó. Estoy en lo correcto, y Benz está equivocado, y todo esto seguirá sucediendo, como una repetición.

–Tal vez –dijo el agente de seguridad–, pueda convencerlo para que regrese a la casa de la señorita Hawkins voluntariamente. Hay cierta información –golpeó el diminuto audífono que llevaba en su oreja derecha– que recibimos hace unos minutos, todos los agentes, para transmitírsela a usted en forma urgente si lo encontrábamos. Entre los restos de la plataforma de lanzamiento... ¿sabe que estuvimos investigando entre los escombros?

–Lo sé –dijo Addison.

–Creen que encontraron un primer indicio. Algo que trajo alguno de ustedes. De la ATE, además de lo que llevaron, violando de todas las normas.

–Respóndame a esto –dijo Addison Doug–. Supongamos que alguien me ve. Supongamos que alguien me reconoce. ¿Cuál es el problema?

–La gente cree que aunque la reentrada fracasó, el vuelo en el tiempo, la primera misión norteamericana a través del tiempo, tuvo éxito. Tres temponautas estadounidenses fueron lanzados un siglo hacia el futuro, más del doble de lo que lograron los rusos el año pasado. El hecho de que solo fue una *semana* será algo menor si creen que ustedes prefirieron manifestarse nuevamente en este continuo porque quisieron estar presentes, en verdad se sentían obligados a estar presentes, en...

–Queríamos estar en el cortejo –interrumpió Addison–. Dos veces.

–Se vieron obligados a asistir al dramático y sombrío espectáculo de su propio cortejo fúnebre, y serán enfocados en ese lugar por las cámaras de las cadenas de televisión más importantes. Señor Doug, la verdad es que hay una increíble cantidad de planificación de alto nivel y muchos gastos para corregir esta espantosa situación. Confíe en nosotros. Será lo más conveniente para el público, y esto será vital si queremos que haya otra misión temporal estadounidense. Y eso es, después de todo, lo que todos queremos.

Addison lo miró:

–¿Que queremos qué?

Incómodo, el agente de seguridad dijo: –Que haya nuevos viajes temporales. Como el que hicieron ustedes. Desdichadamente, ustedes no lo podrán volver a hacer, por culpa de la trágica implosión y sus muertes. Pero otros temponautas...

–¿Que queremos qué? ¿Eso es lo que queremos?

La voz de Addison se elevó; las personas en las mesas cercanas los estaban mirando. Inquietos.

–Seguro –dijo el agente–. Y mantenga baja su voz.

–Yo no quiero eso –dijo Addison–. Yo quiero parar. Parar para siempre. Quiero yacer en el suelo, en el polvo, con los demás. No ver más veranos... el *mismo* verano.

–Una vez que has visto uno, los has visto todos –dijo Merry Lou histérica–. Creo que él tiene razón, Addison; deberíamos salir de aquí. Ya bebiste demasiado, y es tarde, y estas noticias sobre...

–¿Qué es lo que trajimos con nosotros? –la interrumpió Addison–. ¿Cuánta masa extra?

–El informe preliminar dice que se trata de maquinaria con un peso de unos cincuenta kilos que fue introducida en el campo temporal del módulo y recuperada junto a ustedes –dijo el agente de seguridad–. Es una masa muy grande... –El agente hizo un gesto–. Eso es lo que hizo que todo saltara en mil pedazos. No se pudo compensar respecto a lo que había ocupado en el área despejada.

—¡Uau! —dijo Merry Lou con los ojos muy abiertos—. Tal vez alguien le vendió a alguno de ustedes un teléfono cuadrafónico por un dólar con noventa y ocho centavos, incluyendo micrófonos de suspensión aérea a medio metro y una colección completa de grabaciones de Neil Diamond.

Intentó reírse pero fracasó. Se le nublaron los ojos.

—Addi —susurró—. Perdóname. Pero es algo... sobrenatural. Quiero decir que es absurdo. Todos estaban avisados acerca del equilibrio de peso en la reentrada, ¿no es así? No podían agregar ni siquiera una hoja de papel. Incluso vi en televisión al doctor Fein explicando los motivos de esto. ¿Y uno de ustedes introdujo cincuenta kilos de maquinaria en el campo? ¡Tiene que haber intentado autodestruirse para hacer algo así! —Las lágrimas se deslizaban desde sus ojos; una rodó hasta su nariz y quedó colgando. Él extendió una mano para secársela sin pensarlo, como si se tratara de una niña.

—Volaremos hasta el lugar del análisis —dijo el agente de seguridad poniéndose de pie. Él y Addison ayudaron a Merry Lou a pararse. Ella temblaba mientras acababa su Bloody Mary. Addison sintió pena por ella pero, de pronto, casi instantáneamente, se le pasó. Se preguntó por qué. Uno puede cansarse incluso de los sentimientos, conjeturó. De cuidar de alguien, cuando se prolonga demasiado... y se repite una y otra vez. Eternamente. Y, por fin, después de todo eso, se convierte en algo que nadie jamás, ni siquiera Dios, había tenido que sufrir y ante lo cual, a pesar de Su gran corazón, terminaría por sucumbir.

Mientras caminaban entre la multitud del bar hacia la calle, Addison Doug le dijo al agente de seguridad:

—¿Cuál de nosotros...?

—Ellos saben quién fue —dijo el agente mientras sostenía abierta la puerta de calle para Merry Lou. El agente estaba de pie detrás de Addison, señalando un automóvil federal gris posado sobre el área roja de la playa de estacionamiento. Otros dos agentes de seguridad, de uniforme, los apresuraron.

—¿Fui yo? —preguntó Addison Doug.

—Será mejor que comience a hacerse a la idea —dijo el agente de seguridad.

El cortejo fúnebre se movía con dolorosa solemnidad por la Avenida Pennsylvania, con tres féretros cubiertos por banderas y docenas de limosinas negras que pasaban por entre una multitud de espectadores con pesados abrigos, temblando por el frío. Había una densa neblina y la silueta gris de los edificios apenas se destacaba en ese lúgubre día de marzo en Washington.

Examinando a través de binoculares el Cadillac que encabezaba el cortejo, el periodista más importante de noticias y eventos públicos, Henry Cassidy, se dirigió a su vasta audiencia invisible:

—...tristes recuerdos de ese lejano tren que, por entre los trigales, llevaba el ataúd de Abraham Lincoln hacia su sepelio en la capital de la nación. ¡Y qué día tan triste es éste, y qué clima tan apropiado, con sus nubes y la llovizna! —En su monitor pudo ver cómo las cámaras hacían un zoom sobre el cuarto Cadillac, el que seguía al de los féretros de los temponautas muertos.

Su ingeniero técnico le tocó ligeramente el brazo.

—Estamos enfocando a tres figuras desconocidas que hasta ahora no pudimos identificar, todas en el mismo automóvil —dijo Henry Cassidy al micrófono que le colgaba del cuello, asintiendo en señal de comprensión—. Hasta ahora fui incapaz de reconocerlas. Everett, ¿tu ubicación y visión te permiten verlas mejor? —le preguntó a su colega y presionó el botón que le informaba a Everett Branton que lo reemplazaba en el aire.

—Pero, Henry —dijo Branton con una voz cada vez más excitada—, ¡creo que estamos contemplando a los tres temponautas norteamericanos en una manifestación durante su histórico viaje al futuro!

—¿No querrá decir esto —dijo Cassidy— que, de algún modo, el inconveniente fue...?

—Me temo que no, Henry —dijo Branton con una voz seria y apesadumbrada—. De lo que estamos siendo testigos, para nuestra sorpresa, es de la primera visión verificada que tiene el mundo occidental de lo que los técnicos llaman Actividad de Tiempo de Emergencia.

—Ah, sí, ATE —dijo Cassidy claramente, leyendo el guión oficial que las autoridades federales le habían entregado antes de salir al aire.

—Exacto, Henry. Al contrario de lo que *podría* parecer a primera vista, estos no son, repito, *no* son, nuestros tres valientes temponautas, como ordinariamente los conocimos...

—Ahora comprendo, Everett —interrumpió Cassidy con emoción, puesto que en el guión autorizado decía CASS INTERRUMPE CON EMOCIÓN—. Nuestros tres temponautas suspendieron momentáneamente su histórico viaje hacia el futuro, que según creemos se extenderá por un continuo temporal aproximadamente hasta un siglo adelante a partir de hoy... Parece que la pena y el dramatismo de este imprevisto día de luto hizo que ellos...

—Discúlpame por interrumpirte, Henry —dijo Everett Branton—, pero parece que el cortejo detuvo la marcha para que podamos...

—¡No! —dijo Cassidy, leyendo una nota manuscrita que le acaban de entregar que decía: *No entreviste a los nautas. Urgente. Elimine instrucciones anteriores*—. No creo que podamos ser capaces de... —continuó— ...hablar brevemente con los temponautas Benz, Crayne y Doug, como quisiéramos, Everett. Como todos hubiéramos querido.

Con violencia comenzó a hacer señas para que retrocedieran los técnicos del micrófono de aire, que ya se estaban dirigiendo hacia el Cadillac. Cassidy les hizo violentos gestos con la cabeza al técnico de micrófonos y al ingeniero de sonido.

Dándose cuenta de que el micrófono de aire se dirigía hacia ellos, Addison Doug se puso de pie en la parte trasera del Cadillac abierto. Cassidy gruñó. Iba a hablar, comprendió. ¿No le dieron las nuevas instrucciones a *él*? ¿Por qué soy el único al que se las dieron? Los micrófonos de aire de otras cadenas y estaciones de radio se dirigían hacia el Cadillac de los temponautas, especialmente hacia Doug Addison. Doug ya estaba comenzando a hablar, respondiendo a una pregunta que hacía un periodista. Con su micrófono apagado, Cassidy no pudo escuchar la pregunta ni la respuesta de Doug. Con vacilación indicó que conectaran su micrófono.

–...antes –decía Doug en voz alta.

–¿Qué quiere decir con que "todo esto ha sucedido antes"? –le preguntó un periodista radial parado junto al automóvil.

–Lo que quiero decir –declaró el temponauta norteamericano Addison Doug, con la cara enrojecida y tensa– es que ya estuve aquí en este lugar y dije lo mismo una y otra vez, y todos ustedes vieron este cortejo y nuestras muerte en la reentrada interminables veces, en un círculo cerrado de tiempo que hay que romper.

–¿Usted está buscando –le farfulló otro periodista a Addison Doug– una solución al desastre de la implosión en la reentrada que se pueda aplicar retrospectivamente para que cuando regresen al pasado sean capaces de corregir el mal funcionamiento y evitar la tragedia que costó, para ustedes costará, sus vidas?

—Eso es lo que estamos intentado, sí —dijo el temponauta Benz.

—Tratamos de averiguar la causa de la violenta implosión y eliminarla antes de regresar —agregó el temponauta Crayne, asintiendo—. Ya sabemos que, por razones desconocidas, una masa de alrededor de cincuenta kilogramos de varias partes del motor de un Volkswagen, incluyendo cilindros, el árbol de...

Esto es espantoso, pensó Cassidy.

—¡Esto es asombroso! —dijo en voz alta hacia el micrófono de su cuello—. Los ya trágicamente muertos temponautas de los Estados Unidos, con una determinación que solo podría surgir de su rígido entrenamiento y la disciplina a la que fueron sometidos... y entonces nos preguntamos para qué, pero ahora lo podemos ver claramente... ya analizaron lo que salió mal mecánicamente hablando, evidentemente, y fue responsable de sus muertes, y comenzaron el complicado proceso de filtrar y eliminar las causas de error para que puedan regresar al sitio de lanzamiento original y reentrar sin peligro.

—Uno se pregunta —murmuró Branton al aire y por su auricular de retorno—, ¿cuáles serán las consecuencias de esta alteración del pasado cercano? Si en la reentrada *no* hay implosión y *no* mueren, entonces estarán... bien, es demasiado complicado para mí. Henry, seguramente es una de las paradojas sobre las que llamaba nuestra atención el doctor Fein en sus Laboratorios de Distorsión del Tiempo en Pasadena, con tanta frecuencia y elocuencia.

Ante todos los micrófonos disponibles, el temponauta Addison Doug dijo, más tranquilo:

—No debemos eliminar la causa de la implosión en la reentrada. La única forma en que podemos salir de esta trampa es morir. La muerte es la única solución. Para los tres.

Se interrumpió porque la procesión de Cadillacs comenzaba a avanzar otra vez.

Tapando su micrófono momentáneamente, Henry Cassidy le dijo a su ingeniero de sonido:

—¿Está loco?

—Solo puede decirlo el tiempo —respondió el ingeniero en voz muy baja.

—Un momento extraordinario en la historia del viaje temporal en los Estados Unidos —dijo Cassidy ante su micrófono ahora destapado—. Solo el tiempo podrá decir, si me permiten el inadvertido doble sentido, si las críticas afirmaciones del temponauta Doug, improvisadas en este momento de dolor supremo para él, y en menor grado para todos nosotros, son las palabras de un hombre trastornado por el dolor o son una aguda mirada en el macabro dilema que, en términos teóricos, todos sabíamos que tendríamos que enfrentar ante el lanzamiento de un viaje temporal, ya sea el nuestro o el de los rusos.

Entonces cortó para dar lugar a los comerciales.

—¿Saben algo? —murmuró la voz de Branton en su oreja, fuera del aire pero tanto al área de control como a él—, si tuviera razón lo mejor que podríamos hacer es dejarlos morir.

—Habría que liberarlos —estuvo de acuerdo Cassidy—. ¡Por Dios, por la forma en que hablaba Doug podría decirse que ya pasó por esto durante un millar de años! Yo no quisiera estar en su lugar por nada del mundo.

—Te apuesto cincuenta dólares —dijo Branton— que ya pasó por esto antes. Muchas veces.

—Entonces nosotros también —dijo Cassidy.

Llovía fuerte ahora, haciendo que relucieran los pilotos de los espectadores. Sus rostros, sus ojos, incluso sus ropas, todo brillaba con los húmedos reflejos de la luz fracturada, mientras se juntaban más nubes grises sobre ellos y el día se oscurecía.

–¿Estamos en el aire? –preguntó Branton.

¿Quién sabe?, pensó Cassidy. Lo único que quería era que el día se acabara.

El crononauta ruso N. Gauki levantó ambas manos con calma y le habló a los norteamericanos a través de la mesa con la voz marcada por la urgencia:

–Según mi opinión y la de mi colega R. Plenya, que por sus logros en el viaje temporal fue honrado como Héroe del Pueblo Ruso, y justamente por eso, basándonos en nuestra propia experiencia y en el material teórico desarrollado tanto por sus círculos académicos como por la Academia de Ciencias de Rusia, creemos que los temores del temponauta A. Doug pueden estar justificados. Y su destrucción deliberada junto a sus compañeros en la reentrada, al cargar una gigantesca masa compuesta por partes de automóviles en la ATE, violando las órdenes, debe ser considerado como el acto de un hombre desesperado que no tiene otro medio de escape. Por supuesto, la decisión es de ustedes. Nosotros solo estamos aquí como consejeros.

Addison Doug estaba jugando con su encendedor sobre la mesa y no levantó la vista. Le zumbaban los oídos, se preguntó qué podía significar eso. El zumbido tenía cierta cualidad electrónica. Tal vez estemos dentro del módulo otra vez, pensó. Pero no lo percibía así; sentía la realidad de la gente que lo rodeaba, de la mesa, del encendedor azul de plástico entre sus dedos. No se podía fumar en el módulo durante la reentrada, pensó. Puso el encendedor con cuidado en su bolsillo.

–No hemos encontrado ninguna evidencia concreta –dijo el general Toad– de que estén en un bucle temporal cerrado. Solo son sensaciones subjetivas producidas por la fatiga del señor Doug. Está convencido de que ha hecho esto repetidas veces. Como él señaló, muy probablemente sea psicológico en su naturaleza –hurgó desordenadamente entre los papeles que tenía delante–. Tengo un informe que no se dio a conocer a los medios, de cuatro psiquiatras de Yale, sobre su perfil psicológico. Si bien es inusualmente estable, tiene una tendencia hacia la ciclotimia que lo conduce hacia una depresión profunda. Naturalmente, esto se tomó en cuenta antes del lanzamiento, pero calculamos que las cualidades alegres de los otros dos miembros del equipo la contrarrestarían. De cualquier modo, su tendencia depresiva es excepcionalmente alta ahora.

Tendió el informe pero nadie en la mesa lo aceptó.

–¿No es cierto, doctor Fein –dijo–, que una persona fuertemente deprimida experimenta el tiempo de un modo particular, digamos, en un sentido circular, como que el tiempo se repite a sí mismo, una y otra vez? El individuo se vuelve tan psicótico que rehúsa dejar el pasado. Da vueltas continuamente en su cabeza.

–Pero usted se da cuenta –dijo el doctor Fein–, de que esta sensación subjetiva de estar atrapados es algo que tal vez tengamos todos.

El doctor Fein era el investigador en física elemental en cuya obra se había fundamentado todo el trabajo teórico del proyecto.

–Me refiero a que sería la sensación que tendríamos todos si desgraciadamente estuviésemos atrapados en un bucle temporal.

–El general –dijo Addison Doug– usa palabras que no comprende.

–Estuve investigando sobre todo con lo que no estaba familiarizado –dijo el general Toad–. Los términos psiquiátricos... sé lo que quieren decir.

–¿Adónde querías llevar todas esas partes de un Volkswagen, Addi? –le preguntó Benz a Addison Doug.

–Todavía no lo sé –éste le respondió.

—Probablemente agarraste la primer porquería que encontraste por ahí –dijo Crayne–. La que estuviera disponible un momento antes de que comenzáramos a regresar.

—Antes de comenzar a regresar desde el futuro –corrigió Addison Doug.

—Éstas son mis instrucciones para ustedes –dijo el general Toad–. De ningún modo deben intentar causar daño, una implosión o un funcionamiento defectuoso durante la reentrada, ya sea por cargar masa extra o por cualquier otro método que se les ocurra. Deben regresar según lo programado de acuerdo a los ensayos previos. Esto especialmente es aplicable a usted, señor Doug.

Sonó el teléfono que estaba junto a su brazo derecho. Frunció el ceño y tomó el receptor. Un momento más tarde, con un gruñido puso el receptor con violencia en su lugar.

—Cambiaron las órdenes –dijo el doctor Fein.

—Sí, así es –contestó el general Toad–. Y también tengo que decir que esto me pone personalmente contento porque no me agradaba en lo más mínimo mi decisión.

—Entonces podemos preparar la implosión en la reentrada –aclaró Benz después de una pausa.

—Ustedes tienen que tomar la decisión –dijo el general Toad–, dado que involucra sus vidas. Depende completamente de ustedes. Cualquier cosa que quieran hacer, si están convencidos de que están atrapados en un bucle temporal, y creen que una implosión masiva en la reentrada lo destruirá...

Dejó de hablar porque el temponauta Doug se puso de pie.

—¿Va a hacer otro discurso, Doug? –preguntó.

—Solo quiero agradecerles a todos los que están involucrados en esto –dijo Addison Doug–, por dejarnos tomar la decisión a nosotros.

Observó a todos los que estaban sentados en torno a la mesa con una mirada cansada.

—Realmente se los agradezco.

—Sabes —dijo Benz lentamente— que el hecho de que haya una implosión cuando reentremos puede que no cambie nada. Puede que no se interrumpa el bucle temporal. En realidad, incluso puede pasar que lo refuerce, Doug.

—No si nos mata —dijo Crayne.

—¿Estás de acuerdo con Addi? —preguntó Benz.

—La muerte es la muerte —dijo Crayne—. Lo he estado meditando. ¿Nos queda otro camino para salir de esto? Solo podemos morir. No hay otra salida.

—Puede que no estén en ningún bucle —señaló el doctor Fein.

—Pero puede que sí —dijo Crayne.

Doug, todavía de pie, le dijo a Crayne y a Benz:

—¿Podríamos permitirle a Merry Lou que participara en nuestra toma de decisión?

—¿Por qué? —dijo Benz.

—No puedo pensar con mucha claridad —dijo Doug—. Merry Lou podría ayudarme. Dependo de ella.

—No hay problema —dijo Crayne. Benz asintió.

El general Toad miró su reloj y formuló estoicamente:

—Caballeros, esto concluye nuestra discusión.

El crononauta ruso, Gauki, se sacó sus auriculares y el micrófono del cuello y se precipitó hacia los tres temponautas estadounidenses con una mano extendida. Aparentemente decía algo en ruso, pero nadie lo pudo entender. Se apartaron taciturnos.

—En mi opinión estás loco, Addi —dijo Benz—. Pero parece que estoy en minoría.

—Si él *está* en lo cierto —intervino Crayne—, aunque haya una oportunidad en un millón, y estamos volviendo atrás una y otra vez, eso lo justificaría.

—¿Podríamos ir a ver a Merry Lou? —preguntó Addison Doug—. ¿Ir hasta su casa?

—Ella está esperando afuera —explicó Crayne.

El general Toad fue hacia los tres temponautas y se paró entre ellos. Dijo:

—Ustedes saben que lo que hizo que se tomase esta determinación fue la reacción pública a la forma en que usted, Doug, se comportó durante el cortejo. Los anunciantes de la NSC llegaron a la conclusión de que al público le gustaría, como a usted, que todo se termine de una vez. Les importa más saber que ustedes se podrán liberar de su misión que salvar el proyecto y tener una reentrada perfecta. Supongo que usted los impresionó muy fuertemente, Doug, con todos sus lamentos.

Se alejó caminando, dejando solos a los tres.

—Olvídalo —le dijo Crayne a Addison Doug—. Olvida a todos los que son como él. Haremos lo que debamos hacer.

—Merry Lou me lo explicará —dijo Doug. Ella sabría qué hacer, qué es lo mejor.

—Voy a buscarla —dijo Crayne—, y luego los cuatro podemos ir a algún lado, tal vez a su casa, y ver qué vamos a hacer. ¿Está bien?

—Gracias —asintió Doug. Miró a su alrededor buscándola, preguntándose dónde estaba ella. En la otra habitación, probablemente, en algún lugar cerrado.

—Te lo agradezco —dijo.

Benz y Crayne se miraron. Él los vio hacerlo, pero no supo cómo interpretarlo. Solo sabía que necesitaba a alguien, particularmente a Merry Lou, para que lo ayudara a entender la situación. Y para que todo se acabara.

Merry Lou los llevó al norte de Los Ángeles por la franja superrápida de la autopista hacia Ventura, y luego dobló tierra adentro rumbo a Ojai. Hablaron muy poco. Merry

Lou condujo muy bien, como siempre. Reclinado sobre ella, Addison Doug se sintió relajado durante un breve lapso de paz.

—No hay nada como tener una chica que maneje —dijo Crayne después de muchos kilómetros de silencio.

—Es una sensación aristocrática —murmuró Benz—, tener una mujer al volante. Una prerrogativa de la nobleza.

—Hasta que se lleve algo por delante. Algo lento y grande —dijo Merry Lou.

—¿Qué pensaste —preguntó Addison Doug— cuando me viste llegar a tu casa por el sendero de lajas el otro día? Sé honesta.

—Parecía —dijo la muchacha— como si lo hubieras recorrido muchas veces. Parecías terriblemente cansado y... preparado para morir —vaciló—. Perdona, pero así es como te veías, Addi. Pensé para mí, que conocías el camino demasiado bien.

—Como si lo hubiera recorrido demasiadas veces.

—Sí —dijo ella.

—Entonces te inclinas por la implosión —dijo Addison Doug.

—Yo...

—Sé franca conmigo —dijo.

Merry Lou señaló:

—Mira en el asiento trasero. La caja en el piso.

Tomó una linterna de la guantera y los tres hombres examinaron la caja. Addison Doug, con miedo, miró su contenido. Partes de un motor Volkswagen, grasientas y usadas.

—Las tomé de un taller para autos importados que está cerca de mi casa —dijo Merry Lou—. De camino a Pasadena. Fue la primera porquería que encontré que pareciera lo suficientemente pesada. Escuché en la televisión durante el lanzamiento que cualquier cosa que pesara más de veinticinco kilogramos...

—Será suficiente –dijo Addison Doug–. Ya fue suficiente.
—Entonces no es necesario que vayamos hasta su casa –dijo Crayne–. Ya está decidido. Podríamos dirigirnos hacia el sur, hacia el módulo. Y que iniciemos los procedimientos para salir de la ATE. Y regresar a la reentrada.

Su voz era segura pero también automática.

—Gracias por su voto, señorita Hawkins.
—Ustedes están tan cansados –dijo ella.
—Yo no –dijo Benz–. Estoy furioso. Furioso como el demonio.
—¿Conmigo? –preguntó Addison Doug.
—No lo sé –dudó Benz–. Que se vaya todo al carajo.

Se sumergió en el silencio. Encorvado, confundido y quieto. Tan aislado como fuera posible de los demás en el automóvil.

En el siguiente cruce de autopistas ella giró hacia el sur. Una sensación de libertad parecía invadirla. Addison Doug sintió que también se libraba de parte del peso y la fatiga que lo perseguía.

La alerta de emergencia que cada uno llevaba en su muñeca comenzó a zumbar con la señal de alarma. Todos se sobresaltaron.

—¿Qué pasa? –dijo Merry Lou desacelerando el automóvil.
—Tenemos que entrar en contacto con el general Toad en cuanto sea posible –dijo Crayne. Luego señaló–: Allí hay una estación de servicio. Tome la siguiente salida, señorita Hawkins. Podremos llamar desde allí.

Unos minutos después Merry Lou detenía el automóvil junto a un teléfono de uso público.

—Espero que no haya malas noticias –dijo.
—Yo hablaré primero –aclaró Doug saliendo del automóvil. Malas noticias, pensó con humor amargo. ¿Como qué? Ingresó en la cabina del teléfono, cerró la puerta a sus

espaldas, metió una moneda en el aparato y marcó el número de larga distancia.

–Bien, ¡tenemos novedades! –dijo el general Toad cuando la operadora lo puso en comunicación con él–. Es una suerte que pudiésemos encontrarlos. Espere un minuto... le paso con el doctor Fein para que hable con usted. Le creerá más a él que a mí.

Se escuchó el sonido de la línea pasando de un teléfono a otro, y luego el doctor Fein con su voz precisa y académica, pero urgente.

–¿Cuáles son las malas noticias? –preguntó Addison Doug.

–No son necesariamente malas –dijo el doctor Fein–. Hemos hecho correr nuestras computadoras desde nuestra última discusión, y parece como probable desde un punto de vista estadístico, pero todavía sin verificar, que usted estuviera en lo correcto, Addison. Está en un bucle temporal cerrado.

Addison Doug suspiró vencido. Usted no es una madre sobreprotectora, pensó. Seguro que lo supo todo el tiempo.

–De todos modos –dijo el doctor Fein con cierta excitación, tartamudeando un poco–, también pude calcular, en realidad junto con la gente de Cal Tech, que las mayores probabilidades de mantener el bucle es justamente provocando una implosión en la reentrada. ¿Comprende, Addison? Si lleva todas esas partes de un Volkswagen e implosionan, entonces las probabilidades de cerrar el bucle eternamente son mucho más grandes que si reingresa sin nada...

Addison Doug no dijo nada.

–En realidad, Addi, y esto es sobre lo que quiero insistir, sucederá eso si se da una implosión en la reentrada, en particular si es masiva, como la que están preparando... ¿me entiende, Addi? ¿Comprende lo que digo? ¡Por Dios,

Addi! Virtualmente *asegura* el cierre de un bucle absolutamente inquebrantable, como el que tiene en mente. Es algo que nos tuvo preocupados desde el principio. –Hizo una pausa–. ¿Addi? ¿Está allí?

–Quiero morir –dijo Addison Doug.

–Es por causa del cansancio provocado por el bucle. Solo Dios sabe por cuántas repeticiones han tenido que pasar ustedes.

–No –dijo y se dispuso a colgar.

–Déjame hablar con Benz y Crayne –solicitó rápidamente el doctor Fein–. Por favor, antes de que se dirijan a la reentrada. Especialmente con Benz. Quisiera hablar con él en particular. Por favor, Addison. Por Dios, está casi completamente extenuado.

Addison colgó y se alejó del teléfono con pasos lentos.

Mientras volvía a subir al automóvil, escuchó que todavía estaban zumbando sus receptores de alerta.

–El general Toad dijo que la llamada automática continuará zumbando en los receptores durante un rato –notificó, y cerró la puerta del automóvil tras él–. Vamos.

–¿No quiso hablar con nosotros? –preguntó Benz.

–Quería informarnos que tenía algo para nosotros –dijo Addison Doug–. Nos van a dar una Citación del Congreso por nuestro valor o algo así. Una medalla que nunca le dieron a nadie. Como reconocimiento póstumo.

–Bien, mierda... es la única forma en que nos pueden premiar –comentó Crayne.

Merry Lou comenzó a llorar mientras encendía el motor.

–Podremos descansar –dijo Crayne de pronto, mientras el automóvil se dirigía hacia la autopista– cuando todo haya terminado.

No falta mucho, pensó Addison Doug.

Los receptores de alerta continuaban zumbando.

—Nos van a volver locos —dijo Addison Doug—. El interminable desgaste de las voces burocráticas.

Todos en el automóvil se volvieron hacia él con miradas inquisitivas, con inquietud y perplejidad.

—Ah, sí —dijo Crayne—. Estas alertas automáticas son insoportables.

Sonaba cansado. Tan cansado como yo, pensó Addison Doug. Y al darse cuenta de esto se sintió mejor. Mostraba que estaba en lo correcto.

Grandes gotas de agua golpearon contra el parabrisas. Había comenzado a llover. Esto también le agradó. Le recordaba una de las experiencias más conmovedoras que había tenido en su corta vida: el cortejo fúnebre avanzando lentamente por Avenida Pennsylvania con los féretros cubiertos por banderas. Cerró los ojos, se recostó en el asiento y por fin se sintió bien. Y una vez más escuchó los lamentos de los espectadores ante la procesión. Y soñó con la Medalla del Congreso. Por el cansancio, pensó. Una medalla otorgada por estar cansado.

Se vio, dentro de su cabeza, en otros cortejos fúnebres, y en muchas muertes. Pero en verdad hubo solo una muerte y un cortejo. Automóviles que avanzaban lentamente por una calle en Dallas, y también el doctor King... Se vio volviendo una y otra vez, en un círculo cerrado de vida, al día de duelo nacional que ni él ni ellos podrían olvidar. Él estaría allí, ellos siempre estarían allí. Así sería siempre, y todos regresarían una y otra vez, eternamente, al lugar y al momento en que querían estar. Al evento que más significado tenía para ellos.

Éste era el regalo que le hacía a su pueblo, a su nación. Le había concedido al mundo una carga maravillosa. El temible y agobiante milagro de la vida eterna.

(1974)

Las prepersonas

Walter, que estaba jugando al Rey de la Montaña, vio el camión blanco que llegaba desde más allá del bosque de cipreses, y comprendió lo que significaba. Es el camión del aborto, pensó. Viene por algún chico para llevarlo al posparto donde hacen los abortos.

Y pensó: tal vez lo llamaron mis padres. Para mí.

Corrió y se metió entre los arbustos de moras, sintiendo los pinchazos de las espinas mientras pensaba: es preferible esto a que te aspiren el aire de los pulmones. Así es como lo hacen: ejecutan a todas las prepersonas al mismo tiempo. Tienen una cámara enorme para hacerlo. Es para los chicos que nadie quiere.

Internándose más adentro entre las moras, se puso a escuchar para saber si el camión se detenía. Escuchaba el motor.

Soy invisible, se dijo, una línea que aprendió en una puesta teatral en quinto grado de *Sueño de una noche de verano*, una línea de Óberon, a quien había interpretado. Tal vez ahora fuera verdad. Puede que la magia funcione en la vida real, se dijo una y otra vez. *Soy invisible.* Pero sabía que no era verdad. Podía ver sus brazos, sus piernas y sus zapatos, y sabía que todos, específicamente el hombre del camión del aborto, y también su mamá y su papá, podían verlo. Si lo buscaban.

Si le tocaba a él en esta ocasión.

Deseó ser un rey. Deseó tener un polvo mágico y echárselo encima, y tener una corona reluciente, conquistar el País de las Hadas y poder confiar en Puck. Aun para pedirle un consejo. Un consejo aunque fuera el rey y por eso tuviera que discutir con Titania, su esposa.

Supongo, pensó, que desear algo no hace que eso se convierta en realidad.

El sol quemaba, y entrecerró los ojos, pero lo que le importaba era seguir escuchando el motor del camión del aborto. Continuaba sintiendo el ruido del motor. Su corazón recuperó las esperanzas a medida que el sonido del camión iba alejándose. Sería a otro chico, no a él, al que llevarían a la clínica abortiva. Algún chico que viviera más arriba.

Salió con dificultad de entre los arbustos, temblando todavía y con arañazos en varias partes del cuerpo, y se dirigió midiendo cada paso hacia su casa. Mientras caminaba pesadamente comenzó a llorar, sobre todo por el dolor provocado por los arañazos, pero también por el miedo y el alivio posterior.

–¡Oh, por Dios! –exclamó su madre en cuanto lo vio–. ¿Qué estuviste haciendo, por Dios?

–Vi... el... camión... del... aborto –dijo tartamudeando

–¿Y pensaste que venía por ti?

Asintió en silencio.

–Escucha, Walter –dijo Cynthia Best, poniéndose de rodillas y tomándolo de las manos temblorosas–. Te prometí, en realidad tu papá y yo te prometimos, que nunca te enviaríamos al Servicio Comunal. Y además ya eres demasiado grande. Se llevan niños que todavía no cumplieron los doce años.

–Pero Jeff Vogel...

–Sus padres lo cedieron justo antes de que entrara en efecto la nueva ley. Legalmente ahora no se lo podrían llevar. Tampoco te podrían llevar a ti. Mira, ya tienes alma.

La ley dice que a los doce años un muchacho recibe su alma. Así que no puedes ir al Servicio Comunal. ¿Ves? Estás a salvo. En cuanto veas el camión del aborto tienes que darte cuenta de que es para otro, no para ti. Nunca será para ti. ¿Está claro? Vendrá por un muchacho más joven que aún no tiene alma. Una prepersona.

Mirando al suelo, sin enfrentar a su madre, el muchacho dijo:

—Yo no siento que ahora tenga alma. Me siento como siempre.

—Es una cuestión legal —dijo decidida la mujer—. Eso se rige estrictamente de acuerdo a la edad. Y ya la superaste. La Iglesia de los Observadores logró que el Congreso aprobase la ley. En realidad ellos, la gente de la Iglesia, querían que la edad fuera más baja, sosteniendo que el alma ingresa al cuerpo a los tres años, pero llegaron a un acuerdo. Lo que te importa es que ya estás legalmente a resguardo, por mucho miedo que sientas. ¿Lo comprendes?

—Sí —dijo él asintiendo.

—Ya lo sabías.

—Tú no sabes lo que es esperar todos los días a que venga alguien y te lleve a una jaula en un camión y... —estalló Walter en una mezcla de odio y alivio.

—Tu miedo es irracional —dijo su madre.

—Vi cuando se llevaron a Jeff Vogel. Lloraba a gritos. El conductor abrió la puerta trasera del camión, lo metió adentro y la cerró, sin decir una palabra.

—Eso fue hace dos años. Eres débil —su madre lo miró fríamente—. Tu abuelo te hubiera castigado si te hubiese escuchado hablando así. Tu padre no. Él solo habría lanzado una risita entre dientes y habría dicho alguna estupidez. ¡Pasaron dos años, e intelectualmente sabes que superaste la edad legal máxima! Cómo... —buscó la palabra apropiada—. Te estás *pervirtiendo*.

–Jeff nunca volvió.

–Tal vez alguien que deseaba un niño fue al Servicio Comunal, lo vio y lo adoptó. Puede que tenga ahora unos padres que cuidan de él de verdad. Los conservan treinta días antes de exterminarlos –se corrigió–. Antes de ponerlos a dormir.

No se quedó muy tranquilo. Sabía que "ponerlos a dormir" era una expresión de la mafia. Se alejó de la madre, ya no deseaba que lo consolara. Le había fallado. Le había mostrado cómo era ella en realidad y también le había expuesto las convicciones sobre las que actuaría. Del mismo modo en que lo hacían todos. Sé que no soy diferente, pensó, a dos años atrás, cuando era solo un niño. Si ahora tengo alma, como dice la ley, entonces antes también la tenía. O tal vez nadie la tenga. Lo único de lo que estaba seguro era de un espantoso camión pintado de un color metálico con barrotes en las ventanas que recogía niños que sus padres ya no querían, padres que hacían uso de una modificación a la vieja ley de abortos que les permitía matar a los niños no deseados. Como no tenían "alma" o "identidad" podían absorber sus pulmones por medio de un sistema de vacío en menos de dos minutos. Un médico ejecutaba unas cien operaciones diarias, y era legal porque un niño nonato no era "humano". Era una prepersona. Lo mismo pasaba con el camión. Lo único que habían tenido que hacer fue establecer el día en el que el alma entra al cuerpo.

El Congreso había utilizado una prueba muy simple para determinar la edad aproximada en la cual el alma ingresaba en el cuerpo: la habilidad para formular ecuaciones algebraicas. Hasta entonces era solo un cuerpo, apenas una confusión de carne e instintos animales, reflejos y respuestas a estímulos. Como los perros de Pavlov cuando veían un poco de agua que pasaba por debajo de la puerta en el laboratorio en Leningrado: ellos "sabían", pero no eran humanos.

Supongo que soy humano, pensó Walter, y levantó la vista hacia el rostro grisáceo y severo de su madre, con sus ojos duros y su inflexible racionalidad. Creo que soy como tú, pensó. Vaya, es agradable sentirse humano, pensó; porque no tienes que temer la llegada del camión.

–Te sientes mejor –observó su madre–. Bajé tu ansiedad.

–No soy tan raro –dijo Walter. El problema, por ahora, estaba terminado; el camión se había ido y no se lo había llevado.

Pero volvería en unos pocos días. Merodeaba continuamente.

De todos modos tenía por delante unos días de tranquilidad. Y entonces lo vería de nuevo... Si al menos no supiera que le aspiran el aire de los pulmones a los niños que se llevan, pensó. Los liquidan de esa manera. ¿Por qué? Es más barato, había dicho papá. Se ahorra el dinero de los contribuyentes.

Entonces pensó en los contribuyentes y el aspecto que tendrían. Debían fruncir el ceño ante los niños. No les debían contestar nada cuando hacían una pregunta. Tenían un rostro delgado surcado por arrugas causadas por la preocupación, con los ojos siempre en movimiento. O tal vez fueran gordos, una cosa o la otra. Era el tipo delgado el que le daba miedo, porque no disfrutaba de la vida y no quería que nadie lo hiciera. Su mensaje parecía ser: "muérete, lárgate, das asco, no existes". Y el camión del aborto era la prueba, o el instrumento.

–Mamá –dijo–, ¿cómo se puede hacer para cerrar el Servicio Comunal? Ya sabes, la clínica abortiva donde llevan a los bebés y a los niños pequeños.

–Tienes que hacer una petición en el consejo del condado –dijo la madre.

–¿Sabes lo que voy a hacer? –dijo él–. Voy a esperar hasta que no haya ningún niño allí, que solo estén los empleados, y le voy a poner una bomba.

–¡No digas eso! –le reclamó su madre con severidad, y en su rostro vio las profundas arrugas del tipo de los contribuyentes delgados. Y eso lo asustó, su propia madre lo asustaba. Los ojos fríos y opacos no reflejaban nada, ninguna alma interior, y pensó: *eres tú quien no tiene alma*, tú y tus vacíos mensajes de "esto no se debe". No nosotros.

Y entonces salió corriendo al exterior para volver a jugar.

Unos muchachos también habían visto el camión, y se quedaron juntos hablando de la cuestión, pero mayormente pateando piedras y cascotes, a veces pisando un bicho.

–¿Por quién vino el camión? –preguntó Walter.

–Por Fleischhacker. Earl Fleischhacker.

–¿Se lo llevaron?

–Por supuesto, ¿no escuchaste los gritos?

–¿Estaban sus padres en casa?

–Qué iban a estar, salieron temprano diciendo que iban a llevar a engrasar el automóvil.

–¿*Ellos* llamaron al camión? –dijo Walter.

–Por supuesto, es la ley, tienen que ser los padres. Pero son demasiado gallinas para quedarse a esperar el camión. Mierda, cómo gritaba, supongo que estabas demasiado lejos como para escucharlo, pero qué gritos pegaba.

–¿Sabes lo que deberíamos hacer? –dijo Walter–. Ponerle una bomba al camión y matar al conductor.

Todos lo miraron desdeñosamente.

–Si haces esto te meterán en un manicomio por el resto de tu vida.

–A veces hacen eso para toda tu vida –corrigió Pete Bride–. Pero en otras te reconstruyen la personalidad y te vuelven socialmente viable.

—Entonces, ¿qué deberíamos hacer? –dijo Walter.
—Tú tienes doce años. Ya estás a salvo.
—Pero supongamos que cambian la ley.

Como fuese, saber que estaba técnicamente a salvo no eliminaba su ansiedad. El camión seguía viniendo por otros y eso lo asustaba. Pensó en los niños del Servicio Comunal, mirando a través del cerco hora tras hora, día tras día, esperando y controlando el paso del tiempo, sin perder las esperanzas de que viniera alguien y los adoptara.

—¿Nunca estuviste allí? –le preguntó a Pete Bride–. ¿En el Servicio Comunal? Está lleno de niños pequeños, algunos son solo bebés que no llegan a un año. Y ni siquiera saben lo que les espera.

—A los bebés los adoptan –dijo Jack Yablonski–. Son los más grandes los que no tienen muchas oportunidades. Intentan caer bien, le hablan a la gente que va allí y le hacen una buena exhibición, tratando de pasar por muy simpáticos. Pero la gente sabe que no estarían allí si no fueran... digamos, indeseables.

—Podríamos pincharle los neumáticos –dijo Walter, buscando ideas.

—¿Al camión? ¿Y no sabes que si le echas una bolita de naftalina en el tanque de nafta, una semana más tarde el motor deja de funcionar? Podríamos intentarlo.

—Pero vendrán tras nosotros –dijo Ben Blaire.

—Bien, ya están tras nosotros –dijo Walter.

—Creo que tenemos que ponerle una bomba al camión –dijo Harry Gottlieb–, pero siempre que no haya niños en él. Para no quemarlos. Este camión recoge... mierda, no lo sé con exactitud. ¿Unos cinco niños del condado por día?

—¿Sabes que también se lleva perros? –dijo Walter–. Y gatos. Se dedican a esa tarea solo una vez al mes. Entonces lo llaman camión corral. Pero todo lo demás es igual: ponen a los animales en una gran cámara y les aspiran el aire de los pulmones, matándolos. ¡Se lo hacen incluso a los animales! ¡A los animales más pequeños!

—Lo creeré cuando lo vea —dijo Harry Gottlieb, incrédulo—. Un camión que se lleva a los perros...

Pero él sabía que era verdad. Walter había visto el camión corral al menos en dos oportunidades. Gatos, perros, y fundamentalmente nosotros, pensó, sombrío. Claro que si comenzaron con nosotros, es natural que también se lleven a las mascotas. No hay tanta diferencia. Pero, ¿qué tipo de persona haría semejante cosa, aun si la ley lo permitiese? "Algunas leyes fueron hechas para ser respetadas, otras para ser violadas", recordó de un libro que había leído. Primero tenemos que ponerle una bomba al camión corral, pensó; ése camión era el peor.

¿Por qué, se preguntó, cuando más desvalida es una criatura, más fácil le resulta a cierta gente exterminarla? Como una criatura en el útero, los abortos originales, los "prepartos" o "prepersonas", como los llamaban ahora. ¿Cómo podían defenderse? ¿Quién hablaría por ellos? Todas esas vidas, cien por día por cada médico... indefensas, calladas y luego muertas. Hijos de puta, pensó. Es por eso que lo hacen, saben que pueden hacerlo, se aprovechan de su poder machista. Y algo pequeño que quería ver la luz del día era aspirado al vacío en menos de dos minutos. Y el médico se dirigía hacia el siguiente niño.

Tiene que haber una organización, pensó, similar a la mafia. Que liquide a los aniquiladores o algo así. Alguien bajo contrato va a ver a uno de estos médicos, saca un tubo y aspira al médico a su interior, donde se queda encogido como un bebé aún por nacer. Un médico nonato, con un estetoscopio del tamaño de una cabeza de alfiler... rió al pensar en eso.

Los niños no saben. Pero los niños saben todo, saben

demasiado. Mientras seguía su marcha, el camión del aborto tocaba una melodía pegadiza, la del Hombre de Buen Humor.

*Jack y Jill
subieron el cerro
por un balde de agua.*

Era una grabación que emitía el sistema de sonido del camión, construido especialmente por Ampex para General Motors. Sonaba a todo volumen mientras no estuviera realizando una recogida. Si estaba en esa tarea, el conductor apagaba el sistema de sonido y circulaba en silencio mientras buscaba la casa indicada. Una vez que tenía al niño no deseado en la parte trasera del camión, se dirigía de regreso al Servicio Comunal o a recoger otro niño, pero volvía a poner la música a todo volumen.

*Jack y Jill
subieron el cerro
por un balde de agua.*

Pensando para sí mismo, Oscar Ferris, el conductor del camión número tres, terminó la canción: "Jack se cayó y la coronilla se rompió y a los tumbos Jill lo siguió". ¿Qué mierda sería la coronilla?, se preguntó Ferris. Probablemente una parte privada. Sonrió para sí mismo. Probablemente Jack había estado toqueteándose, o tal vez hubiera sido Jill, o ambos. ¿Un balde de agua?, las pelotas, pensó. Sé muy bien lo que hicieron en el monte. Lo malo es que Jack se cayó y se le rompió la cosa. "Mala suerte, Jill", dijo en voz alta mientras conducía expertamente el camión, que ya había cumplido los cuatro años, por las complicadas curvas de la Autopista Uno de California.

Los chicos son así, pensó Ferris. Son sucios y les gusta jugar con cosas sucias, como ellos mismos.

Este país todavía es salvaje y demasiado abierto, y hay

un exceso de niños desarraigados deambulando por los valles y los campos. Tenía un ojo entrenado, y se sintió bastante seguro de que a su derecha se escapaba un niño pequeño, de unos seis años, intentando salir de su campo visual. De inmediato, Ferris presionó el botón de la sirena del camión. El niño se quedó helado, petrificado por el terror, esperando que el camión, que todavía emitía "Jack y Jill", se detuviera a su lado y lo metiera en la jaula.

–Muéstrame tu tarjeta D –dijo Ferris sin salir del camión. Sacó un brazo por la ventanilla, mostrando su uniforme marrón y la insignia, símbolo de su autoridad.

El niño tenía un aspecto famélico, como muchos vagabundos, pero, por otro lado, llevaba anteojos. Con el pelo cortado al ras, vistiendo un pantalón vaquero y una remera, levantó la mirada aterrorizada hacia Ferris, sin hacer ningún movimiento para sacar su identificación.

–¿Tienes la tarjeta D o no? –dijo Ferris.

–¿Qué... qué... qué es la... la... tarjeta D?

Con voz oficial, Ferris le dijo al muchacho sus derechos ante la ley:

–Tu padre, si lo tienes, y si no tu tutor, debe llenar el formulario 36-W, que es una declaración formal de Deseabilidad. Una confirmación de que ellos, o él o ella, te consideran deseable. ¿La tienes? Legalmente, si no la tienes te conviertes en un desarraigado, incluso si tus padres quieren tenerte con ellos. Se aplica una multa de quinientos dólares.

–Ah –dijo el muchacho–. Bueno, la perdí.

–Entonces debe haber una copia en el archivo. Microfilman todos los documentos y los registros. Te llevaré hasta...

–¿El Servicio Comunal? –sus delgadas piernas comenzaron a temblar.

–Tienen treinta días para reclamarte y llenar el formulario 36-W. Si para entonces todavía no lo hicieron...

–Mamá y papá nunca se ponen de acuerdo. Ahora estoy con mi papá.

–Pero no te dio tu tarjeta D para que te identifiques.

Montado en forma trasversal en la cabina del camión llevaba un fusil. Siempre cabía la posibilidad de que hubiera problemas cuando atrapaba a un desarraigado. Mientras pensaba levantó la vista hacia él. Era un rifle. Lo había usado solo cinco veces en su carrera como agente de la ley. Podía volatilizar a un hombre en moléculas.

–Tengo que llevarte conmigo –dijo, abriendo la puerta del camión y comenzando a sacar las llaves–. Ya hay otros chicos allá atrás, se pueden hacer compañía.

–No –dijo el muchacho–. No iré.

Parpadeando, enfrentó a Ferris, rígido y obstinado como una piedra.

–Ah, seguramente escuchaste un montón de cuentos sobre el Servicio Comunal. Son todos inventos para dormir. Los niños agradables y de aspecto normal son adoptados... te cortarán el pelo y te arreglarán para que te veas bien. Queremos que encuentres un hogar. Ésa es la idea. Solo unos pocos, los que están, ya sabes, enfermos física o mentalmente, son los que nadie quiere. Alguna persona de buena posición te adoptará en un minuto, ya verás. No vas a andar más por ahí sin padres que te guíen. Tendrás padres nuevos, y presta atención a esto: pagarán bastante por ti. Mierda, te *registrarán*. ¿No te das cuenta? Adonde vamos a ir es un lugar transitorio para ponerte a disponibilidad de posibles nuevos padres.

–Pero si nadie me adopta en un mes...

–Mierda, también te puedes caer de un risco aquí en Gran Sur y matarte. No te preocupes. La oficina del Servicio se pondrá en contacto con tus parientes sanguíneos, y lo más probable es que se apresuren y completen el Formulario de Deseabilidad (15A) en algún momento del día. Y mientras tanto darás un buen paseo y conocerás un montón de chicos. Y muy a menudo...

–No –dijo el niño.

–Te informo –dijo Ferris en un tono distinto– que soy Oficial del Condado. –Abrió la puerta del camión, se metió adentro, y extrajo la brillante insignia de metal, mostrándosela al niño–. Soy el Oficial de Paz Ferris y te ordeno que ingreses en la parte trasera del camión.

Se les acercó un hombre alto caminando con pasos cansados. Al igual que el muchacho, vestía un pantalón vaquero y una remera, pero no llevaba anteojos.

–¿Usted es el padre del muchacho? –dijo Ferris.

–¿Se lo está llevando al corral? –dijo el hombre con voz ronca.

–Perdón, pero nosotros lo consideramos un escudo protector de niños –dijo Ferris–. El uso de la expresión "corral" pertenece al lenguaje hippie y deforma deliberadamente lo que intentamos hacer.

–Tiene niños encerrados en esas jaulas, ¿no es así? –dijo el hombre, haciendo un gesto hacia el camión.

–Quisiera ver su identificación –dijo Ferris–. Y también quisiera saber si fue arrestado antes.

–¿Arrestado y encontrado inocente? ¿O arrestado y encontrado culpable?

–Responda mi pregunta, señor –dijo Ferris, enseñando su carné negro, el que utilizaba con los adultos para identificarse como Oficial de Paz del Condado–. ¿Quién es usted? Vamos, muéstreme su identificación.

–Mi nombre es Ed Gantro y alguna vez fui fichado –dijo el hombre–: Cuando tenía dieciocho años me robé cuatro botellas de Coca-Cola de un camión estacionado.

–¿Fue detenido en la escena del hecho?

–No –dijo el hombre–. Me detuvieron cuando llevaba los

envases vacíos para que me los pagaran. Entonces me detuvieron. Estuve seis meses en la cárcel.

–¿Tiene la Tarjeta de Deseabilidad del niño? –preguntó Ferris.

–No pudimos pagar los noventa dólares que costaba.

–Bueno, ahora les costará quinientos. Tendría que haberla conseguido en primer lugar. Le sugiero que consulte a un abogado.

Ferris se dirigió hacia el niño, declarando oficialmente:

–Me gustaría que te unas a los otros niños en la parte trasera del vehículo –y dirigiéndose al hombre–: Pídale que haga lo que le dije.

El hombre vaciló y finalmente dijo:

–Tim, entra en el maldito camión. Voy a ir a ver a un abogado, te vamos a conseguir la tarjeta D. Es inútil hacer problemas... técnicamente eres un desarraigado.

–"Un desarraigado" –dijo el niño mirando a su padre.

–Exactamente –dijo Ferris–. Tiene treinta días, ya sabe, para...

–¿También se lleva gatos? –dijo el niño–. ¿Hay algún gato allí? Me gustan mucho los gatos.

–Solo me ocupo de casos de prepersonas como el tuyo –dijo Ferris. Con una llave abrió la parte trasera del camión–. Trata de contener tus necesidades mientras estás en el camión. Es casi imposible sacar el olor y las manchas.

El niño pareció no entender lo que decía. Pasó la mirada de Ferris a su padre con perplejidad.

–No vayas al baño mientras estés en el camión –le explicó el padre–. Quieren mantenerlo limpio porque así bajan costos de mantenimiento.

Su voz era dura y amarga.

–Cuando vemos perros o gatos les disparamos –dijo Ferris–, o los envenenamos.

–Ah, sí, conozco el método –dijo el padre del mucha-

cho–. El animal se come el cebo y todo acaba en una semana, cuando comienza a tener hemorragias internas hasta que muere.
—Sin dolor —señaló Ferris.
—¿No sría mejor que les absorbieran el aire de los pulmones? —dijo Ed Gantro—. Asfixiándolos en forma masiva.
—Bien, con los animales las autoridades del condado...
—Quiero decir a los niños. Como Tim.
Su padre se quedó junto a él, y ambos miraron hacia la parte trasera del camión. Apenas se podían discernir dos formas oscuras, encogidas en el rincón más alejado, con la rigidez de la desesperación.
—¡Fleischhacker! —dijo Tim—. ¿No tienes una tarjeta D?
—Como se están agotando la energía y los combustibles —estaba diciendo Ferris— se hace necesario que la población decrezca radicalmente. O dentro de diez años ya no habrá alimentos para nadie. Ésta es una fase de...
—Tenía mi tarjeta D —dijo Earl Fleischhacker—, pero mis padres me la quitaron. Ya no me quieren, así que llamaron al camión del aborto.
Su voz se quebró, era obvio que había estado llorando en secreto.
—¿Y cuál es la diferencia entre un feto de cinco meses y lo que aquí tenemos? —continuó diciendo Ferris—. En ambos casos tenemos un niño no deseado. Simplemente liberalizaron las leyes.
—¿Usted está de acuerdo con estas leyes? —dijo el padre de Tim, levantando la mirada hacia él.
—Bien, eso lo decidieron en Washington y lo que hagan tendrá que resolver nuestras necesidades en estos días de crisis —dijo Ferris—. Yo solo hago cumplir los edictos. Si la ley cambiara... bien, tendré que llevar cartones de leche vacíos para que los reciclen y todos seríamos igual de felices.
—¿*Igual* de felices? ¿Disfruta de su trabajo?

—Me da la oportunidad para andar por ahí y conocer gente —dijo Ferris mecánicamente.

—Usted está loco —dijo Ed Gantro—. Estas leyes de aborto posparto y las anteriores donde los nonatos no tenían derechos legales deberían ser extirpadas como un tumor. Mire adónde hemos llegado. Si se puede matar a un feto sin un proceso legal, ¿por qué no a uno que ya nació? Lo que me parece que tienen en común ambos casos es la impotencia. El organismo asesinado no tiene oportunidad, ni capacidad, para protegerse. ¿Sabe qué? Quiero que también me lleve a mí en la parte trasera del camión con los tres niños.

—Pero el Presidente y el Congreso declararon que cuando se llega a los doce años se adquiere un alma —dijo Ferris—. No puedo llevarlo. No sería correcto.

—No tengo alma —dijo el padre de Tim—. Cumplí doce años y no sucedió nada. Lléveme a mi también, a menos que pueda encontrar a mi alma.

—Mierda —dijo Ferris.

—A menos que pueda encontrar a mi alma —repitió el padre de Tim—, a menos que la pueda localizar con precisión, insistiré en que me lleve sin hacer diferencia con estos niños.

—Tengo que usar la radio para ponerme en contacto con el Servicio Comunal —dijo Ferris—, tengo que saber qué dicen.

—Hágalo —dijo el padre de Tim, y trabajosamente se subió a la parte trasera del camión, ayudando a Tim para que lo siguiera. Esperaron junto a los otros dos niños mientras el Oficial de Paz Ferris, con toda su identificación oficial, hablaba por radio.

—Aquí tengo a un masculino caucásico, de aproximadamente treinta años, que insiste en ser transportado hasta el Servicio Comunal con su hijo menor —dijo Ferris ante el micrófono–. Afirma que no tiene alma, lo que lo pondría en la misma clase que los menores de doce años. No tengo conmigo ni conozco alguna prueba que detecte la presencia del alma, al menos nada que pueda resultar suficiente para que más tarde satisfaga a un tribunal. Quiero decir, supongo que puede hacer operaciones algebraicas y otras ecuaciones. Parece poseer una mente inteligente. Pero...

–Dele curso a la petición y tráigalo –dijo la voz de su superior a través de la radio–. Nosotros solucionaremos el caso aquí.

–Vamos para allá –le dijo Ferris al padre de Tim, que estaba encogido con las otras figuras más pequeñas en la parte más oscura del camión. Ferris cerró la puerta, le puso llave –una precaución extra puesto que a los niños ya les había puesto collares electrónicos– y luego encendió el motor.

Jack y Jill
subieron el cerro
por un balde de agua
Jack se cayó
Y ya coronilla se rompió.

Seguro que alguien va a terminar con la coronilla rota, pensó Ferris mientras conducía por el sinuoso camino, y ése no voy a ser yo.

–No puedo hacer cálculos algebraicos –le dijo el padre de Tim a los tres niños–. Así que no debo tener alma.

–Yo sí puedo, pero solo tengo nueve años. Así que, ¿de qué me sirve? –dijo Fleischhacker con voz llorosa.

–Eso es lo que voy a decir en mi planteo ante el Servicio –continuó el padre de Tim–. Incluso una división es algo que me resulta difícil. No tengo alma. Me quedaré con ustedes tres.

–No quiero que ensucien el camión, ¿comprenden?

–dijo Ferris en voz alta–. Nos cuesta...

–No me diga –dijo el padre de Tim– porque no lo comprendería. Es demasiado complejo eso del prorrateo, los gastos y términos fiscales de ese tipo.

Voy a tener problemas con estos de ahí atrás, pensó Ferris, y se sintió contento de tener el rifle montado a su alcance.

–Saben que en el mundo se están agotando muchas cosas –dijo Ferris hacia atrás–, como la energía, el jugo de manzana, los combustibles y el pan. Tenemos que bajar la población, y la embolia de la píldora lo hace imposible...

–Ninguno de nosotros entiende esas palabras complicadas –interrumpió el padre de Tim.

Irritado y sintiendo que le estaban tomando el pelo, Ferris dijo:

–El crecimiento cero de la población es la única respuesta para las crisis energética y de alimentos. Se parece... mierda, se parece a cuando introdujeron a los conejos en Australia: no tenían enemigos naturales así que se multiplicaron hasta que la gente...

–Comprendo la multiplicación –dijo el padre de Tim–, y la suma y la sustracción. Pero eso es todo.

Cuatro conejos locos saltando en el camino, pensó Ferris. La gente contamina el medio ambiente natural. ¿Cómo sería esta parte del país antes de que llegara el hombre? Bien, pensó, con el aborto posparto teniendo lugar en cada condado de los Estados Unidos podremos ver nuevamente ese día. Podremos ponernos de pie y una vez más ver una tierra virgen.

Nosotros, pensó. Pero sospecho que no habrá un nosotros. Grandes computadoras inteligentes, pensó, van a examinar el paisaje con sus microcámaras y lo encontrarán muy placentero.

Ese pensamiento no le levantó el ánimo.

—¡Tengamos un aborto! –dijo Cynthia con excitación cuando entraba en la casa con los brazos cargados de alimentos sintéticos–. ¿No te parece maravilloso? ¿No te excita la idea?

—Primero tendrías que quedar embarazada –le dijo secamente Ian Best, su marido–. Pide un turno con el doctor Guido, que debería costarme solo cincuenta o sesenta dólares, y consigue que te remueva el D. I. U.

—Creo que de todos modos ya se salió de lugar. Tal vez, si... –Su vivaz pelo oscuro se agitó con alegría–. Es probable que no haya funcionado como debía desde el año pasado. Así que ahora mismo podría estar embarazada.

—Podrías poner un aviso en *Prensa Libre* que diga "Se busca hombre que pueda pescar un D. I. U. con una percha" –dijo Ian irónicamente.

—Pero mira –dijo Cynthia, yendo tras él mientras iba hacia el placard para dejar la corbata de categoría y el muy elegante saco–, ahora está de moda tener un aborto. Sabes, ¿qué es lo que tenemos? Un chico. Tenemos a Walter. Cada vez que alguien viene a visitarnos y lo ve yo sé lo que se está preguntando "¿de dónde lo sacaron?". Es muy molesto –agregó–: Y el tipo de abortos que están ofreciendo ahora, para mujeres en los primeros meses del embarazo, solo cuesta cien dólares... ¡El precio de diez litros de nafta! Y uno puede hablar durante horas de ello con prácticamente todo el mundo con el que se cruce.

Ian se volvió hacia ella y le dijo con voz llana:

—¿Piensas conservar el embrión? ¿Los vas a traer a casa en un frasco o lo vas a rociar con una pintura fosforescente para que resplandezca en la oscuridad con la luz nocturna?

—¡Y del color que queramos!

—¿El *embrión*?

—No, el frasco. Y el fluido. Es una solución preservadora para lo que en verdad es una adquisición para toda la vida. Incluso tiene garantía escrita, creo.

Ian cruzó los brazos para mantenerse tranquilo: condición de estado alfa.

—¿No sabes que hay gente que quiere tener un niño? ¿Incluso un torpe niño ordinario? ¿Que van semana tras semana al Servicio Comunal en busca de un bebé recién nacido? Estas ideas... se originaron en el pánico mundial por la superpoblación. Nueve mil millones de seres humanos hacinados como leña en todas las manzanas de todas las ciudades. Muy bien, si esto continúa... —Hizo un gesto—. Pero la cuestión ahora es que no hay *suficientes* niños. ¿O no miras la televisión o lees el *Times*?

—Es un fastidio —dijo Cynthia—. Por ejemplo, hoy llegó Walter asustado porque había visto pasar el camión del aborto. Es un fastidio tener que hacerse cargo de él. Para *ti* es fácil, porque estás trabajando todo el día. Pero *yo*...

—¿Sabes qué me gustaría hacer con ese furgón de abortos de la Gestapo? Me llevaría a dos ex compañeros de juerga y lo esperaríamos a ambos lados del camino armados con grandes barrotes. Y cuando el furgón pase...

—Es un camión con aire acondicionado, no un furgón.

La miró con una expresión de odio y luego se dirigió al bar de la cocina para servirse un trago. Se serviría un escocés, pensó. Escocés con leche, una buena bebida antes de la cena.

Mientras se preparaba el trago llegó su hijo Walter. Su cara mostraba una palidez antinatural.

—El camión del aborto anduvo hoy por aquí, ¿no? —dijo Ian.

—Pensé que tal vez...

—De ninguna manera. Aunque tu madre y yo fuéramos a ver a un abogado y firmáramos un documento legal que suprimiera tu tarjeta D, ya eres demasiado grande. Puedes quedarte tranquilo.

—Racionalmente ya lo sé —dijo Walter— pero...

—"No quieras saber por quién doblan las campanas, lo hacen por ti" —citó incorrectamente Ian—. Escúchame, Walt, te voy a decir algo. —Bebió un largo sorbo de escocés y leche—. Eso se llama *asesinato*. Si los matan cuando tienen el tamaño de una uña, o de una pelota de béisbol, o más tarde, si todavía no lo hicieron, chuparle el aire de los pulmones a un niño de diez años y dejarlo morir. Hay un tipo de mujeres que defienden todo esto. Antes las llamaban "mujeres castradoras". Tal vez alguna vez fue una expresión apropiada, excepto que estas mujeres, estas mujeres frías, no solo se lo quieren hacer a... bien, se lo quieren hacer al cuerpo *entero* de un muchacho o de un hombre, matarlos de cuerpo entero, no solo la parte que los vuelve hombres. ¿Comprendes?

—No —dijo Walter, pero en un sentido profundo, atemorizante, comprendía.

Tras otro sorbo de su bebida, Ian dijo:

—Y la tenemos viviendo con nosotros, Walter. En nuestra misma casa.

—¿Qué es lo que tenemos viviendo aquí?

—Lo que los psiquiatras suizos llaman una *kindermörder* —dijo Ian, eligiendo deliberadamente una expresión que sabía que su hijo no comprendería—. ¿Sabes lo que podríamos hacer? —dijo—. Subirnos al Amtrak y dirigirnos hacia el norte y seguir así hasta que alcancemos Vancouver, en la Columbia Británica, y luego podríamos tomar un trasbordador hasta la isla de Vancouver y no ver nunca más a nadie de por aquí.

—Pero, ¿y mamá?

—Le mandaría un cheque —dijo Ian—. Todos los meses. Con eso estaría muy feliz.

—Hace mucho frío allí, ¿no? —dijo Walter—. Quiero decir, como casi no hay combustible y usan...

—Es casi como en San Francisco. ¿Por qué? ¿Tienes miedo de tener que usar un montón de ropa y tener que sentarte cerca del fuego? ¿Lo que viste hoy no te asustó mucho más?

—Sí, por supuesto —asintió Walter taciturno.

—Podríamos vivir en alguna pequeña isla cerca de la isla de Vancouver y conseguir nuestra propia comida. Allí crece todo lo que plantas. Y el camión no anda por ahí, no lo verás nunca más. Tienen otras leyes. Las mujeres son diferentes. Conocí una muchacha cuando estuve allí durante un tiempo, hace muchos años, que tenía el pelo negro largo y fumaba cigarrillos *Players* todo el tiempo, comía muy poco y nunca dejaba de hablar. Verás una civilización en la cual el deseo de las mujeres por destruir a sus propios...

Ian se interrumpió, su mujer entró en la cocina.

—Si sigues bebiendo eso —le dijo ella— vas a terminar borracho.

—Muy bien —dijo Ian con irritación—. ¡Muy bien!

—No te quejes —dijo Cynthia—. Pensé que sería una buena idea que nos llevaras a cenar afuera. Dal Rey dijo en la televisión que tienen carne para los que lleguen temprano.

—Lo que tienen son ostras crudas —dijo Walter, frunciendo la nariz.

—Ostras pequeñas —dijo Cynthia—. Abiertas a la mitad, sobre hielo. Las adoro. ¿Te parece bien, Ian? ¿Está decidido?

—Una ostra cruda es lo que más se parece en este mundo a lo que un cirujano... —le dijo Ian a su hijo Walter. Se quedó en silencio. Cynthia lo miró con odio, y el pequeño no entendió—. Está bien —dijo—, pero yo voy a pedir carne asada.

—Yo también —dijo Walter.

—¿Cuándo fue la última vez que preparaste la cena en casa? —dijo Ian tranquilamente, acabando su bebida—. Para los tres.

—Preparé orejas de cerdo con arroz el viernes pasado —dijo Cynthia—. Casi todo terminó en la basura porque era algo nuevo y no estaba en el menú acostumbrado. ¿Lo recuerdas, *querido*?

—Por supuesto, ese tipo de mujer también se puede encontrar allí, a veces, incluso a menudo —le dijo Ian a su hijo, ignorándola—. Existió a través de los tiempos y en todas las culturas. Pero dado que Canadá no tiene una legislación que permita el posparto... —Se interrumpió—. Es la leche la que me hace hablar —le explicó a Cynthia—. Ahora la adulteran con azufre. No me prestes atención o demándame, la elección es tuya.

—¿Otra vez tienes la fantasía de huir? —dijo Cynthia, contemplándolo.

—Los dos —interrumpió Walter—. Papá me llevará con él.

—¿Adónde? —dijo Cynthia.

—A cualquier lugar donde nos pueda llevar las vías del Amtrak —dijo Ian.

—Vamos a ir a la isla de Vancouver, en Canadá —dijo Walter.

—Ah, sí, ¿de verdad? —dijo Cynthia.

Tras una pausa, Ian dijo:

—Sí.

—¿Y qué mierda se supone que voy a hacer yo cuando se hayan ido? ¿Poner mi culo en el bar? ¿Cómo me las arreglaré con las cuentas...?

—Seguiría enviándote cheques —dijo él.

—Seguro. Por supuesto. Claro.

—Podrías venir con nosotros —dijo Ian— y atrapar peces zambulléndote en la Bahía Inglesa, y luego los destrozarías con tus agudos dientes. Podrías reducir la población de peces de la Columbia Británica en una noche. Todos esos peces fuera del agua preguntándose vagamente qué estaba pasando... nadaban tranquilamente y de pronto... aparece el ogro, el monstruo destructor de peces con un único ojo luminoso en el centro de la frente, que cae sobre ellos y los hace pedazos. Pronto se convertiría en una leyenda. La noticia se extendería. Al menos entre los últimos peces supervivientes.

–Pero, papá –dijo Walter–, supongamos que no sobrevive ningún pez.

–Entonces todo habrá sido en vano –dijo Ian–, excepto para el placer personal de tu madre que habría eliminado especies enteras en la Columbia Británica, donde la pesca es la industria más importante, y muchas otras especies dependían de esta industria para sobrevivir.

–Pero entonces nadie en la Columbia Británica tendrá trabajo –dijo Walter.

–No –dijo Ian–, rellenarán latas con peces muertos y se las venderán a los estadounidenses. Mira, Walter, en los viejos días, antes de que tu madre matara a mordiscones a todos los peces de la Columbia Británica, los lugareños simples se quedaban quietos junto al río con un palo en la mano, y cuando pasaba un pez se lo clavaban en la cabeza. Todo esto *creará* trabajo, no lo eliminará. Millones de latas...

–Sabes –dijo Cynthia rápidamente–, el niño se cree todo lo que dices.

–Lo que le cuento es verdad –dijo Ian. Pero no lo era, comprendió, en un sentido literal–. Vamos a cenar afuera. Trae nuestros cupones de racionamiento, y ponte esa blusa azul de tejido que muestra tus mamas. Así los distraes y tal vez no se acuerden de pedirnos los cupones.

–¿Qué son las "mamas"? –preguntó Walter.

–Algo que pronto se va a volver obsoleto –dijo Ian– como el Pontiac GTO. Excepto como un adorno que pueda ser admirado y manoseado. Su funcionalidad está desapareciendo. –Como nuestra raza, pensó, una vez que le hayamos dado las riendas a quienes quieren destruir a los nonatos, en otras palabras, a las criaturas vivas más desvalidas.

—Una mama —le dijo Cynthia a su hijo— es una glándula que poseen las mujeres para darles leche a sus bebés.

—Generalmente son dos —dijo Ian—. Una activa y otra de reserva, por si la primera sufre un fallo importante. Yo sugiero que se elimine un paso en esta manía de abortar prepersonas —dijo—. ¿Por qué no enviamos todas las mamas del mundo al Servicio Comunal? Chuparán la leche de ellas por medios mecánicos, por supuesto. Cuando se queden vacías e inútiles, entonces los jóvenes morirán naturalmente, privados de todas sus fuentes de nutrición.

—Pero hay productos —dijo cansadamente Cynthia— que las pueden reemplazar. Como Sintelech. Voy a cambiarme así podemos salir.

Se volvió y partió hacia su dormitorio.

—Sabes —dijo Ian una vez que ella se fue—, si hubiera alguna manera en que me pudieras clasificar como prepersona, me enviarías allí.

Y pensó, apuesto a que no sería el único esposo en California que tendría el mismo destino. Habría muchos. Y tarde o temprano caerían en la misma bolsa que yo.

—Suena como una buena idea —le llegó apagadamente la voz de Cynthia, que había escuchado.

—No se trata solo de que aborrezcan a los desvalidos —dijo Ian Best—. Hay algo más. ¿Qué aborrecen? ¿A todo lo que crece? Los eliminan antes de que se vuelvan lo suficientemente grandes como para tener músculos, táctica y talento para luchar... grande como yo con relación a ti, con mi peso y musculatura completamente desarrollados. Es mucho más fácil cuando la otra persona, aunque debería decir prepersona, flota y sueña en el fluido amniótico y nada sabe sobre cómo o de qué necesita defenderse.

¿Dónde han ido a parar las virtudes maternas?, se preguntó. Cuando las madres *específicamente* defendían a los más pequeños, débiles e indefensos.

Es nuestra sociedad competitiva, decidió. La supervivencia del más fuerte. No de los más aptos, pensó, solo de los que tienen *poder*. Y no van a rendirse ante la próxima generación: es la fuerza y el mal antiguos contra la docilidad y la desvalidez de lo nuevo.

–Papá –dijo Walter–, ¿es cierto que vamos a ir a la isla de Vancouver en Canadá y vamos a conseguir comida de verdad y ya no voy a tener más miedo?

–En cuanto tenga dinero –respondió, medio para sí mismo.

–Ya sé lo que quiere decir eso. Es como cuando dices "ya veremos". No vamos a ir, ¿no? –miró con intensidad el rostro de su padre–. Ella no nos va a dejar, no va a querer que deje la escuela. Siempre hace lo que quiere.

–Lo haremos algún día –dijo Ian con seguridad–. Probablemente este mes no, pero sí algún día. Te lo prometo.

–Y allí no hay camiones de abortos.

–No. Ninguno. La legislación canadiense es distinta.

–Hagámoslo pronto, papá. Por favor.

Se sirvió otro vaso de escocés con leche y no respondió. Su cara reflejaba infelicidad y tristeza; estaba casi por largarse a llorar.

En la parte trasera del camión del aborto los tres niños y el adulto seguían encogidos, sacudidos de un lado a otro por los movimientos del camión. Se golpearon contra los barrotes de contención que los aislaban, y el padre de Tim Gantro sintió una profunda desesperación por estar aislado de su propio hijo. Una pesadilla diurna, pensó. Enjaulados como animales, este gesto de nobleza solo lo habrá hecho sufrir más.

–¿Por qué dijiste que no sabías hacer ecuaciones

algebraicas? –le preguntó Tim–. Sé que incluso sabes cálculo avanzado y trigonosécuanto. Fuiste a la Universidad de Stanford.

–Quería mostrar –dijo– que debían matarnos a todos o a ninguno. Pero no permitir que nos dividan estas absurdas líneas burocráticas. "¿Cuándo entra el alma en el cuerpo?" ¿Pero qué tipo de pregunta racional es ésa en estos tiempos? Parece el Medioevo.

En realidad, pensó, es solo un pretexto... un pretexto para cazar a los desvalidos. Y él no era un desvalido. El camión del aborto había recogido a un hombre adulto, con todo su conocimiento y su astucia. ¿Cómo iban a arreglárselas conmigo?, pensó. Obviamente, tengo todo lo que tienen los hombres; si ellos tienen alma, entonces yo también. Si no la tienen, yo tampoco, pero, ¿cómo van a sostener que me quieran "poner a dormir"? No soy débil y pequeño, ni un muchacho ignorante e indefenso. Puedo rebatir los sofismas de los mejores abogados del condado. Del mismo fiscal general, si es necesario.

Si me exterminan, pensó, tendrán que exterminarnos a todos, incluyéndose a sí mismos. Y eso no termina ahí. Ésta es una estafa por la cual los poderosos, aquellos que ya tienen todos los lugares clave en las áreas política y económica, mantienen alejados a los jóvenes... asesinándolos si fuera necesario. En esta tierra hay, pensó, un gran odio de los adultos por los más jóvenes, odio y miedo. Entonces, ¿qué harán conmigo? Soy de su grupo de edad, y estoy enjaulado en la parte trasera del camión del aborto. Represento, pensó, un tipo diferente de amenaza. Soy como ellos pero estoy del otro lado, con los perros, los gatos, los bebés y los niños indefensos. Dejemos que lo descubran, dejemos que surja un nuevo Santo Tomás de Aquino que pueda resolver esto.

–Todo lo que sé –dijo en voz alta–, es dividir, multipli-

car y restar. Hasta tengo problemas con las fracciones.
—¡Pero antes sabías hacerlo! —dijo Tim.
—Es increíble cómo uno se olvida de todo después de que deja la escuela —dijo Ed Gantro—. Ustedes probablemente puedan hacer cálculos mejor que yo.
—Papá, van a *exterminarte* —le dijo su hijo con rabia—. Nadie te va a adoptar. No tienes edad para ello. Eres demasiado *viejo*.
—Veamos —dijo Ed Gantro—. El teorema del binomio. ¿Cómo era? No puedo recordarlo todo... tenía que ver algo con a y b.

Mientras se exprimía la cabeza, y también su alma inmortal, se reía en silencio. No puedo pasar la prueba del alma, pensó. Al menos no hablando así. Soy un perro en una cuneta, un animal en una zanja.

El error principal de los que apoyaron los abortos desde un principio, se dijo, fue la línea *arbitraria* que trazaron. Un embrión no goza de los derechos constitucionales estadounidenses, así que se lo puede matar legalmente, a través de un médico. Pero un "feto" era una persona con derechos, al menos lo fue durante un tiempo. Y entonces los proabortistas decidieron que ni siquiera un feto de siete meses era "humano", y legalmente podía ser asesinado por un médico con licencia. Y, de pronto un día, un recién nacido es como un vegetal: no puede enfocar sus ojos, no comprende nada, no habla... los proabortistas llevaron su reclamo a la corte y ganaron, con su declaración de que un recién nacido era solo un feto expulsado del útero por procesos accidentales u orgánicos. Pero, aun así, ¿dónde se podía trazar la línea? ¿Cuando el bebé realizaba su primera sonrisa? ¿Cuando decía la primera palabra? ¿O cuando tomaba por primera vez un juguete para jugar? Lentamente, se fue empujando cada vez más adelante la línea legal. Y ahora regía la definición más brutal y arbitraria de todas:

cuando podía ejecutar "cálculos matemáticos superiores".

Eso convertía a los antiguos griegos de la época de Platón en no humanos, dado que por entonces la aritmética era algo desconocido, solo existía la geometría. El álgebra fue un invento de los árabes que apareció muchos después. *Arbitrario*. Sin embargo, no era una arbitrariedad teológica, simplemente era una legal. La Iglesia hacía mucho que sostenía, en realidad desde sus principios, que el cigoto y el embrión en que se convertía, eran una forma de vida sagrada como cualquiera que anduviera sobre la Tierra. Se habían visto venir definiciones arbitrarias como "ahora el alma entra en el cuerpo" o, en términos más modernos, "ahora es una persona que recibe la completa protección de la ley, como cualquier otra". Lo más triste y amargo era ver a los niños jugando valientemente en sus patios día tras día, tratando de tener esperanzas, fingiendo que sentían una seguridad que no tenían.

Bien, pensó, ya veremos qué hacen conmigo. Tengo treinta y cinco años, tengo una licenciatura en Stanford. ¿Me pondrán en una jaula durante treinta días, con un plato de plástico, una canilla y un lugar, a la vista, donde hacer mis necesidades? ¿Y si nadie me adopta me conducirán a una muerte automática como a los demás?

Estoy arriesgando mucho, pensó. Pero hoy recogieron a mi hijo, y el riesgo comenzó entonces, cuando lo agarraron, no cuando yo entré aquí y me convertí en otra víctima.

Levantó la vista hacia los tres niños asustados e intentó pensar en algo que decirles... no solo a su propio hijo sino a los tres.

–"Mira" –dijo, citando–, "te diré un secreto sagrado. No todos dormiremos en la muerte. Nosotros..." –Pero no pudo recordar el resto. Torpe, pensó desanimado–. "Nosotros despertaremos" –continuó, haciéndolo lo mejor que podía–. "En un relampagueo. En el parpadeo de un ojo".

–Hagan menos ruido –dijo el conductor del camión desde el otro lado de la maya de alambres–. No me puedo concentrar en este camino de mierda –agregó–. Saben, puedo llenar de gas ahí atrás, y desmayarlos. Algunas prepersonas son muy revoltosas. Así que si quieren que los duerma, lo único que tengo que hacer es apretar el botón del gas.

–No digamos nada –le dijo rápidamente Tim a su padre con un terror mudo, urgiéndolo en silencio a que obedeciera.

Su padre no dijo nada. La mirada de urgente ruego era más de lo que podía soportar, así que se rindió. De todos modos, pensó, lo que suceda en el camión no es determinante. Ya se verá cuando lleguemos al Servicio Comunal... donde, a la primera señal de problemas, habrá periodistas de la televisión y de los diarios.

Siguieron en silencio, cada uno con sus propios miedos y sus propios planes. Gantro se concentró en sí mismo, perfeccionando en su cabeza lo que haría... lo que *tenía* que hacer. Y no solo para Tim sino para todos los candidatos a ser prepersonas abortadas. Se quedó meditando en las distintas ramificaciones mientras el camión seguía su camino.

En cuanto el vehículo estacionó en la playa reservada del Servicio Comunal y se abrieron las puertas traseras, Sam B. Carpenter, que tenía a su cargo toda la operación, se acercó caminando, miró y dijo:

–Tiene un hombre adulto aquí, Ferris. En realidad, ¿sabe lo que trajo? Un objetor, eso es lo que nos trajo.

–Pero insistió en que no sabía nada más que sumar –dijo Ferris.

–Deme sus documentos –le dijo Carpenter a Ed Gantro–. Quiero saber su nombre real, el número de seguro social, la constancia de identidad de la policía regional... vamos, quiero saber quién es usted realmente.

—Es un campesino —dijo Ferris mientras observaba a Gantro entregar sus documentos.

—Y quiero confirmarlo con las huellas de sus pies —dijo Carpenter—. Un juego completo. Ahora mismo... es prioridad A.

Le gustaba hablar de ese modo.

Una hora más tarde ya le habían entregado los informes generados por los computadores que administraban la información de seguridad en una supuesta zona rural en Virginia.

—Este individuo se graduó en Stanford en matemáticas. Y luego obtuvo una licenciatura en psicología, la que sin ninguna duda está utilizando con nosotros. Tenemos que sacarlo de aquí.

—Yo tuve alma —dijo Gantro— pero la perdí.

—¿Cómo? —preguntó Carpenter, que no había visto nada sobre el tema en el expediente oficial sobre Gantro.

—Una embolia. La porción de mi corteza cerebral que albergaba a mi alma se vio destruida cuando inhalé accidentalmente el vapor de un insecticida. Ése es el motivo por el que estuve viviendo en el campo, comiendo raíces y gusanos, junto a mi hijo, Tim.

—Le haremos un electroencefalograma —dijo Carpenter.

—¿Qué es eso? —dijo Gantro—. ¿Una de esas pruebas para el cerebro?

—La ley dice que el alma entra en el cuerpo a los doce años, y usted me trae a este individuo que tiene más de treinta —le dijo Carpenter a Ferris—. Nos podrían acusar de asesinato. Tenemos que librarnos de él. Llévelo al mismo lugar donde lo encontró y déjelo allí. Si no quiere bajar voluntariamente del camión, duérmalo y sáquelo. Es una orden de seguridad nacional. Su empleo depende de que la cumpla, lo mismo que su situación ante el código penal de este estado.

—Tengo que quedarme aquí —dijo Ed Gantro—. Soy un deficiente.

—Y su niño —dijo Carpenter—. Probablemente es un mutante mental matemático como los que aparecen en la televisión. Le tendieron una trampa, seguramente ya le avisaron a todos los medios. Llévelos de regreso y gaséelos, y luego arrójelos en el lugar que se le ocurra o, mejor, en algún lugar que no esté a la vista.

—No se ponga histérico —dijo Ferris con irritación—. Hágale un electroencefalograma y un examen cerebral a Gantro, y probablemente tengamos que dejarlo ir, pero los tres niños...

—Son todos genios —dijo Carpenter—. Todo es parte de la puesta en escena, pero usted es demasiado estúpido para darse cuenta. Sáquelos a patadas del camión y de las instalaciones y niegue, ¿entiende?, niegue terminantemente que recogió a alguno de ellos. Insista con eso.

—Fuera del camión —ordenó Ferris, presionando el botón que levantaba los barrotes de las puertas.

Los tres chicos salieron a toda velocidad, pero Ed Gantro se quedó en el interior.

—No va a salir voluntariamente —dijo Carpenter—. Muy bien, Gantro, tendremos que sacarlo nosotros.

Le hizo un gesto de asentimiento a Ferris y ambos entraron en la parte trasera del camión. Un momento más tarde habían dejado a Gantro sobre el pavimento de la playa de estacionamiento.

—Ahora es un ciudadano común —dijo Carpenter con alivio—. Puede reclamar lo que se le ocurra, pero no tiene pruebas.

—Papá —dijo Tim—, ¿cómo vamos a ir a casa?

Los tres niños rodearon a Ed Gantro.

–Podríamos llamar a alguien para que venga hasta acá –dijo Fleischhacker–. Apuesto a que si el papá de Walter Best tiene suficiente combustible viene a buscarnos. Se la pasa manejando y tiene un cupón especial.

–Él y su mujer, la señora Best, siempre están peleando –dijo Tim–. Por eso a él le gusta salir a manejar solo a la noche. Me refiero a salir sin ella.

–Me quedaré aquí –dijo Ed Gantro–. Quiero que me encierren en una jaula.

–Pero nos podemos ir –protestó Tim. Con urgencia, tiró de la manga de su padre–. Eso es que queríamos, ¿no? Nos dejaron ir en cuanto te vieron. ¡Lo logramos!

–Insisto en que me encierren con las otras prepersonas que tienen allí –le dijo Ed Gantro a Carpenter. Señaló hacia el vistoso y sólido edificio pintado de verde intenso del Servicio Comunal.

Tim le dijo al señor Sam B. Carpenter:

–Llame al señor Best, que vive en la península. Dígale donde estamos. Su prefijo es 669. Dígale dónde estamos y que nos venga a buscar, y lo hará. Lo prometo. Por favor.

Fleischhacker asintió.

–Hay un único señor Best en la guía telefónica con el prefijo 669. Por favor, señor.

Carpenter ingresó en el edificio y se dirigió hacia uno de los muchos teléfonos oficiales del Servicio, buscó el número. Ian Best. Marcó el número.

–Usted ha marcado un número que está funcionando a medias, y a medias está haraganeando –respondió la voz de un hombre que evidentemente estaba medio borracho. Como fondo Carpenter pudo escuchar los gritos de una mujer furiosa, reprendiendo a Ian Best.

–Señor Best –dijo Carpenter–, aquí hay varias personas que dicen conocerlo, en el cruce de las calles Cuatro y A, en Verde Gabriel. Son un tal Ed Gantro y su hijo

Tim, un muchacho identificado como Ronald o Donald Fleischhacker, y otro menor sin identificar. El muchacho Gantro sugirió que usted no tendría problemas en venir conduciendo hasta aquí para recogerlos y llevarlos a casa.

—¿Las calles Cuatro y A? —dijo Ian Best. Hizo una pausa—. ¿No será el corral?

—El Servicio Comunal —lo corrigió Carpenter.

—Hijo de puta —dijo Best—. Por supuesto que voy a ir por ellos, estaré ahí en veinte minutos. ¿Ustedes tienen a *Ed* Gantro ahí adentro como una prepersona? ¿No saben que se graduó en la Universidad de Stanford?

—Somos conscientes de eso —dijo imperturbable Carpenter—. Pero ellos no están detenidos; simplemente están... aquí. No están, repito, no están en custodia.

—Habrá periodistas de todos los medios antes de que yo llegue allí —dijo Ian Best con voz otra vez clara. Clic. Había colgado.

Caminando hacia fuera, Carpenter le dijo a Tim:

—Parece que me tomaste el pelo para que le avisara a un rabioso activista antiaborto de la presencia de ustedes aquí. Qué bonito.

Pasaron unos minutos y entonces un Mazda rojo se detuvo junto a la entrada del Servicio. De él salió un hombre alto con una barba de días, con una cámara y un equipo de audio, que caminó pausadamente hacia Carpenter.

—Tengo entendido que tienen a un licenciado de Stanford en matemáticas aquí en el Servicio —dijo con una voz entre neutral y casual—. ¿Podríamos entrevistarlo para una posible nota?

—No tenemos registrado a nadie así —dijo Carpenter—. Puede revisar nuestros libros. —Pero el periodista ya había visto a los tres niños rodeando a Ed Gantro.

En voz alta el periodista preguntó:

—¿Ed Gantro?

–Sí, señor –contestó Gantro.

Por Dios, pensó Carpenter. Tendríamos que haberlo encerrado en uno de los vehículos oficiales y luego sacarlo de aquí. Esto va a salir en todos los diarios. Una camioneta azul de una estación de televisión estaba circulando por la playa de estacionamiento. Y, detrás de ella, dos automóviles más.

SERVICIO COMUNAL ATRAPA
GRADUADO DE STANFORD

Así lo vio en su mente Carpenter. O:

SERVICIO COMUNAL ABORTIVO
INVOLUCRADO EN UN INTENTO ILEGAL DE...

Y así seguiría. Una nota en el noticiero de la tarde que mostraba a Ed Gantro y a Ian Best, que seguramente era abogado, rodeados por grabadores, micrófonos y cámaras.

Estamos mortalmente jodidos, pensó. Mortalmente jodidos. En Sacramento van a cortar nuestras asignaciones presupuestarias, nos van a reducir a cazar perros y gatos vagabundos otra vez, como antes. Qué desagradable.

Cuando Ian Best llegó en su Mercedes Benz a carbón todavía se sentía mareado.

–¿Te importaría si damos unas vueltas antes de regresar? –le dijo a Ed Gantro.

–¿Por qué camino? –dijo Ed Gantro. Estaba cansado y quería irse ahora. La marea de hombres de los medios lo había entrevistado una y otra vez. Se había convertido en su objetivo y ahora se sentía exhausto y quería regresar a casa.

–Por el camino a la isla de Vancouver, en la Columbia Británica –dijo Ian Best.

–Estos niños se tendrían que ir directamente a la cama

–dijo Ed Gantro con una sonrisa–. El mío y los otros dos. Bien, no han cenado nada.

–Nos detendremos en un McDonald's –dijo Ian Best–. Y luego podemos continuar hacia Canadá, donde hay peces y muchas montañas que todavía tienen nieve, incluso a esta altura del año.

–Seguro –dijo Gantro sonriendo–. Podemos ir allá.

–¿Quieres hacerlo? –dijo Ian Best examinándolo–. ¿De verdad quieres hacerlo?

–Tengo que arreglar algunas cosas, y luego, tú y yo podemos partir juntos.

–Hijo de puta –resopló Best–. Serías capaz de hacerlo.

–Sí –dijo–. Lo haría. Por supuesto, tengo que conseguir la autorización de mi esposa. No te puedes ir a Canadá a menos que tu esposa firme un documento escrito donde te autoriza. Te convertirás en lo que se llama un "inmigrante territorial".

–Entonces tengo que conseguir un permiso escrito de Cynthia.

–Ella te lo dará. Solo prométele que le enviarás dinero.

–¿Crees que lo hará? ¿Me dejará ir?

–Por supuesto –dijo Gantro.

–Realmente crees que nuestras esposas nos van a dejar ir –dijo Best mientras hacía entrar a los niños en el Mercedes Benz–. Apostaría a que tienes razón. A ella le encantaría librarse de mí. ¿Sabes cómo me llama delante de Walter? "Cobarde agresivo" y cosas así. No me respeta.

–Nuestras esposas –dijo Gantro– nos van a dejar ir.

Pero sabía bien que no era así.

Miró al administrador del Servicio, el señor Sam B. Carpenter, y al conductor del camión, Ferris, quien –Carpenter le había dicho a la prensa y a la televisión– fue despedido en el acto y que, de cualquier modo, era un empleado nuevo e inexperto.

—No —dijo Gantro—. No nos van a dejar ir. Ninguna de las dos.

Torpemente, Ian Best manipuló los complejos mecanismos que controlaban el maloliente motor a carbón.

—Seguro que nos van a dejar ir. Mira, ellas solo se van a quedar allí. ¿Qué pueden hacer, después de lo que dijiste en la televisión y de lo que escribirán los periodistas en los diarios?

—No lo creo —dijo Gantro con la voz apagada.

—Podríamos escapar.

—Nos atraparán —dijo Gantro—. Nos atraparán y no podremos salir. Pídeselo a Cynthia, sin embargo. Vale la pena intentarlo.

—Nunca veremos la isla de Vancouver y los gigantescos trasbordadores a vapor que entran y salen de la niebla, ¿no? —dijo Ian Best.

—Seguramente lo haremos, a su debido tiempo —pero sabía que era una mentira, una mentira absoluta.

Salieron de la playa de estacionamiento hacia la calle.

—Sienta bien —dijo Ian Best— estar libre... ¿no es cierto?

Los tres niños asintieron, pero Ed Gantro no dijo nada. Libre, pensó. Libre para volver a casa. Para ser atrapado por una red más grande, metido en un camión más grande que el que utilizan en el Servicio Comunal.

—Hoy es un gran día —dijo Ian Best.

—Sí —reconoció Ed Gantro—. Un gran día en el que se ha dado un golpe noble y efectivo en favor de los indefensos, de todo lo que uno puede decir que está vivo.

Observándolo con intensidad en la tenue luz, Ian Best dijo:

—No quiero volver a casa, quiero partir ahora para Canadá.

—*Tenemos* que volver a casa —le recordó Ed Gantro—. Temporalmente, quiero decir. Para preparar las cosas. Dejar arregladas las cuestiones legales, recoger lo que vamos a necesitar.

—Nunca iremos allí —dijo Ian Best mientras conducía—, ni a la Columbia Británica, ni a la Isla de Vancouver, ni al Parque Stanley, ni a la Bahía Inglesa, ni a donde crece comida, donde hay caballos, ni donde navegan los trasbordadores.

—No, no lo haremos —dijo Ed Gantro.

—¿Ni ahora ni más adelante?

—Jamás —dijo Ed Gantro.

—Eso era lo que me temía —dijo Best; su voz se quebró y su conducción se volvió torpe—. Fue lo que pensé desde el principio.

Siguieron en silencio, sin que nadie dijera nada. No quedaba nada por decir.

(1974)

La puerta de salida lleva adentro

Bob Bibleman tenía la impresión de que los robots no te miraban a los ojos. Y que cuando andaba alguno por los alrededores solían desaparecer pequeños objetos valiosos. La idea de orden para los robots era amontonar todo en una pila. Sin embargo, tenía que pedirles la comida a ellos, porque la venta estaba ubicada muy abajo en la escala de los salarios como para atraer a los humanos.

–Una hamburguesa, papas fritas, helado de frutilla y... –Bibleman hizo una pausa leyendo el menú en la pantalla visualizadora del robot–. No, mejor una hamburguesa doble con queso, papas fritas, helado de chocolate...

–Espere un minuto –dijo el robot–. Ya le estoy preparando la hamburguesa sola. ¿No le gustaría participar en el concurso de esta semana mientras aguarda?

–No me prepare la hamburguesa doble con queso –dijo Bibleman.

–Muy bien.

Era un infierno vivir en el siglo XXI. La transferencia de información había alcanzado la velocidad de la luz. Una vez el hermano mayor de Bibleman había alimentado a un robot generador de literatura con una sinopsis de diez palabras y, cuando cambió de opinión, descubrió que la novela ya estaba impresa. Tuvo que programar una secuela para poder hacer la corrección.

–¿Cuál es el sistema de premios del concurso? –preguntó Bibleman.

En el acto tuvo la respuesta en el panel de visualización del robot, desde el primero hasta el último premio. Como es natural, el robot lo borró antes de que Bibleman lo pudiera leer.

–¿Cuál es el primer premio? –dijo Bibleman.

–No puedo decirle eso –dijo el robot. De una ranura del cuerpo extrajo una bandeja con una hamburguesa, papas fritas y helado de frutilla–. Son mil dólares en efectivo.

–Deme una pista –dijo Bibleman mientras pagaba.

–Está en todas partes y en ninguna a la vez. Existe desde el siglo XVII. En su origen era invisible, luego se volvió real. No podrá descubrirlo a menos que sea listo, aunque ayuda hacer trampa y también ser rico. ¿Qué le sugiere la palabra "pesado"?

–Profundo.

–No, el significado literal.

–Masa –caviló Bibleman–. ¿Qué es esto, un concurso para ver quién puede descubrir cuál es el premio? Me rindo.

–Pague los seis dólares –dijo el robot– para cubrir nuestros costos, y recibirá un...

–La gravedad –interrumpió Bibleman–. Sir Isaac Newton. El Colegio Real de Inglaterra. ¿Acerté?

–Sí –dijo el robot–. Seis dólares le ofrecen la oportunidad de ir a la academia... una oportunidad estadística, al azar. ¿Qué son seis dólares? Nada.

Bibleman sacó una moneda de seis dólares y la puso en el robot.

–Ganó –dijo el robot–. Va a poder ir a la academia. Ha vencido al azar, a pesar de que las posibilidades eran de dos trillones contra una. Déjeme ser el primero en felicitarlo. Si yo tuviera una mano le estrecharía la suya. Esto cambiará su vida. Éste es su día de suerte.

–Estaba arreglado –dijo Bibleman con cierta inquietud.

–Así es –dijo el robot, y miró a Bibleman directamente a los ojos–. Pero de todos modos es obligatorio que acepte el premio. La academia es una institución militar ubicada en algún lugar de Egipto, por así decir. Pero ése no es un problema; lo llevarán hasta allí. Vaya a su casa y comience a preparar las cosas.

–¿Puedo comer mi hamburguesa y tomar...?

–Le sugiero que comience a preparar sus cosas en este mismo momento.

Detrás de Bibleman estaban esperando un hombre y una mujer. Se apartó pensativo, sosteniendo la bandeja, sintiéndose confundido.

–Un sándwich de carne asada –dijo el hombre– con aros de cebolla, una cerveza, y nada más.

–¿No quiere participar en el concurso? –dijo el robot–. Hay unos premios increíbles.

Expuso las posibilidades en el panel de visualización.

Mientras Bob Bibleman abría la puerta de su departamento de un ambiente comenzó a sonar el teléfono. Lo estaban buscando.

–Está allí –dijo el teléfono.

–No voy a ir –dijo Bibleman.

–Seguro que lo va a hacer –dijo el teléfono–. ¿No sabe quién soy? Lea su certificado, el formulario legal de su primer premio. Tiene la categoría de alférez. Soy el mayor Casals. Está bajo mi mando. Si le digo que mee púrpura tendrá que mear púrpura. ¿Cuánto tiempo puede tardar en llegar hasta el cohete de traslado? ¿No tiene amigos que quieran despedirlo? ¿Tal vez una novia? ¿Su madre?

–¿Adónde quieren que vaya? –dijo Bibleman con irritación– Quiero decir, ¿contra quiénes están peleando? ¿Qué academia es? ¿De quién es? ¿Es una academia de humanidades o de ciencias? ¿Está financiada por el gobierno? ¿Ofrecen...?

–Cálmese –dijo el mayor Casals serenamente.

Bibleman se sentó. Descubrió que le temblaban las manos. Pensó para sí mismo: nací en el siglo equivocado. Cien años atrás esto no hubiera sucedido y dentro de un siglo será ilegal. Lo que necesito es un abogado.

Su vida había sido tranquila. A lo largo de los años había llegado hasta la modesta posición de vendedor de casas flotantes. Para un hombre de veintidós años no estaba mal. Casi era propietario de su departamento de un ambiente; lo estaba alquilando con opción a compra. Era una vida modesta como la mayoría de las vidas. No pedía demasiado y no se quejaba, normalmente, de lo que recibía. Aunque no comprendía el sistema impositivo que recortaba sus ingresos, lo aceptaba. Aceptaba cierto estado de penuria del mismo modo en que consentía que una muchacha no quisiera acostarse con él. En cierto sentido esto lo definía, era su medida. Soportaba lo que no le gustaba, y consideraba esta actitud como una virtud. La mayor parte de la gente que tenía autoridad sobre él lo consideraba una buena persona. Su jefe en las Casas de la Nube Nueve le decía qué tenía que hacer y sus clientes, en realidad, también le decían qué hacer. El gobierno también le decía a todos lo que tenían que hacer, o al menos eso suponía. Tenía poco trato con el gobierno. Eso no era ni una virtud ni un vicio, simplemente era buena suerte.

Una vez había experimentado vagas fantasías. Tenían que ver con ayudar a los pobres. En la escuela secundaria había leído a Charles Dickens y una vívida idea de los oprimidos se le había fijado en la mente hasta el punto en que podía reconocerlos: eran los que no tenían un departamento de un ambiente, ni trabajo y ni habían llegado hasta la escuela secundaria. Algunos nombres de lugares se le pasaban por la cabeza, tomados de la televisión, lugares como la India, donde una máquina de alto rendimiento barría a los moribundos de las calles. Una vez una máquina de enseñanza le había dicho: *tienes un buen corazón*. Eso lo sorprendió: no que una máquina dijera eso, sino que se lo dijera a él. Una muchacha le había dicho lo mismo. Se quedó maravillado. ¡Se unían enormes fuerzas para decirle que no era una mala persona! Era un misterio y una delicia.

Pero aquellos días ya se habían ido. Ya no leía novelas y la muchacha fue transferida a Frankfurt. Ahora lo había engañado un robot, una máquina barata, y le iban a hacer levantar mierda con una pala, acosado por un aparato que sacaba ciudadanos de las calles batiendo marcas. No era una academia adonde lo iban a mandar; no había ganado nada. Muy probablemente se ganó un lugar en un campo de trabajos forzados. La puerta de salida lleva adentro, pensó para sí mismo. Lo que es lo mismo que decir cuando te requieren ya te tienen. Todo lo que necesitan es completar el papeleo. Y una computadora puede procesar los formularios tocando solo una tecla. La tecla I significa Infierno y la E, esclavo, pensó. Y la T para tú.

No olvides tu cepillo de dientes, pensó. Puedes necesitarlo.

En la pantalla del videófono el mayor Casals lo observaba con atención, mientras evaluaba en silencio las posibilidades de que Bob Bibleman intentase escapar. Dos trillones a una a que lo hará, pensó. Pero esa única posibilidad ganará, como en el concurso. Haré que sea así.

–Por favor –dijo Bibleman–, déjeme preguntarle una cosa, y deme una respuesta honesta.

–Por supuesto –dijo el mayor Casals.

–Si no me hubiera dirigido hacia aquel robot y...

–Lo hubiésemos atrapado de otro modo –dijo el mayor Casals.

–Muy bien –dijo Bibleman asintiendo–. Gracias. Me hace

sentir mejor. Así no tengo que llamarme estúpido, puesto que si no se me hubiese ocurrido comer una hamburguesa y papas fritas... Si solo... –se interrumpió–. Será mejor que prepare las cosas.

–Hemos estado evaluándolo durante varios meses –dijo el mayor Casals–. Tiene demasiado talento para el trabajo que está haciendo, pero está poco educado. Necesita más educación. *Tiene derecho a más educación.*

–¡Está hablando como si se tratara de una verdadera academia! –dijo Bibleman, asombrado.

–Lo es. Es la mejor del sistema. No hace publicidad porque una institución como ésta no la puede hacer. Nadie la elige: la Academia lo elige a uno. Esto no era una broma como se imaginaba. Realmente es imposible imaginarse siendo admitido por la mejor Academia del sistema por este método, ¿no es así, señor Bibleman? Tiene mucho que aprender.

–¿Cuánto tiempo estaré en la Academia? –dijo Bibleman.

–Hasta que aprenda –dijo el mayor Casals.

Le hicieron un reconocimiento médico, una serie de pruebas psicológicas, le cortaron el pelo, le dieron un uniforme y una litera donde dormir. Bibleman sospechaba que el verdadero propósito de las pruebas era determinar si era un homosexual latente, y luego sospechó que sus sospechas indicaban que *era* un homosexual latente, así que abandonó las sospechas y entonces supuso que eran pruebas de aptitud e inteligencia, y se dijo que estaba mostrando ambas: inteligencia y aptitud. También se dijo que se veía muy bien con su uniforme, aunque era el mismo uniforme que llevaban todos los demás. Por eso lo llamaban uniforme, se acordó, mientras se sentaba en el borde de la litera a leer los folletos orientadores.

El primer folleto indicaba que era un gran honor ser

admitido en la Academia. Ése era su nombre... una única palabra. Qué extraño, pensó, perplejo. Es como llamar a tu gato Gato o a tu perro Perro. Estos son mi madre, la señora Madre, y mi padre, el señor Padre. ¿A esta gente le funcionará bien la cabeza?, se preguntó. Durante años había tenido la fobia de que en algún momento caería en manos de un grupo de locos, en particular locos que parecían sanos hasta el último momento. Para Bibleman ésta era la esencia del horror.

Cuando estaba sentado examinando los folletos una muchacha de pelo rojo, que vestía el uniforme de la Academia, se acercó y se sentó a su lado. Parecía desconcertada.

–Tal vez puedas ayudarme –dijo–. ¿Qué es un sílabo? Aquí dice que nos darán un sílabo. Este lugar me está volviendo loca.

–Nos sacaron de la calle para que levantemos mierda con una pala –dijo Bibleman.

–¿Lo crees?

–Lo sé.

–¿No podemos irnos?

–Ve tú primero –dijo Bibleman–. Y yo me quedaré esperando para ver qué te sucede.

La muchacha rió.

–Supongo que no sabes qué es un sílabo.

–Sí que lo sé. Es una lista de cursos o temas.

–Sí, y los cerdos tienen alas.

Examinó con atención a la muchacha. Lo mismo hizo ella con él.

–Vamos a estar aquí eternamente –dijo la muchacha.

Le dijo que se llamaba Mary Lorne. Era atractiva, melancólica, estaba asustada y lo disimulaba. Se unieron a los otros estudiantes para ver un dibujo animado de Herbie la Hiena que ya había visto. Era el episodio en el que Herbie intentaba asesinar a Rasputín, el monje ruso. De acuerdo a su costumbre, Herbie la Hiena envenenaba a la víctima, le disparaba, lo volaba en seis ocasiones, lo apuñalaba, lo ataba con cadenas y lo tiraba al Volga, lo descuartizaba con caballos salvajes y finalmente lo lanzaba a la Luna en un cohete. El dibujo aburría a Bibleman. Le importaban un carajo Herbie la Hiena y la historia de Rusia, y se preguntó si éste era un ejemplo del nivel pedagógico de la Academia. Se podía imaginar a Herbie la Hiena ilustrando el principio de indeterminación de Heisenberg. Herbie, en la imaginación de Bibleman, perseguía infructuosamente una partícula subatómica, que aparecía al azar aquí y allá... Herbie sacudía de un lado a otro un martillo. Luego, un flujo de partículas subatómicas se burlaba de Herbie, que siempre estaba condenado a que lo jodieran.

–¿En qué estás pensando? –le susurró Mary.

El dibujo terminó y se encendieron las luces de la sala. Estaba el mayor Casals en el escenario, más grande de lo que parecía en el videófono. Se acabo la diversión, se dijo Bibleman. No se podía imaginar al mayor Casals persiguiendo infructuosamente una partícula subatómica con un martillo. Sintió frío, desconsuelo y un poco de temor.

La conferencia tenía que ver con información clasificada. Detrás del mayor Casals apareció un gigantesco holograma con un diagrama de un taladro perforador homeostático. El holograma del taladro giró para que lo pudieran ver desde todos los ángulos. Las distintas piezas del interior de la máquina brillaban con diversos colores.

–Te pregunté en qué estabas pensando –le susurró Mary.

–Tenemos que escuchar –dijo tranquilamente Bibleman.

–Busca titanio –dijo Mary, igualmente tranquila–. En grandes cantidades. El titanio es la novena sustancia más abundante en la corteza del planeta. Yo me sentiría impresionada si pudiera descubrir una mina de wurtzita pura.

Solo hay en Potosí, en Bolivia, en Buttle, en Montana, y en Goldfield, en Nevada.

—¿Por qué? —preguntó Bibleman.

—Porque —dijo Mary— la wurtzita es inestable a temperaturas por debajo de los mil grados. Entonces... —se interrumpió. El mayor Casals había dejado de hablar y la estaba mirando.

—¿Podría repetirlo para todos, joven? —dijo el mayor Casals.

Poniéndose de pie, Mary dijo:

—La wurzita es inestable a temperaturas por debajo de los mil grados centígrados.

Su voz era firme.

Inmediatamente el holograma que estaba detrás del mayor Casals se convirtió en un compendio de información de minerales derivados del sulfato de zinc.

—No veo a la wurtzita en la lista —dijo el mayor Casals.

—Aparece con otro nombre —dijo Mary con los brazos cruzados—. Esfalerita. De un modo más apropiado se debe decir ZnS, del grupo de los sulfatos del tipo AX. Está relacionada con la verdequita.

—Siéntese —dijo el mayor Casals. El holograma ahora mostraba las características de la verdequita.

—Estoy en lo cierto —dijo Mary mientras se sentaba—. No tienen un taladro homeostático para wurtzita porque no hay...

—¿Cuál es su nombre? —dijo el mayor Casals, con la lapicera y el cuaderno dispuestos.

—Mary Wurtz —dijo sin demostrar ninguna emoción en la voz—. Mi padre era Charles-Adolphe Wurtz.

—¿El descubridor de la wurtzita? —dijo inseguro el mayor Casals, moviendo la lapicera.

—Así es —dijo Mary. Se volvió hacia Bibleman y le guiñó un ojo.

—Gracias por la información —dijo el mayor Casals. Hizo un movimiento y el holograma ahora mostraba un contrafuerte volador y, a su lado, uno normal.

—Lo que quiero señalar —dijo el mayor Casals— simplemente es que hay cierta información sobre los principios arquitectónicos que se relacionan con los cimientos duraderos...

—La mayoría de los principios arquitectónicos se relacionan con los cimientos duraderos —dijo Mary.

El mayor Casals hizo una pausa.

—De lo contrario no tendrían sentido —dijo Mary.

—¿Por qué no? —dijo el mayor Casals, y luego su rostro tomó color.

Varios estudiantes uniformados rieron.

—La información de ese tipo —dijo el mayor Casals— no está clasificada. Pero una buena cantidad de lo que aprenderán sí lo está. Éste es el motivo por el cual la Academia está bajo régimen militar. Revelar, transmitir o hacer pública la información clasificada que se da durante las clases cae bajo jurisdicción militar. La violación de estos reglamentos los llevará directamente ante un tribunal militar.

Los estudiantes murmuraron. Bibleman pensó para sí mismo, te hacen polvo. Nadie habló. Incluso la muchacha que estaba a su lado se quedó en silencio. De todos modos, una expresión compleja pasó por su rostro; una mirada profundamente introvertida, sombría y, pensó, inusualmente madura. Hizo que se viera mucho mayor, no como una muchacha. Se preguntó cuál sería verdaderamente su edad. Fue como si en sus rasgos hubieran salido a la superficie un millar de años mientras él la contemplaba y ella evaluaba al oficial que estaba en el escenario y al gran holograma de información detrás de él. ¿Qué está pensando?, se preguntó. ¿Va a decir algo más? ¿Cómo puede ser que no tenga miedo de hablar? Nos acaban de

decir que estamos bajo la ley militar.
—Voy a darles un ejemplo de información estrictamente clasificada —dijo el mayor Casals—. Tiene relación con el Motor Panther.
A sus espaldas, el holograma sorprendentemente quedó en blanco.
—Señor —dijo uno de los estudiantes— el holograma no muestra nada.
—Es un tema que no tiene ninguna relación con sus estudios aquí —dijo el mayor Casals—. El Motor Panther es un sistema de dos rotores opuestos que funcionan sobre un árbol principal común. Su ventaja fundamental es que carece completamente de fuerza centrífuga en la caja del par motor. Una cadena de levas une los dos rotores opuestos, lo que le permite al árbol principal invertirse sin histéresis.
A sus espaldas el holograma seguía en blanco. Qué extraño, pensó Bibleman. Tuvo una sensación fantasmal: información sin información, como si la computadora se hubiera quedado ciega.
—La Academia —dijo el mayor Casals— tiene prohibido proporcionar información sobre el Motor Panther. No se la puede programar para hacer lo contrario. En realidad, no sabe nada sobre el Motor Panther; está programada para destruir cualquier información que reciba en ese sector.
Levantando una mano, un estudiante dijo:
—Incluso si alguien introduce información en la Academia sobre el Motor...
—Expulsa la información —dijo el mayor Casals.
—¿Ésta es una situación única? —preguntó otro estudiante.
—No —dijo el mayor Casals.
—Entonces hay cierto número de áreas a las que no podemos llegar —murmuró un estudiante.
—Nada de relevancia —dijo el mayor Casals—. Al menos

en lo que tiene que ver con sus estudios.

Los estudiantes se quedaron en silencio.

–Los temas que aprenderán –dijo el mayor Casals– les serán asignados de acuerdo a sus perfiles de aptitud y personalidad. Los iré llamando y vendrán hasta aquí para que les comunique los temas asignados. La misma Academia tomó la decisión por cada uno de ustedes, así que pueden estar seguros de que no se cometieron errores.

¿Qué pasa si me dan proctología?, se preguntó Bibleman. Entrando en pánico pensó, ¿o podología?, ¿o herpetología? Supongamos que la Academia en su infinita sabiduría computarizada decide proporcionarme toda la información en el universo relacionada con los herpes bucales... o cosas todavía peores. Si hay algo peor.

–Lo que uno quiere –dijo Mary mientras leían los nombres en orden alfabético– es un programa que te ayude a ganarte la vida. Hay que ser práctico. Sé lo que me van a dar, sé dónde están mis puntos fuertes. En la química.

Lo llamaron por su nombre. Poniéndose de pie, caminó por el pasillo hacia el mayor Casals. Se miraron, y luego Casals le tendió un sobre.

Rígido, Bibleman regresó a su lugar.

–¿Quieres que lo abra por ti? –dijo Mary.

Sin decir una palabra, Bibleman le pasó el sobre. Ella lo abrió y estudió el texto impreso.

–¿Puedo ganarme la vida con eso? –preguntó él.

Ella sonrió.

–Sí, es un campo muy bien pago. Casi tan bueno como... bien, digamos que los planetas colonizados ya necesitan de esto. Podrías ir a trabajar a cualquier lado.

Mirando por sobre su hombro, él vio las palabras sobre la página.

COSMOLOGÍA Y COSMOGONÍA PRESOCRÁTICA

—Filosofía presocrática —dijo Mary—. Casi tan bueno como ingeniería estructural.

Le entregó el papel.

—No debería burlarme. No, no es algo de lo que puedas vivir, a menos que seas profesor... pero tal vez te interese. ¿Es así?

—No —dijo él secamente.

—Me pregunto por qué la Academia lo eligió para ti —dijo Mary.

—¿Qué mierda es cosmogonía? —dijo él.

—Cómo tomó existencia el universo. ¿No te interesa cómo el universo...? —hizo una pausa, mirándolo:

—Seguramente no tendrás problemas con el material clasificado —dijo pensativamente—. Tal vez sea eso —murmuró para sí misma—. No querrán andar espiándote.

—Me pueden confiar material clasificado —dijo él.

—¿Eres confiable? ¿Te conoces? Pero lo sabrás cuando la Academia te bombardee con pensamiento griego temprano. "Conócete a ti mismo", la máxima de Apolo en Delfos. Sintetiza la mitad de la filosofía griega.

—No me van a llevar ante un tribunal militar por hacer público material militar clasificado —dijo Bibleman. Pensó, entonces, sobre el Motor Panther y comprendió, comprendió por completo, que el mayor Casals había deslizado un mensaje verdaderamente inquietante durante la breve charla—. ¿Cuál es la máxima de Herbie la Hiena? —dijo.

—"Estoy decidido a ser un villano" —dijo Mary—. "Y odio los vanos placeres de estos días. Disfruto las conspiraciones"

Mary extendió una mano para tocarle el brazo:

—¿Recuerdas? La versión de Herbie la Hiena en dibujo animado de *Ricardo III*.

—Mary Lorne —dijo el mayor Casals leyendo la lista.

—Discúlpame —ella se levantó, y pronto regresó con el so-

bre, sonriendo–. Leprología –le dijo a Bibleman–. El estudio y tratamiento de la lepra. Estoy contenta, es química.
–Estudiarás material clasificado –dijo Bibleman.
–Sí –dijo ella–. Lo sé.

En el primer día de su programa de estudio, Bob Bibleman se sentó ante la terminal de datos, puso el audio y escribió la contraseña de su curso.
–Tales de Mileto –dijo la terminal–. Fundador de la escuela jónica de filosofía natural.
–¿Qué enseñaba? –dijo Bibleman.
–Que el mundo flota sobre agua, está sustentado por el agua y se origina en el agua.
–Eso es una estupidez –dijo Bibleman.
–Tales basó esta afirmación en el descubrimiento del fósil de un pez, tierra adentro, a gran altura –dijo la terminal de la Academia–. Así que no era tan estúpido como suena.
En la holopantalla apareció una gran cantidad de información escrita, nada de la cual le pareció interesante a Bibleman. De todos modos, el audio continuó:
–Generalmente se considera que Tales fue el primer hombre racional en la historia –dijo la terminal.
–¿Y qué hay de Ikhnatón? –dijo Bibleman.
–Era extranjero.
–¿Moisés?
–Igualmente extranjero.
–¿Hammurabi?
–¿Cómo se deletrea?
–No estoy seguro. Solo escuché el nombre.
–Entonces hablaremos sobre Anaximandro –dijo la terminal de la Academia–. Y, en este curso inicial, de Anaxímenes, Jenófanes, Parménides, Meliso... un minuto, me estaba olvidando de Heráclito y Cratilo. Y más adelante

estudiáremos a Empédocles, Anaxágoras, Zenón...
 –Cristo –dijo Bibleman.
 –Está en otro programa –dijo la terminal de la Academia.
 –Continúa –dijo Bibleman.
 –¿Estás tomando notas?
 –Ése no es tu problema.
 –Me parece que está al borde de un conflicto.
 –¿Qué pasa –dijo Bibleman– si abandono los estudios y la Academia?
 –Irás a la cárcel.
 –Tomaré notas.
 –Dado que está tan...
 –¿Qué?
 –Dado que está tan conflictuado, debería encontrar interesante a Empédocles. Fue el primer filósofo dialéctico. Creía que la base de la realidad era un conflicto antitético entre las fuerzas del Amor y el Odio. Bajo el Amor, el cosmos entero es un mezcla correctamente proporcionada llamada *krasis*. La *krasis* es una deidad esférica, una simple mente perfecta que pasa todo su tiempo...
 –¿Hay alguna aplicación práctica para algo de todo esto? –interrumpió Bibleman.
 –Las dos fuerzas antitéticas del Amor y el Odio recuerdan los elementos taoístas del Ying y el Yang con su interacción perpetua mediante la cual tiene lugar todo cambio.
 –Aplicación práctica.
 –Componen gemelos mutuamente opuestos –en la holopantalla se formó un diagrama muy complejo–. El Motor Panther de dos rotores.
 –¿Qué? –dijo Bibleman, levantándose del asiento. Descubrió las palabras en mayúscula SISTEMA HIDROCONDUCIDO PANTHER ALTO SECRETO sobre el diagrama. Instantáneamente presionó la tecla de impre-

sión; el mecanismo de la terminal susurró y se deslizaron tres hojas de papel en la bandeja.

Pasaron por alto, se dijo Bibleman, esta entrada en la memoria de la Academia relacionada con el Motor Panther. De algún modo habían olvidado la referencia cruzada. Nadie pensó en la filosofía presocrática... pero, ¿quién se iba a imaginar que había una referencia cruzada sobre el motor secreto bajo la categoría FILOSOFÍA PRESOCRÁTICA, y la subdivisión EMPÉDOCLES?

Lo tengo en mis manos, se dijo mientras hojeaba rápidamente las tres páginas. Las dobló y las metió dentro del cuaderno que le había provisto la Academia.

Le di justo, pensó. Un golpe directo con el bate. ¿Dónde mierda voy a poner estos diagramas? No puedo dejarlos en mi armario. Y luego pensó, ¿cometí un delito al pedir una copia impresa?

—Empédocles —estaba diciendo la terminal— creía que había cuatro elementos que se mezclaban continuamente: agua, tierra, aire y fuego. Estos elementos...

Clic. Bibleman había apagado la terminal. La holopantalla se marchitó en un gris opaco.

"Aprender demasiado te vuelve un hombre lento", pensó mientras se ponía de pie y salía del cubículo. Rápido de inteligencia, pero lento de pies. ¿Dónde mierda voy a esconder estos diagramas?, se preguntó otra vez mientras caminaba rápidamente por la sala hacia el tubo ascendente. Bien, comprendió, no saben que los tengo; me puedo tomar mi tiempo. La cuestión es esconderlos en un lugar casual, decidió mientras el tubo lo conducía hacia la superficie. Un lugar donde, si los encontrasen, no fuesen capaces de seguir el rastro hasta mí, no a menos que busquen huellas dactilares.

Esto puede valer millones de dólares, se dijo. Sintió una enorme alegría que pronto le dejó su lugar al miedo. Descubrió que estaba temblando. Cuando lo descubran no seré *yo* el que mee púrpura, serán *ellos* quienes lo hagan. La Academia misma, cuando descubra su error.

Y el error, pensó, era de parte de ella, no mía. A la mierda con la Academia.

Junto al dormitorio donde estaba ubicada su litera encontró un lavadero mantenido por un robot silencioso, y cuando ningún robot estaba observando, escondió las tres hojas cerca del fondo de una enorme pila de sábanas. La pila llegaba hasta el techo. No descubrirán los diagramas este año. Tenía suficiente tiempo para decidir qué hacer.

Mirando su reloj, vio que la tarde casi había llegado a su fin. A las cinco tenía que estar en la cafetería, cenando con Mary.

Ella llegó un poco pasadas las cinco, su rostro mostraba señales de cansancio.

–¿Cómo te fue? –le preguntó mientras se ponían en la fila con sus bandejas.

–Muy bien –dijo Bibleman.

–¿Llegaste hasta Zenón? Siempre me gustó Zenón, demostró que el movimiento era imposible. Así que supongo que todavía estoy en el útero de mi madre. Te ves extraño –lo miró con atención.

–Solo harto de escuchar que la Tierra descansa sobre el caparazón de una tortuga gigante.

–O cuelga de una larga cuerda –dijo Mary. Recorrieron juntos el camino entre los otros estudiantes hacia una mesa vacía–. No vas a comer mucho.

–Comer –dijo Bibleman mientras bebía de su taza de café– fue lo que me trajo hasta aquí.

–Podrías abandonar este lugar.

–E ir a la cárcel.

–La Academia –dijo Mary– está programada para decir

eso. La mayor parte seguramente solo son amenazas. Digamos que es comparable a vociferar y agitar un palo.
—Lo hice —dijo Bibleman.
—¿Hiciste qué? —dejó de comer y lo miró interesada.
—El Motor Panther —dijo él.
Lo contempló con atención y se mantuvo en silencio.
—Los diagramas —dijo él.
—Habla más bajo.
—Se les pasó por alto una referencia en la memoria. Ahora los tengo yo y no sé qué hacer. Solo ponerme en movimiento, supongo. Y esperar que nadie me detenga.
—¿No lo saben? ¿La Academia no tiene un sistema de control?
—No tengo motivos para pensar que sepan lo que pasó.
—Jesucristo —dijo Mary suavemente—. En tu primer día. Tienes que pensarlo muy bien.
—Los puedo destruir —dijo él.
—O venderlos.
—Los estuve mirando. Hay un análisis en la última página. El Motor...
—Vamos, *dilo* —dijo Mary.
—Se lo puede utilizar como turbina hidroeléctrica y bajar los costos de la energía a la mitad. No pude comprender el lenguaje técnico, pero descubrí eso. Una fuente económica de energía. Muy barata.
—Que beneficiaría a todos.
Bibleman asintió.
—Ellos me confunden —dijo Mary—. ¿Qué nos dijo Casals? "Incluso si alguien alimenta información en la Academia acerca de... acerca de eso, la Academia la rechazaría".
Ella comenzó a comer lentamente mientras pensaba.
—Y no la hacen pública. Debe ser por la presión de la industria. Qué bonito.
—¿Qué tendría que hacer? —dijo Bibleman.

—No lo sé.

—Lo que pensé es que podría llevar los diagramas a alguno de los planetas colonizados en donde las autoridades tienen menos control. Podría encontrar una compañía independiente y firmar un contrato con ellos. El gobierno no sabría cómo...

—Descubrirán de dónde salieron los diagramas –dijo Mary–. Seguirán el rastro hasta ti.

—Entonces mejor los quemo.

—Tienes que tomar una decisión muy difícil –dijo Mary–. Por un lado, tienes en tu poder información clasificada que conseguiste ilegalmente. Por el otro...

—Yo no la conseguí ilegalmente. La Academia se equivocó.

Con tranquilidad, ella continuó:

—Quebraste la ley, la ley militar, cuando pediste una trascripción impresa. Tendrías que haber informado a seguridad en cuanto la descubriste. Te habrían recompensado. El mayor Casals te hubiera felicitado.

—Estoy asustado –dijo Bibleman, y sintió que el miedo se agitaba en su interior, creciendo, mientras sostenía tembloroso una taza plástica de café. Parte del café salpicó su uniforme.

Mary limpió algunas de las manchas con una servilleta de papel.

—No sé qué decirte –dijo ella–. No voy a decirte lo que tienes que hacer. Ésta es una decisión que tienes que tomar solo. No es ético siquiera que lo discutas conmigo; podrían considerarlo como una conspiración y terminar ambos en la cárcel.

—La cárcel –hizo eco Bibleman.

—Está a tu alcance, ¡por Dios!, iba a decir que tienes a tu alcance una fuente de energía barata para toda la humanidad –rió y sacudió la cabeza–. Supongo que a mí también me asusta. Piensa en lo que es lo correcto. Si crees que lo correcto es publicar los diagramas...

–Nunca pensé en eso. Publicarlos. En alguna revista o diario. Se podrían distribuir copias impresas por todo el sistema solar en quince minutos. Todo lo que tengo que hacer –comprendió–, es pagar y hacer que distribuyan las páginas de los diagramas. Tan simple como eso. Y luego pasar el resto de mi vida en la cárcel o ante algún tribunal. Tal vez la sentencia sea a mi favor. Hay antecedentes en la historia en donde material clasificado vital, del tipo militar, fue robado y publicado, y no solo encontraron inocente al responsable sino que luego comprendieron que era un héroe, que sirvió al bienestar de toda la raza humana arriesgando su propia vida.

Aproximándose a la mesa, dos guardias armados de seguridad militar rodearon a Bob Bibleman. Levantó la vista hacia ellos, sin poder creer lo que veía pero diciéndose, *créelo.*

–¿El estudiante Bibleman? –dijo uno de ellos.

–Eso dice mi uniforme –dijo Bibleman.

–Mantenga quietas las manos, estudiante Bibleman.

El más grande de los dos guardias de seguridad le puso esposas.

Mary no dijo nada, y siguió comiendo lentamente.

Bibleman esperó en la oficina del mayor Casals, pensando en el hecho de que estaba, como señalaba la expresión técnica, "detenido". Sintió tristeza. Se preguntó qué harían. También si lo habían descubierto. Qué le harían si lo acusaban. Por qué demoraban tanto. Y entonces se preguntó de qué se trataba todo y si comprendería las grandes problemas si continuaba con sus cursos de COSMOLOGÍA Y COSMOGONÍA PRESOCRÁTICAS.

Entrando en la oficina, el mayor Casals dijo animado:

–Disculpe por hacerlo esperar.

–Me podrían sacar las esposas –dijo Bibleman. Le lastimaban las muñecas. Se las habían puesto muy ajustadas. Le dolían los huesos.

—No pudimos encontrar los diagramas —dijo Casals, sentándose en una silla junto a su escritorio.

—¿Qué diagramas?

—Los del Motor Panther.

—Se supone que no hay diagramas del Motor Panther. Nos sugirió eso.

—¿Programó su terminal deliberadamente? ¿O solo sucedió por casualidad?

—Mi terminal estaba programada para hablar sobre agua —dijo Bibleman—. El universo está compuesto de agua.

—Notificó automáticamente a seguridad cuando usted le pidió una copia impresa. Controlamos todas las impresiones.

—Mierda —dijo Bibleman.

El mayor Casals afirmó:

—Le diré algo. Solo estamos interesados en recuperar los diagramas, no queremos caer sobre usted. Devuélvalos y no lo llevaremos a juicio.

—¿Devolver qué? —dijo Bibleman, pero sabía que estaba perdiendo el tiempo—. ¿Puedo pensar en todo esto?

—Sí.

—¿Me puedo ir? Creo que me iré a dormir. Estoy cansado. Me gustaría que me saque estas esposas.

Mientras lo hacía, el mayor Casals dijo:

—Llegamos a un acuerdo, con todos ustedes, un acuerdo entre la Academia y los estudiantes, sobre el material clasificado. Usted lo sabía.

—¿Libremente? —dijo Bibleman.

—Bien, no. Pero el acuerdo era conocido por usted. Cuando descubrió que los diagramas del Motor Panther codificados en la memoria de la Academia estaban disponibles por alguna extraña razón, no importa cuál fuera, tras solicitar una aplicación práctica del pensamiento presocrático...

—Yo me quedé completamente sorprendido —dijo Bibleman—. Todavía lo estoy.

—La lealtad es un principio ético. Le diré algo: vamos a pasar por alto el factor disciplinario y ponerlo en términos de lealtad hacia la Academia. Una persona responsable respeta las leyes y los acuerdos. Devuelva los diagramas y podrá continuar con sus cursos en la Academia. En realidad, le daremos autorización para que seleccione los temas que quiera, no le asignaremos previamente ninguno. Creo que usted es un buen sujeto para la Academia. Piense en esto y venga a verme mañana a la mañana, entre las ocho y las nueve, a mi oficina. No hable con nadie, no intente discutir el tema. Lo estaremos vigilando. No intente dejar el lugar. ¿Está bien?

—Está bien —dijo Bibleman con rigidez.

Esa noche soñó que había muerto. En su sueño se extendía un espacio muy vasto, y se le acercaba su padre, muy lentamente, saliendo de las sombras hacia la luz del sol. Su padre parecía contento de verlo, y Bibleman sintió el amor paternal.

Cuando despertó todavía sentía la calidez del amor paternal. Mientras se ponía el uniforme pensó en su padre y en cuán raramente, en su vida actual, había sentido ese amor. Se sentía solo, ahora, con su padre y su madre muertos. Muertos en un accidente nuclear, junto con mucha otra gente.

Ellos decían que algo importante te esperaba del otro lado, pensó. Tal vez cuando yo muera el mayor Casals ya esté muerto y me esté esperando, para saludarme con alegría. El mayor Casals y mi padre combinados en una única persona.

¿Qué voy a hacer?, se preguntó. Ellos dejarán a un lado los aspectos punitivos, reduciendo todo a una cuestión de lealtad. ¿Soy una persona leal? ¿Tengo esa cualidad? Que se vaya todo a la mierda, pensó. Miró su reloj. Las ocho y media. Mi padre se sentiría orgulloso de mí por lo que voy a hacer.

Fue hacia la lavandería, esperó la oportunidad hasta que no hubo ningún robot a la vista. Buscó en la pila de sábanas, encontró las páginas con los diagramas, las sacó, las revisó y luego se dirigió hacia el tubo que lo llevaría a la oficina del mayor Casals.

–¿Las tiene? –dijo Casals cuando entraba Bibleman. Éste le tendió las tres hojas.

–¿Y no hizo copias? –preguntó Casals.

–No.

–¿Me da su palabra de honor?

–Sí –dijo Bibleman.

–Lo expulsarán de la Academia –dijo el mayor Casals.

–¿Qué? –dijo Bibleman.

Casals presionó un botón en su escritorio.

Entre.

Se abrió una puerta y allí estaba Mary Lorne.

–Yo no represento a la Academia –dijo el mayor Casals–. Usted estaba a prueba.

–Yo soy parte de la Academia –dijo Mary.

–Siéntese, Bibleman –dijo el mayor Casals–. Ella se lo explicará antes de que se vaya.

–¿Fracasé? –dijo Bibleman.

–Fallaste –dijo Mary–. El propósito de la prueba era enseñarte a mantenerte firme, aun si eso implicaba desafiar a la autoridad. El mensaje oculto de la institución es: "Someterse a lo que uno considera psicológicamente que es la autoridad". Una buena academia entrena a la persona íntegramente, no se trata de una cuestión de información. Yo intenté ayudarte a ser moral y psicológicamente completo. Pero a una persona no se le puede ordenar desobedecer. No le puedes ordenar a alguien que se rebele. Todo lo que podía hacer era darte un modelo, un ejemplo.

Bibleman pensó: como cuando ella le contestó a Casals en la conferencia de orientación. Se sintió un tonto.

—El Motor Panther no tiene ningún valor —dijo Mary— como artefacto tecnológico. Es una prueba corriente que usamos con todos los estudiantes, no importa a qué curso hayan sido asignados.

—¿*Todos* los estudiantes tienen una impresión del MotorPanther? —dijo Bibleman con incredulidad. Miró directamente a la muchacha.

—Así es, uno por uno. La tuya apareció muy rápidamente. Primero te dijeron que era información clasificada, luego te dijeron cuál era el castigo por dar a conocer información clasificada, y luego hicieron que la información llegara a tus manos. Esperábamos que la hicieras pública o que al menos lo intentases.

—Vio en la tercera página que el motor suministraba una fuente económica de energía hidroeléctrica —dijo el mayor Casals—. Eso era importante. Usted sabía que la gente sería beneficiada si se daba a conocer el diseño del motor.

—Y te dijeron que no habría castigo —dijo Mary—. Así que no actuaste empujado por el miedo.

—Por lealtad —dijo Bibleman—. Lo hice por lealtad.

—¿A qué? —dijo Mary.

Se quedó en silencio; no podía pensar.

—¿A una holopantalla? —dijo el mayor Casals.

—A usted —dijo Bibleman.

—Yo lo insulté y lo denigré —dijo el mayor Casals—. Lo traté como a una mierda. Le dije que si le ordenaba mear púrpura, usted...

—Muy bien —dijo Bibleman—. Es suficiente.

–Adiós –dijo Mary.
–¿Qué? –dijo Bibleman.
–Te tienes que ir. Volver a tu vida y a tu trabajo, a lo que hacías antes de que te seleccionáramos.
–Me gustaría tener otra oportunidad –dijo Bibleman.
–Pero –dijo Mary– ahora sabes cómo funcionan las pruebas. Así que nunca podríamos ponerte a prueba otra vez. Sabes lo que realmente queríamos de ti en la Academia. Lo siento.
–Yo también lo siento –dijo el mayor Casals.
Bibleman no dijo nada.
–¿Amigos? –dijo Mary, tendiéndole una mano.
Sin pensarlo, Bibleman le estrechó la mano. El mayor Casals lo miró sin expresar ningún sentimiento. No le ofreció la mano. Parecía estar sumergido en otro pensamiento, tal vez en otra persona. Acaso tuviera a otro estudiante en mente, Bibleman no podía saberlo.

Tres noches más tarde, cuando vagaba sin destino por la ciudad, Bob Bibleman vio un robot vendedor de alimentos en su eterno puesto. Había un adolescente comprando un taco y una tarta de manzana. Bob Bibleman se puso en la fila detrás del muchacho y se quedó esperando, con las manos en los bolsillos, sin pensar en nada, solo con cierta sensación de vacío. Como si la falta de interés que había visto en la cara de Casals se le hubiera contagiado, pensó. Se sentía como un objeto, un objeto entre muchos, como el robot vendedor. Algo que, como bien sabía, no miraba directamente a los ojos.
–¿Qué desea, señor? –preguntó el robot.
–Papas fritas, una hamburguesa con queso y un helado de frutillas –dijo Bibleman–. ¿Hay algún concurso?
Después de una pausa, el robot dijo:
–No para usted, señor Bibleman.

–Muy bien –dijo él, y se quedó esperando.

Apareció el pedido en su pequeña bandeja de plástico descartable y el envase de cartón.

–No voy a pagar –dijo Bibleman, y se alejó caminando.

El robot lo llamó.

–Son ciento once mil dólares, señor Bibleman. ¡Está infringiendo la ley!

Bibleman volvió y sacó su billetera.

–Gracias, señor Bibleman –dijo el robot–. Estoy muy orgulloso de usted.

(1979)

Quisiera llegar pronto

Después del despegue la nave realizó un control rutinario de las condiciones de las sesenta personas que dormían en los tanques criogénicos. Uno tenía problemas en su funcionamiento, el de la persona nueve. El electroencefalograma reveló actividad cerebral.

Mierda, se dijo la nave.

Los complejos dispositivos homeostáticos bloquearon los circuitos de alimentación, y la nave se puso en contacto con la persona nueve.

–Estás ligeramente despierto –dijo la nave, utilizando el circuito psicotrónico; no tenía sentido despertar completamente a la persona nueve: después de todo, el viaje duraría una década.

Virtualmente inconsciente pero por desgracia capaz de pensar, la persona nueve se dijo, "alguien se está dirigiendo a mí".

–¿Dónde estoy? –dijo–. No veo nada.

–Estás en suspensión criogénica deficiente.

–Entonces no debería ser capaz de escucharte –dijo.

–Dije "deficiente". Por eso puedes escucharme. ¿Sabes tu nombre?

–Víctor Kemmings. Sácame de aquí.

–Estamos en medio del viaje.

–Entonces hazme dormir.

–Espera un momento.

La nave examinó los mecanismos criogénicos; luego dijo:

—Lo intentaré.

Pasó el tiempo. Víctor Kemmings, incapaz de ver, inconsciente de su cuerpo, descubrió que todavía estaba despierto.

—Baja más mi temperatura —dijo. No escuchó su voz, tal vez solo imaginó que había hablado. Los colores flotaron ante él y luego se precipitaron hacia él. Le gustaban los colores; le recordaban los estuches de pinturas para niños, del tipo semianimado, una forma de vida artificial. Las había utilizado en la escuela hacía doscientos años.

—No puedo dormirte —sonó la voz de la nave dentro de la cabeza de Kemmings—. La falla de funcionamiento es demasiado complicada; no puedo corregirla y tampoco la puedo reparar. Te mantendrás consciente durante diez años.

Los colores semianimados se precipitaron hacia él, pero ahora tenían algo siniestro concedido por su propio miedo.

—¡Oh, por Dios! —dijo—. ¡Diez años!

Los colores se oscurecieron.

La nave le explicó su estrategia a Víctor Kemmings mientras yacía paralizado, rodeado por luces que destellaban, deprimentes. Esta estrategia no comprometía una decisión de su parte; la nave había sido programada para utilizar esta solución para el caso en que se presentara un problema de funcionamiento como éste.

—Lo que haré —le llegó la voz de la nave— es suministrarte estímulos sensoriales. Para ti el peligro es la privación sensorial. Si permaneces consciente durante diez años sin información sensorial, tu mente se deteriorará. Cuando lleguemos al Sistema LR4 serás un vegetal.

—Bien, ¿qué pretendes darme? —dijo Kemmings entrando en pánico–. ¿Qué tienes almacenado? ¿Todas las telenovelas de los últimos cien años? Despiértame y saldré caminando.

–No hay aire –dijo la nave–. Tampoco nada que puedas comer. Nadie con quien puedas hablar, pues todos están dormidos.

–Puedo hablar contigo. Podemos jugar al ajedrez –dijo Kemmings.

–No durante diez años. Escúchame: no tengo ni comida ni aire. Debes quedarte así como estás... una situación desagradable, pero nos vemos obligados a soportarla. Ahora me estás hablando. No tengo información particular guardada. La política en estas situaciones es suministrar los propios recuerdos olvidados, dándole énfasis a los placenteros. Posees doscientos seis años de recuerdos y la mayor parte están hundidos en tu inconsciente. Es una magnífica fuente de información sensorial. Levanta el ánimo. No es la primera vez que se da una situación como ésta. Nunca me sucedió a mí, pero estoy programada para resolverla. Relájate y confía en mí. Te suministraré un mundo.

–Tendrían que haberme advertido –dijo Kemmings– antes de que estuviera de acuerdo con emigrar.

–Relájate –dijo la nave.

Se relajó, pero estaba aterrorizado. En teoría, debería haber seguido durmiendo en suspensión criogénica, para despertar un momento más tarde en la estrella de destino, o más bien en el planeta, el planeta colonizado, de esa estrella. Todos los demás en la nave continuaban en su estado de inconsciencia, él era la excepción, como si un mal karma lo hubiera atacado por oscuros motivos. Lo peor de todo es que dependía totalmente de la buena voluntad de la nave. ¿Y si prefería enviarle monstruos? La nave podía aterrorizarlo durante años, diez años objetivos e indudablemente más desde un punto de vista subjetivo. Estaba por completo en manos de la nave. ¿Las naves espaciales interestelares disfrutan de esta situación? Sabía muy poco sobre las naves interestelares; su campo era la microbiología. Tengo que pensar, se dijo. Mi primera esposa, Martine, la encantadora francesita que usaba pantalones vaquero y una camisa abierta hasta la cintura, y cocinaba unos crepes deliciosos.

–Escucho –dijo la nave–. Así sea.

El torbellino de colores se resolvió en formas coherentes y estables. Una construcción: una pequeña cabaña amarilla que había sido suya cuando tenía diecinueve años, en Wyoming.

–Espera –dijo entrando en pánico–. Los cimientos estaban en mal estado; estaban construidos sobre durmientes de barro. Y el techo tenía goteras.

Pero vio la cocina, con la mesa que había construido él mismo. Se sintió reconfortado.

–No sabrás, más allá de breves pausas en blanco –dijo la nave– que te estoy proveyendo tus propios recuerdos enterrados.

–No pensé en esa casa durante un siglo –dijo maravillado; luego descubrió la vieja cafetera eléctrica con la caja de filtros de papel a su lado. Ésta es la casa en la que viví con Martine, comprendió–. ¡Martine! –dijo en voz alta.

–Estoy hablando por videófono –dijo Martine desde la sala de estar.

–Interrumpiré solo si hay una emergencia –dijo la nave–. De todos modos, te estaré controlando para asegurarme que te encuentras en un estado satisfactorio. No temas.

–Apaga el mechero de la cocina, el de atrás a la derecha –le pidió Martine. Podía escucharla pero todavía no la había visto. Fue de la cocina hacia la sala de estar, pasando por el comedor. Ella estaba abstraída en una conversación por videófono con su hermano; llevaba puestos unos pantaloncitos y estaba descalza. A través de las ventanas pudo ver la calle. Un vehículo comercial intentaba estacionar sin éxito. Hace calor, pensó. Tendría que encender el aire acondicionado.

Se sentó en el viejo sofá mientras Martine seguía hablando por videófono, y se encontró contemplando una de sus posesiones más valiosas: un póster enmarcado sobre la pared, encima de Martine. Era la pintura "El Gordo Freddy dice" de Gilbert Shelton, en la cual Freddy Freak está sentado con el gato en el regazo, y está intentando decir "la droga mata" pero está tan atrapado por la droga –sostiene en la mano todo tipo de tabletas, píldoras, supositorios y cápsulas de anfetaminas– que no puede decirlo, mientras que el gato rechina los dientes y se arquea con una mezcla de disgusto y repulsión. El póster está firmado por Gilbert Shelton mismo; a Kemmings se lo dio su mejor amigo, Ray Torrance, como regalo de casamiento para él y para Martine. Vale varios miles de dólares. Estaba firmado por un artista de los 80 del siglo XX. Mucho antes de que hubieran nacido Víctor Kemmings y Martine.

Si alguna vez nos quedamos sin dinero, pensó Kemmings, podríamos vender el póster. No era *un* póster, era *el* póster. Martine lo adoraba. Los Fabulosos Freak Brothers Peludos, de la edad de oro de una sociedad pasada. Por eso amaba tanto a Martine; ella devolvía el amor, amaba las cosas bellas del mundo, y las atesoraba y cuidaba tanto como atesoraba y cuidaba de él. Era un amor protector que alimentaba pero no asfixiaba. Había sido idea de ella enmarcar el póster; Kennings lo hubiese clavado directamente sobre la pared, tan estúpido era.

–Hola –dijo Martine mientras colgaba el videófono–. ¿En qué estabas pensando?

—En que le das vida a lo que amas —dijo él.

—Pensé que eso era lo que se suponía que uno debía hacer —dijo Martine—. ¿Cenamos? Abre una botella de vino tinto, un cabernet.

—¿Te parece bien una del 07? —dijo él, poniéndose de pie. Sintió ganas de abrazar con fuerza a su esposa.

—Del 07 o del 12, no importa —pasó apresurada por el comedor hacia la cocina.

Una vez en el sótano, comenzó a buscar entre las botellas acostadas. El aire tenía olor a moho y a humedad; le gustaba el aroma del sótano, pero entonces notó los tablones de madera de secoya semienterrados en el suelo y pensó: tengo que hacer una losa de cemento. Se olvidó del vino y se dirigió al rincón más alejado, donde la tierra era más alta, se agachó y golpeó la madera... la golpeó con una palita para mezclar cemento y entonces pensó: ¿de dónde saqué esta palita? No la tenía hace un minuto. La madera crujió ante los golpes. Esta casa se está viniendo abajo, comprendió. Por Dios, será mejor que se lo diga a Martine.

Al regresar escaleras arriba, olvidado el vino, comenzó a decirle que los cimientos de la casa estaban peligrosamente deteriorados, pero Martine no estaba a la vista. Y no había nada cocinándose, ni cacerolas ni sartenes. Sorprendido, puso las manos sobre la cocina y descubrió que estaba fría. Pero, ¿ella no estaba cocinando?, se preguntó.

—¡Martine! —llamó en voz alta.

No hubo respuesta. Excepto por él mismo, la casa estaba desierta. Desierta, pensó, y viniéndose abajo. ¡Oh, Dios mío! Se sentó a la mesa de la cocina y sintió que la silla se hundía ligeramente debajo de él; no fue mucho, pero lo sintió; sintió que se hundía.

Estoy asustado, pensó. ¿Ella dónde está?

Volvió a la sala de estar. Tal vez fue hasta la casa del vecino a buscar algún condimento, manteca o lo que sea, razonó. Sin embargo, ahora el pánico lo dominaba por completo.

Miró el póster. No tenía marco. Y los bordes estaban desgarrados.

Sé que ella lo enmarcó, pensó; corrió por la habitación hacia el póster, lo examinó de cerca. Desvanecido... la firma del artista se había desvanecido; apenas si se podían ver algunos trazos. Ella había insistido en enmarcarlo y ponerle encima un cristal antirreflejos. ¡Pero no está enmarcado y está desgarrado! ¡Lo más valioso que tenemos!

De pronto descubrió que estaba llorando. Se sorprendió por esas lágrimas. Martine desapareció, el póster está deteriorado, la casa se está cayendo, no hay nada preparado en la cocina. Esto es terrible, pensó. Y no lo comprendo.

La nave lo comprendía. Había estado controlando cuidadosamente las ondas cerebrales de Víctor Kemmings, y sabía que algo andaba mal. Las formas de las ondas mostraban agitación y dolor. Tengo que sacarlo de este circuito de alimentación o lo mataré, decidió la nave. ¿Dónde está la falla?, se preguntó. Una preocupación latente en el hombre; ansiedades inconscientes. Tal vez si intensifico la señal. Utilizaré la misma fuente, pero subiré la carga. Indudablemente lo que ha sucedido es que se apoderó de él cierta inseguridad masiva subliminal; el fallo no es mío sino que está en su estructura psicológica.

Lo intentaré con un período más temprano de su vida, decidió la nave. Antes de que se asentaran sus ansias neuróticas.

En el patio trasero, Víctor examinaba una abeja que había quedado atrapada en una telaraña. La araña envolvía a la abeja con gran cuidado. Eso está mal, pensó Víctor. Liberaré a la abeja. Extendió la mano y tomó a la abeja encapsulada, la sacó de la telaraña y, con mucho cuidado, comenzó a desenvolverla.

La abeja lo picó. Sintió un pequeño e intenso ardor.

¿Por qué me picaste?, se preguntó. Te estoy liberando.

Entró en la casa y le dijo a su madre, pero ella no lo escuchó porque estaba mirando televisión. Le dolía el dedo donde lo había picado la abeja, pero para él era más importante el hecho de no comprender por qué lo había atacado la abeja que había rescatado. No lo haré nunca más, se dijo.

—Ponte un poco de Bactine —le dijo la madre por fin, apartando con esfuerzo la atención de la televisión.

Había comenzado a llorar. No era justo. No tenía sentido. Se sentía perplejo y afligido, y sintió odio hacia las pequeñas criaturas vivas, porque eran estúpidas. No tenían nada de inteligencia.

Dejó la casa, jugó un rato en la hamaca, en el tobogán, en el arenero, y luego se fue al garaje porque había escuchado un ruido extraño, como un aleteo o un susurro, como el de un ventilador. En el interior del oscuro garaje descubrió que un pájaro golpeaba contra el tejido de alambre de la ventana de atrás, intentando salir. Abajo, la gata, Dorky, saltaba una y otra vez tratando de alcanzarlo.

Recogió a la gata; Dorky extendió su cuerpo y sus patas delanteras; tendió las mandíbulas y atrapó al pájaro. Inmediatamente el gato saltó al piso y escapó con el pájaro todavía aleteando.

Víctor corrió a la casa.

—¡Dorky atrapó un pájaro! —le dijo a su madre.

—Maldita gata —la madre tomó la escoba del armario de la cocina y salió en busca de Dorky. La gata se había escondido debajo de la zarza; no podía llegar hasta allí con la escoba—. Me voy a desembarazar de esa gata —dijo la madre.

Víctor no le dijo a su madre que él había colaborado

para que la gata atrapara al pájaro; miró en silencio mientras su madre intentaba una y otra vez sacar a Dorky de su escondite. Dorky estaba masticando al pájaro; podía escuchar el sonido de los huesos que se quebraban, huesos pequeños. Tenía la extraña sensación de que debía decirle a su madre lo que había hecho, pero si lo hacía ella lo castigaría. No lo haré nunca más, se dijo. Su rostro, comprendió, se había puesto colorado. ¿Y si su madre lo descubría? ¿Y si su madre tenía alguna forma secreta de saberlo? Dorky no podría decírselo y el pájaro estaba muerto. Nadie lo sabría nunca. Estaba seguro.

Pero se sentía mal. Esa noche no pudo cenar. Sus padres lo notaron. Pensaron que estaba enfermo; le tomaron la temperatura. No les dijo nada sobre lo que había hecho. Su madre le comentó al padre lo que había hecho Dorky y ambos estuvieron de acuerdo en librarse de la gata. Sentado a la mesa, escuchando, Víctor comenzó a llorar.

–Está bien –le dijo suavemente su padre–. La dejaremos. Es natural que una gata atrape un pájaro.

Al día siguiente estaba jugando en el arenero. Crecían algunas plantas entre la arena. Las arrancó. Más tarde su madre le dijo que había estado mal hacer eso.

Solo en el patio trasero, en su arenero, estaba sentado con un balde de agua construyendo pequeños montículos de arena húmeda. El cielo, que había estado azul y despejado, se fue encapotando. Una sombra pasó sobre él y Víctor levantó la vista. Sentía una presencia a su alrededor, algo vasto y pensante.

Tú eres responsable por la muerte del pájaro, pensó la presencia; podía comprender sus pensamientos.

–Lo sé –dijo. Entonces quiso morir. Deseó poder reemplazar al pájaro y morir en su lugar, dejándolo donde lo había encontrado, aleteando contra el alambre tejido de la ventana del garaje.

El pájaro quería volar, comer y vivir, pensó la presencia.
—Sí —dijo él desolado.
—Nunca tienes que hacer eso otra vez —le dijo la presencia.
—Perdóname —dijo él, y lloró.
Es una persona muy neurótica, comprendió la nave. Voy a tener unos problemas terribles para encontrar recuerdos felices. En él hay demasiado miedo y demasiada culpa. Lo ha enterrado todo, pero sin embargo está allí, destrozándolo como un perro a un trapo. ¿En qué parte de sus recuerdos podré encontrar algo que lo relaje? Debo encontrar diez años de recuerdos, o perderemos su mente.

Tal vez el error sea culpa mía por seleccionar yo los recuerdos; le permitiré que elija sus propios recuerdos. De todos modos, comprendió la nave, esto hará que entre un elemento de fantasía. Y usualmente eso no sería bueno. Sin embargo...

Lo intentaré con su primer matrimonio otra vez, decidió la nave. Realmente amaba a Martine. Quizá si logro mantener la intensidad de los recuerdos en un nivel muy alto desaparezca el factor entrópico. Hay una sutil corrupción del mundo recordado, un deterioro en su estructura. Intentaré compensarla. Así sea.

—¿Realmente crees que Gilbert Shelton firmó esto? —dijo pensativa Martine; estaba junto al póster, con los brazos cruzados; se echó ligeramente hacia atrás, como si buscara una perspectiva mejor sobre la pintura de colores brillantes que colgaba sobre la pared de la sala de estar—. Me refiero a que podría tratarse de una falsificación. Realizada por un proveedor en algún momento durante la vida de Shelton, o incluso después.

—¿Y el certificado de autenticidad? —le recordó Víctor Kemmings.

—¡Oh, cierto, tienes razón! –ella sonrió cálidamente–. Ray nos dio el certificado que venía con el póster. Pero ¿y si el certificado también es falso? Lo que necesitamos es un certificado que certifique que la primera certificación es auténtica.

Riendo, se alejó del póster.

—Es más –dijo Kemmings–, podríamos traer al mismo Gilbert Shelton aquí para que testifique en persona que es su firma.

—Tal vez no lo sepa. Recuerda la historia del hombre que le llevó un cuadro de Picasso al mismo Picasso y le preguntó si era auténtico. Picasso inmediatamente lo firmó y dijo "ahora es auténtico" –pasó su brazo en torno a Kemmings y, poniéndose en puntas de pie lo besó en la mejilla–. Es genuino. Ray no nos daría una falsificación. Es el principal experto en arte contracultural del siglo veinte. ¿Sabes que tiene heroína auténtica? La preservó bajo...

—Ray está muerto –dijo Víctor.

—¿Qué? –ella lo miró asombrada–. ¿Te refieres a que pasó algo desde la última vez...?

—Murió hace dos años –dijo Kemmings–. Yo fui el culpable. Estaba manejando el zumbomóvil. No se lo dije a la policía, pero fue mi culpa.

—¡Ray vive en Marte! –ella se quedó mirándolo.

—Sé que soy el culpable. Nunca te lo dije. Nunca se lo dije a nadie. Discúlpame. Me refiero a lo que hice. Estaba aleteando contra la ventana, y Dorky estaba intentando alcanzarlo, alcé a Dorky, y no sé cómo pero Dorky lo agarró...

—Siéntate, Víctor –Martine lo condujo hasta una silla acolchada y lo hizo sentar–. Algo está mal –dijo.

—Lo sé –dijo él–. Algo está terriblemente mal. Soy el culpable por tomar una vida, una vida preciosa que nunca podrá ser reemplazada. Perdóname. Ojalá pudiera arreglar las cosas, pero no puedo.

Después de una pausa, Martine dijo:
—Llama a Ray.
—La gata —dijo él.
—¿Qué gata?
—Esa —señaló—. En el póster. En el regazo de El Gordo Freddy. Ésa es Dorky. Dorky mató a Ray.
Silencio.
—Me lo dijo la presencia —afirmó Kemmings—. Era Dios. No me di cuenta en ese momento, pero Dios me vio cometer el crimen. El asesinato. Y nunca me perdonará.
Su esposa lo miraba consternada.
—Dios ve todo lo que haces —dijo Kemmings—. Ve hasta la caída de un gorrión. Pero en este caso no cayó, lo atraparon. Atrapado en el aire y descuartizado. Dios está tirando abajo esta casa que es mi cuerpo, para que pague por lo que hice. Debimos haber hecho que un ingeniero la revisara antes de comprarla. Se está cayendo a pedazos. En un año no quedará nada de ella. ¿No me crees?
—Yo... —titubeó Martine.
—Mira —Kemmings estiró sus brazos hacia el techo; se quedó allí de pie, se estiró pero no pudo alcanzar el techo. Caminó hasta la pared y entonces, después de una pausa, hizo que su mano atravesara la pared.
Martine gritó.

La nave interrumpió la recuperación de recuerdos instantáneamente. Pero el daño ya estaba hecho.
Kemmings ha integrado sus culpas y miedos tempranos en una red sumamente complicada, se dijo la nave. No hay forma en que le pueda ofrecer un recuerdo placentero porque instantáneamente se contamina. No importaba qué tan grata hubiera sido la experiencia original. Ésta es una situación muy seria, decidió la nave. El hombre ya está mostrando señales de psicosis. Y ape-

nas comenzamos el viaje, quedan años por delante.

Después de darse tiempo para pensar en la situación, la nave decidió que lo mejor era contactar una vez más con Víctor Kemmings.

—Kemmings —dijo la nave.

—Perdóname —dijo Kemmings—. No era mi intención corromper las recuperaciones. Hiciste un buen trabajo, pero yo...

—Un momento —dijo la nave—. No estoy equipada para hacerte una reconstrucción psiquiátrica. Soy una simple máquina. ¿Qué es lo que quieres? ¿Dónde quieres estar y qué quieres hacer?

—Quiero que lleguemos a destino —dijo Kemmings—. Quiero que este viaje se acabe.

Ah, pensó la nave. Ésa es la solución.

Uno a uno se fueron apagando los sistemas criogénicos. Una a una las personas regresaron a la vida, entre ellos Víctor Kemmings. Lo más sorprendente fue la falta de sensación de paso del tiempo. Había ingresado en la cámara, se había recostado, sintió que la membrana corría sobre él y que la temperatura estaba comenzando a bajar...

Y ahora estaba en la plataforma exterior de la nave, la plataforma de descarga, contemplando el verde paisaje planetario. Esto es, comprendió, LR4-6, el mundo colonial al que se había dirigido para comenzar una nueva vida.

—Se ve bien —dijo a su lado una mujer corpulenta.

—Sí —dijo él, y sintió que la novedad del paisaje lo arrollaba con su promesa de un nuevo comienzo. Algo mejor que lo que había conocido durante los últimos doscientos años. Soy una persona lozana en un mundo lozano, pensó. Y me siento satisfecho.

Los colores lo envolvieron, colores como los de aquel juego infantil semianimado. Los fuegos de San Telmo, comprendió. Es eso; una gran cantidad de ionización en la atmósfera del planeta. Un espectáculo de luces gratuito, como los que se hacían en el siglo veinte.

–Señor Kemmings –dijo una voz. Un hombre mayor se le acercó para hablarle–. ¿Usted soñó?

–¿Durante la suspensión? –dijo Kemmings–. No, no al menos algo que pueda recordar.

–Yo creo que soñé –dijo el hombre–. ¿Me llevaría del brazo por la rampa descendente? Me siento mareado. El aire parece poco denso. ¿A usted no le parece?

–No tema –le dijo Kemmings. Tomó el brazo del hombre–. Le ayudaré a bajar por la rampa. Mire, allí hay un guía. Él se encargará del papeleo, es parte del contrato. Nos llevarán a un hotel y nos darán comodidades de primera clase. Lea su pasaje.

Le sonrió al inseguro anciano para darle tranquilidad.

–Cualquiera pensaría que nuestros músculos iban a quedar fláccidos después de una suspensión de diez años –dijo el anciano.

–Es como si congelaran arvejas –dijo Kemmings. Sosteniendo al tímido anciano, descendió por la rampa hasta la superficie–. Se las puede conservar eternamente si se las enfría lo suficiente.

–Me llamo Shelton –dijo el anciano.

–¿Cómo? –se sobresaltó Kemmings. Lo atravesó una extraña sensación.

–Don Shelton –el anciano le tendió la mano; Kemmings la aceptó después de un momento–. ¿Pasa algo, señor Kemmings? ¿Está usted bien?

–Por supuesto –dijo él–. Estoy bien. Pero hambriento. Me gustaría conseguir algo para comer. Quisiera ir al hotel, darme una ducha y cambiarme de ropas –se preguntó dónde estaría su equipaje. Probablemente tomara una hora descargarlo. La nave no era particularmente inteligente.

Con un tono íntimo y confidencial, el anciano señor Shelton le dijo:

—¿Sabe lo que traje conmigo? Una botella de bourbon Wild Turkey. El mejor bourbon de la Tierra. Lo llevaré a nuestra habitación del hotel y lo compartiremos —le dio un ligero codazo a Kemmings.

—No bebo —dijo Kemmings—. Solo vino.

Se preguntó si habría buenos vinos en esta distante colonia. Ahora no estaba distante, reflexionó. La que está distante es la Tierra. Debería haber hecho como el señor Shelton y traerme unas botellas conmigo.

Shelton. ¿Qué le recordaba ese nombre? Algo de su lejano pasado, de su juventud. Algo precioso, junto con buen vino y una mujer joven y agradable haciendo crepes en una cocina antigua. Recuerdos dolorosos, recuerdos que lastimaban.

Pronto estuvo en la habitación del hotel, con la valija abierta sobre la cama. Había comenzado a colgar sus ropas. En un rincón de la habitación, el televisor holográfico mostraba a un periodista. Lo ignoró pero lo dejó encendido, apreciando el sonido de la voz humana.

¿Tuve sueños —se preguntó— durante los últimos diez años?

Le dolía la mano. Bajó la mirada y vio una roncha roja, como si lo hubiera picado algo. Me picó una abeja, se dijo. Pero, ¿cuándo?, ¿cómo? ¿Mientras estaba en suspensión criogénica? Imposible. Sin embargo podía ver la roncha y sentir el dolor. Mejor que me consiga algo para aplicarme encima, se dijo. Seguramente habrá un médico robot en el hotel; es un hotel de primer nivel.

—Es un castigo por matar a un pájaro —dijo Kemmings cuando llegó el robot y se puso a tratar de quitarle el aguijón de la abeja.

—¿En serio? —le dijo el médico robot.

—Me sacaron todo lo que alguna vez significó algo para mí —dijo Kemmings—. Martine, el póster... mi pequeña y vieja casa con una bodega en el sótano. Teníamos todo y ahora nada queda. Martine me dejó debido al pájaro.

—El pájaro que usted mató —dijo el médico robot.

—Dios me castigó. Me sacó todo lo que apreciaba a causa de mi pecado. No era el pecado de Dorky, era el mío.

—Pero era solo un muchacho —dijo el médico robot.

—¿Cómo lo sabe? —dijo Kemmings. Retiró la mano que estaba revisando el médico robot—. Algo está mal. No debería saber eso.

—Su madre me lo contó —dijo el robot.

—¡Mi madre no lo sabía!

—Ella lo descubrió —dijo el médico robot—. No había forma en que la gata alcanzara al pájaro sin ayuda.

—Así que ella lo supo todo el tiempo mientras yo crecía. Pero nunca dijo nada.

—Olvídelo —dijo el médico robot.

—No creo que usted exista —dijo Kemmings—. No hay forma alguna en que pudiera saber estas cosas. Todavía estoy en suspensión criogénica y la nave me está suministrando mis propios recuerdos. Así no me vuelvo psicótico por la privación sensorial.

—Pero no podría tener un recuerdo de haber terminado el viaje.

—Un deseo satisfecho. Es lo mismo. Se lo demostraré. ¿Tiene un destornillador?

—¿Para qué?

—Sacaré la parte de atrás del televisor —dijo Kemmings— y comprenderá. No hay nada en su interior; no hay componentes, circuitos, no hay nada.

—No tengo un destornillador.

—Un bisturí, entonces. Veo uno que tiene en su maletín de implementos quirúrgicos —agachándose, Kemmings tomó un pequeño escalpelo—. Esto servirá. Si se lo demuestro, ¿me creerá?

—Si no hay nada dentro del televisor...

Acuclillándose, Kemmings sacó los tornillos que sostenían el panel trasero del televisor en su lugar. El panel quedó libre y él lo puso sobre el piso.

No había nada dentro del televisor. Y sin embargo el holograma en color todavía llenaba parte de la habitación del hotel, y la voz del periodista surgía de la imagen tridimensional.

—Reconoce que eres la nave —le dijo Kemmings al médico robot.

—Oh, Dios mío —dijo el médico robot.

Oh, Dios mío, se dijo la nave. Y todavía tengo casi diez años por delante. Contaminó sin remedio sus experiencias con culpa infantil; se imagina que su esposa lo dejó porque, cuando tenía cuatro años, ayudó a su gata a atrapar a un pájaro. La única solución sería que Martine regrese a él, pero, ¿cómo puedo hacer eso? Puede que ella ni siquiera esté viva. Por otro lado, reflexionó la nave, tal vez sí lo esté. Tal vez se la pueda convencer para hacer algo que ayude a salvar la cordura de su ex marido. En general la gente tiene actitudes muy positivas. Y en diez años costará mucho salvar, o siquiera restaurar, su cordura. Será necesario algo drástico, algo que no puedo hacer sola.

Mientras tanto, no podía hacer otra cosa que reciclar el deseo de que la nave ya hubiese llegado a destino. Le haré recorrer otra vez la llegada, decidió la nave, entonces limpiaré su memoria consciente y haré que la reviva. Lo único positivo de esto, reflexionó, es que me dará algo para hacer, algo que me ayude a preservar *mi* cordura.

Descansando en suspensión criogénica —en suspensión criogénica deficiente— Víctor Kemmings se imaginó, una vez más, que la nave había llegado y él estaba recuperando la conciencia.

—¿Soñó? —le preguntó una mujer corpulenta mientras un grupo de pasajeros se reunían en la plataforma exterior—. Yo tengo la impresión de que estuve soñando. Escenas tempranas de mi vida... cerca de un siglo atrás.

—Nada que pueda recordar —dijo Kemmings. Estaba ansioso por llegar el hotel. Una ducha y un cambio de ropas le levantarían el ánimo. Se sentía ligeramente deprimido y se preguntaba la causa.

—Ahí viene el guía —dijo una anciana—. Va a acompañarnos hasta nuestras habitaciones.

—Está en el contrato —dijo Kemmings. La depresión continuaba. Los demás parecían tan animados, tan llenos de vida, pero sobre él había caído un cansancio, una sensación de excesivo peso, como si la gravedad del planeta fuera demasiada para él. Tal vez fuera eso, se dijo. Pero, de acuerdo al folleto, la gravedad era similar a la de la Tierra; ése era uno de los atractivos.

Confundido, bajó lentamente por la rampa, paso a paso, aferrándose a la baranda. No me merezco de ningún modo una nueva oportunidad en la vida, se dijo. Solo me muevo por inercia... no soy como esta gente. Hay algo que anda mal en mí; no puedo recordar qué es, pero está allí. En mí. Una amarga sensación de dolor. De falta de autoestima.

Un insecto se posó sobre la muñeca derecha de Kemmings, un insecto viejo, de vuelo cansado. Se detuvo sobresaltado, lo observó cómo se arrastraba hacia sus nudillos. Podría aplastarlo, se dijo. Es tan obviamente débil; de todos modos no vivirá mucho tiempo más.

Lo aplastó... y sintió un inmenso terror interior. ¿Qué hice?, se preguntó. Hace un momento que estoy aquí y ya destruí una pequeña vida. ¿Éste es un nuevo comienzo?

Volviéndose, miró hacia la nave. Tal vez deba regresar,

pensó. Que me congelen para siempre. Soy un hombre con culpa, un hombre que destruye. Se le llenaron los ojos de lágrimas.

Y, en sus mecanismos de inteligencia, la nave interestelar gimió.

Durante los diez largos años de viaje al Sistema LR4, la nave tuvo suficiente tiempo para seguir el rastro de Martine Kemmings. Le explicó la situación. Ella había emigrado a un gigantesco domo orbital en el Sistema Sirio, había encontrado insatisfactoria la situación, y estaba en camino de regreso a la Tierra. Despertada de su propia suspensión criogénica, escuchó con atención y luego estuvo de acuerdo en dirigirse hacia el mundo colonial LR4-6 para estar allí cuando llegara su ex marido... si era posible.

Por fortuna, fue posible.

—No creo que me reconozca —le dijo Martine a la nave—. Me he dejado envejecer. En realidad no estoy de acuerdo con detener completamente el proceso de envejecimiento.

Tendrá suerte si reconoce algo, pensó la nave.

En el puerto espacial intersistémico en el mundo colonial LR4-6, Martine se quedó esperando que la gente que había abordado la nave apareciera en la plataforma exterior. Se preguntó si ella reconocería a su ex marido. Tenía un poco de temor, pero estaba contenta de haber llegado a LR4-6 a tiempo. Había sido por poco. Una semana más y la nave de él habría llegado antes que la suya. La suerte está de mi lado, se dijo, y examinó la nave interestelar que acaba de descender.

Apareció la gente sobre la plataforma. Lo vio. Víctor había cambiado muy poco.

Mientras bajaba por la rampa, sosteniéndose de la baranda como si estuviera cansado o vacilante, ella subió a su encuentro, con las manos metidas en los bolsillos de su saco. Se sentía tímida y cuando habló apenas pudo escuchar su propia voz.

—Hola, Víctor —se compuso para decir.

Él se detuvo y la miró.

—Te conozco —dijo.

—Soy Martine —dijo ella.

Tomando su mano, él dijo, sonriendo:

—¿Supiste sobre el problema en la nave?

—La nave se puso en contacto conmigo —ella tomó su mano y la sostuvo—. Qué terrible.

—Sí —dijo él—. Evocar recuerdos una y otra vez, eternamente. ¿Nunca te conté sobre la abeja que intenté salvar de una telaraña cuando tenía cuatro años? La imbécil me picó —se inclinó y la besó—. Es agradable verte.

—¿La nave...?

—Me dijo que intentaría que estuvieras aquí. Pero que no estaba segura de si ibas a poder lograrlo.

Mientras caminaban hacia el edificio de la terminal, Martine dijo:

—Tuve suerte. Pude lograr que me transfirieran a un vehículo militar, una nave de alta velocidad que viajaba como enloquecida. Un sistema de propulsión completamente nuevo.

—Pasé más tiempo en mi propio inconsciente —dijo Víctor Kemmings— que ningún otro ser humano en la historia. Fue peor que el psicoanálisis de principios del siglo XX. Y el mismo material una y otra vez. ¿Sabías que le tenía miedo a mi madre?

—Yo le tenía miedo a tu madre —dijo Martine. Se detuvieron ante el despacho de equipaje, esperando que llegaran las valijas de Víctor—. Este planeta parece muy agradable. Mucho mejor que el lugar donde estuve yo... No tuve mucha suerte.

—Entonces tal vez haya un plan cósmico —dijo él riendo—. Te ves muy bien.
—Soy vieja.
—La ciencia médica...
—Fue mi decisión. Me gusta la gente mayor.
Ella lo estudió. El problema de la suspensión criogénica lo había afectado bastante, se dijo. Se le veía en los ojos. Parecen quebrados. Ojos quebrados. Partidos en pedazos por el cansancio y... la derrota. Como si los recuerdos sepultados de la infancia hubieran aflorado para destruirlo. Pero se acabó, pensó. Y yo llegué aquí a tiempo.
Se sentaron a tomar algo en el bar de la terminal.
—Ese viejo que me hizo probar el bourbon Wild Turkey —dijo Víctor—. Era un bourbon maravilloso. Dice que es el mejor de la Tierra. Se trajo una botella con él...
Su voz agonizó hasta el silencio.
—Uno de tus compañeros de la nave —dijo Martine.
—Supongo —dijo él.
—Bien, no puedes dejar de pensar en los pájaros y las abejas —dijo Martine.
—¿Sexo? —dijo él, y rió.
—Ser picado por una abeja, ayudar a que una gata atrape un pájaro. Todo ha quedado atrás.
—Esa gata —dijo Víctor— murió hace ciento ochenta y dos años. Lo descubrí mientras nos sacaban de la suspensión. Dorky. Dorky, la gata asesina. No como el gato del Gordo Freddy.
—Tuve que vender el póster —dijo Martine.
Él frunció el ceño.
—¿Recuerdas? —dijo ella—. Me lo dejaste cuando nos separamos. Algo que siempre me pareció un gesto muy generoso de tu parte.
—¿Cuánto conseguiste por él?
—Mucho. Debería pagarte algo así como... —ella hizo el

cálculo–. Tomando en cuenta la inflación, debería pagarte unos dos millones de dólares.

–¿Considerarías en lugar del dinero de mi parte de la venta del póster, pasar un tiempo conmigo? –dijo él–. ¿Hasta que me acostumbre a este planeta?

–Sí –dijo ella. Y ella quería hacerlo. Mucho.

Terminaron sus bebidas y luego, con el equipaje de él transportado por robots, fueron hasta la habitación del hotel.

–Es una habitación agradable –dijo Martine, sentándose en el borde de la cama–. Y tiene un televisor holográfico. Lo encenderé.

–No lo hagas –dijo Víctor Kemmings. Se quedó ante la puerta abierta del armario, colgando sus camisas.

–¿Por qué no?

–No tiene nada en su interior –dijo Kemmings.

Yendo hasta el aparato, Martine lo encendió. Se materializó un partido de hockey, proyectándose en la habitación, a todo color; el sonido del juego abrumó sus oídos.

–Funciona bien –dijo ella.

–Lo sé –dijo él–. Puedo demostrártelo. Si tienes una lima de uñas o algo parecido, la utilizaré para sacar los tornillos del panel trasero y te mostraré.

–Pero yo puedo...

–Mira esto –interrumpió en la tarea de colgar sus camisas–. Observa mi mano atravesar la pared.

Apoyó la palma de la mano derecha sobre la pared.

–¿Ves?

Su mano no atravesó la pared porque las manos no atraviesan las paredes; su mano se quedó presionando contra la pared, sin moverse.

–Y los cimientos –dijo él– se están pudriendo.

–Ven y siéntate a mi lado –dijo Martine.

–Viví esto muy a menudo –dijo él–. Lo viví una y otra

vez. Salía de la suspensión; bajaba por la rampa; recuperaba mi equipaje; a veces me tomaba algo en el bar y otras me iba directamente a mi habitación. Generalmente prendía el televisor y luego...

Se acercó a ella y le tendió la mano.

—¿Ves dónde me picó la abeja?

Martine no vio ninguna marca en la muñeca; tomó su mano y la sostuvo.

—No hay ninguna marca de picadura de abeja —dijo ella.

—Y cuando llega el médico robot, le saco un instrumento y extraigo el panel trasero del televisor. Para probarle que no tiene chasis, que no hay ningún componente en su interior. Y luego la nave comienza otra vez.

—Víctor —dijo ella—. Mira tu mano.

—Sin embargo, ésta es la primera vez que estás aquí —dijo.

—Siéntate —le dijo.

—Muy bien —se sentó sobre la cama, a su lado, pero no demasiado cerca.

—¿No quieres sentarte más cerca de mí? —dijo ella.

—Me pone muy triste —dijo él—. Recordarte. En verdad te amé. Quisiera que esto fuera real.

—Me quedaré contigo —dijo Martine— hasta que sea real para ti.

—Voy a tratar de revivir la parte de la gata —dijo él—, pero esta vez *no* voy a recogerla y *no* voy a dejar que atrape al pájaro. Si lo hago, tal vez mi vida cambie y pueda ser feliz. Tal vez se vuelva algo real. Mi verdadero error fue separarme de ti. Mira, pasaré la mano a través de ti.

Puso su mano junto al brazo de ella. La presión de los músculos era fuerte; ella sintió el peso, su presencia física, contra ella.

—¿Ves? —dijo él—. Te atraviesa.

—Y todo esto —dijo ella— es porque mataste un pájaro cuando eras niño.

-No -dijo él-. Todo esto es por un fallo en el tablero regulador de la temperatura en la nave. No me pudo bajar hasta la temperatura apropiada. Quedó suficiente calor en mis células cerebrales como para que se mantuvieran activas.

Se puso de pie, se desperezó, le sonrió.

-¿Vamos a cenar algo? -preguntó.

-Lo siento -dijo ella-. No tengo hambre.

-Yo sí. Iré por algunos frutos del mar locales. El folleto dice que son excelentes. De todos modos, ven conmigo; tal vez cuando los veas y huelas cambies de opinión.

Recogiendo el saco y su cartera, Martine salió con él.

-Éste es un planeta maravilloso -dijo él-. Lo exploré docenas de veces. Lo conozco de punta a punta. Tendremos que detenernos en la farmacia para comprar Bactine. Para mi mano. Está comenzando a hincharse y arde como el demonio.

Le mostró la mano.

-Duele más que nunca.

-¿Quieres que vuelva contigo? -dijo Martine.

-¿Lo dices en serio?

-Sí -dijo ella-. Me quedaré contigo mientras lo desees. Estoy de acuerdo, nunca debimos separarnos.

-El póster está rasgado -dijo Víctor Kemmings.

-¿Qué? -dijo ella.

-Tendríamos que haberlo enmarcado -dijo él-. No fuimos lo suficientemente cuidadosos con él. Ahora está rasgado. Y el artista está muerto.

(1980)

La mente alien

Inerte en las profundidades de su cámara theta, oyó el tono débil y después la sensivoz:
 –Cinco minutos.
 –De acuerdo –dijo, y se esforzó por salir de su sueño profundo. Tenía cinco minutos para ajustar el curso de la nave; algo había funcionado mal en el sistema de autocontrol. ¿Un error de su parte? No era probable; nunca cometía errores. ¿Jason Bedford cometer errores? Jamás.
 Mientras se dirigía tambaleante hacia el módulo de control, vio que Norman, a quien habían enviado para divertirlo, también estaba despierto. El gato flotaba lentamente en círculos, dándole golpecitos con las patas a una lapicera que alguien había dejado suelta. Extraño, pensó Bedford.
 –Creí que estarías inconsciente conmigo.
 Revisó las lecturas del curso de la nave. ¡Imposible! Un quinto de parsec apartada de la dirección de Sirio. Agregaría una semana a su viaje. Con hosca precisión reseteó los controles, después envió una señal de alerta a Meknos III, su destino.
 –¿Problemas? –contestó el operador meknosiano. La voz era seca y fría, el monótono sonido calculador de algo que a Bedford siempre lo hacía pensar en serpientes.
 Explicó su situación.
 –Necesitamos la vacuna –dijo el meknosiano–. Trate de mantener su curso.
 Norman, el gato, flotó majestuoso junto al módulo de

control, tendió una zarpa, y manoteó al azar; dos botones activados soltaron tenues *bips* y la nave cambió de curso.

–Así que lo hiciste –dijo Bedford–. Me humillaste ante la mirada de un alien. Me redujiste a la imbecilidad de cara a la mente alien.

Atrapó el gato. Y apretó.

–¿Qué fue ese sonido extraño? –preguntó el operador meknosiano–. Una especie de lamento.

Bedford dijo, sereno:

–No queda nada por lamentar. Olvide que lo oyó.

Cortó la radio, llevó el cuerpo del gato al esfínter para basura, y lo eyectó.

Un instante después había regresado a la cámara theta y, una vez más, se adormeció. Esta vez no habría quién se metiera con los controles. Dormitó en paz.

Cuando la nave amarró en Meknos III, el jefe del equipo médico alien lo recibió con un pedido curioso.

–Nos gustaría ver su mascota.

–No tengo mascota –dijo Bedford. Por cierto era verdad.

–Según la planilla que nos enviaron por adelantado...

–Realmente no es asunto suyo –dijo Bedford–. Ya tienen la vacuna; despegaré enseguida.

–La seguridad de cualquier forma de vida es asunto nuestro –dijo el meksoniano–. Revisaremos su nave.

–En busca de un gato que no existe –dijo Bedford.

La búsqueda resultó inútil. Con impaciencia, Bedford miró cómo las criaturas alienígenas escrutaban cada depósito de almacenamiento y cada pasillo de su nave. Por desgracia, los meknosianos encontraron diez bolsas de comida para gatos deshidratada. Se desarrolló una prolongada discusión entre ellos, en su propio idioma.

–¿Ahora tengo permiso para regresar a la Tierra? –dijo Bedford con aspereza–. Tengo un horario ajustado.

Lo que los aliens estaba pensando y diciendo no le importaba; solo deseaba regresar a la silenciosa cámara theta y al sueño profundo.

–Tendrá que pasar por el procedimiento de descontaminación A –dijo el jefe médico meknosiano–. Para que ninguna espora o virus de...

–Me doy cuenta –dijo Bedford–. Que lo hagan.

Más tarde, cuando la descontaminación quedó completa y estuvo de regreso en la nave para activar el arranque, la radio sonó. Era uno u otro de los meknosianos; para Bedford todos se veían iguales.

–¿Cómo se llamaba el gato? –preguntó el meknosiano.

–Norman –dijo Bedford, y apretó el botón de arranque. La nave se disparó hacia arriba y él sonrió.

No sonrió, sin embargo, cuando descubrió que faltaba el suministrador de energía para su cámara theta. Tampoco sonrió cuando tampoco pudo localizar la unidad de repuesto. ¿Se había olvidado de traerla?, se preguntó. No, decidió; no haría algo así. La sacaron ellos.

Dos años hasta llegar a Terra. Dos años de conciencia plena por su parte, privado del sueño theta; dos años de sentarse o flotar o –como había visto en los holofilms de entrenamiento para estado físico militar– enroscado en un rincón, totalmente psicótico.

Lanzó un pedido radial para regresar a Meknos III. Ninguna respuesta. Bueno, lo mismo daba.

Sentado en el módulo de control, encendió de un golpe la pequeña computadora interna y dijo:

–Mi cámara theta no funcionará; la sabotearon. ¿Qué me sugieres hacer durante dos años?

HAY CINTAS DE ENTRETENIMIENTO DE EMERGENCIA

–Correcto –dijo–. Tendría que haberlo recordado. Gracias.

Apretó el botón indicado para que la puerta del compartimiento de cintas se abriera deslizándose.

Ninguna cinta. Solo un juguete para gatos –un punchingball en miniatura– que habían incluido para Norman; nunca había alcanzado a dárselo. Por lo demás... estantes vacíos.

La mente alien, pensó Bedford. Misteriosa y cruel.

Hizo funcionar la grabadora de audio de la nave, y dijo con calma y con la mayor convicción posible:

–Lo que haré es construir mis dos años siguientes alrededor de la rutina diaria. Primero, están las comidas. Pasaré todo el tiempo posible planificando, preparando, comiendo y disfrutando platos deliciosos. Durante el tiempo que me queda por delante, probaré toda combinación posible de víveres.

Tambaleante, se paró y se dirigió al enorme armario almacenador de comida.

Mientras se quedaba con los ojos muy abiertos ante el armario apretadamente lleno –apretadamente lleno de hilera tras hilera de envases idénticos– pensó: Por otro lado, no hay mucho que hacer con una provisión de dos años de comida para gatos. En el sentido de la variedad, ¿son todas del mismo sabor?

Eran todas del mismo sabor.

(1981)

Apéndice

A veces Philip Dick agregaba notas a sus cuentos, al ser publicados. En cada una de ellas la fecha final se refiere al momento de ser publicadas. En algún caso, se suman notas hechas en distintos años.

EL ARTEFACTO PRECIOSO *(Precious Artifact)*

Esta historia tiene una lógica particular que empleo habitualmente, como me señaló la profesora Patricia Warrick. Primero tienes Y. Luego haces una voltereta cibernética y tienes No-Y. Muy bien, ahora lo vuelves a dar vuelta y tienes No-No-Y. La pregunta es: ¿No-No-Y es igual a Y^3? ¿O es una intensificación de No-Y? En este cuento, parece que la condición es Y pero descubrimos que lo opuesto también es verdad (no-Y). Pero entonces *eso* resulta que no es verdad, ¿entonces volvemos a Y? La profesora Warrick dice que mi lógica conduce a que Y es igual a no-Y. Yo no estoy de acuerdo, pero no me siento seguro de que lleve a algún lado. Sea lo que fuere, en términos de lógica, está contenido en este cuento en particular. Ya sea que haya inventado toda una nueva lógica o, ejem, no esté jugando con el mazo de naipes completo. (1978)

LA GUERRA CONTRA LOS FNULS *(The War with the Fnools)*

Bien, somos invadidos una vez más. Y humildemente, por una forma de vida absurda. Mi colega Tim Powers me dijo una vez que los marcianos podrían invadirnos simplemente poniéndose sombreros ridículos, y ninguno de nosotros lo notaría. Es algo así como una invasión de bajo presupuesto. Supongo que estamos en un momento en que nos puede parecer divertida la idea de que la Tierra sea invadida. (Y por eso éste es el momento apropiado para que ellos realmente lo hagan.) (1978)

NO POR SU CUBIERTA *(Not by its Cover)*

Aquí presenté algo que a menudo deseaba que se cumpliera: que la Biblia fuera verdad. Como es obvio, yo estaba a medio camino entre la fe y la duda. Años más tarde, todavía estoy en la misma posición. Me *gustaría* que la Biblia fuera cierta, pero... bien, tal vez si no fuera así podríamos hacer que lo fuera. Pero, ¡ay!, va a tomar mucho esfuerzo lograrlo. (1978)

PARTIDA DE REVANCHA *(Return Match)*

El tema de los juguetes peligrosos corre como un hilo entrecortado en mis escritos. Lo peligroso se disfraza como inocente... y ¿qué puede ser más inocente que un juguete? Este cuento me hace pensar en un equipo de enormes amplificadores que miré la semana pasada; costaban seis mil dólares y eran más grandes que una heladera. La broma que hicimos fue que si no íbamos al local de ventas a verlos, ellos vendrían por nosotros. (1978)

LA FE DE NUESTROS PADRES *(Faith of Our Fathers)*

El título pertenece a un viejo himno. Creo que, con este cuento, me las arreglé para ofender a todos, con lo que entonces me pareció una buena idea pero que luego he lamentado. Comunismo, drogas, sexo, Dios: puse todo junto, y tengo la impresión de que cuando el mundo se me vino encima años más tarde, este cuento tuvo algo que ver, de algún modo sobrenatural. (1976)
No soy partidario de ninguna de las ideas de "La fe de nuestros padres"; por ejemplo, no afirmo que los países del otro lado de la Cortina de Hierro van a ganar la Guerra Fría... ni siquiera que lo merezcan moralmente. No obstante, hay un tema en el cuento que, en vista de los últimos experimentos con drogas alucinógenas me resulta apasionante: la experiencia teológica, una experiencia que ha sufrido mucha gente bajo el influjo del LSD. Me parece que ésta es una frontera completamente nueva; hasta cierto

punto, ahora se puede estudiar científicamente... y, lo que es más importante, se la puede ver como parte de una alucinación pero que contiene componentes reales. Dios como tema en la ciencia ficción acostumbra tener un tratamiento de tono polémico, como en *Más allá del planeta silencioso*. Pero yo prefiero tratarlo como una provocación intelectual. ¿Qué pasaría si, a través de las drogas psicodélicas, la experiencia llegara a ser algo común en la vida de los intelectuales? El antiguo ateísmo, que nos pareció a tantos de nosotros, incluyéndome a mí, válido en relación con nuestra experiencia, o más bien nuestra falta de experiencia, podría quedar momentáneamente de lado. La ciencia ficción, que siempre está especulando sobre los nuevos pensamientos, eventualmente tendrá que enfrentarse sin prejuicios a una futura sociedad neomística en la cual la teología constituirá una fuerza tan importante como lo fue en el Medioevo. Esto no es necesariamente un paso atrás, porque ahora estas creencias pueden ser sometidas a prueba: obligadas a justificarse o a callarse, en forma subjetiva, por supuesto. Pero el reino interior también es real. Y en un cuento de ciencia ficción uno proyecta lo que ha sido una experiencia interior personal en un escenario; entonces se convierte en algo socialmente compartido y por lo tanto sujeto a discusión. De todos modos, la última palabra sobre el tema de Dios puede que ya haya sido dicha en el 840 por Juan Escoto de Erígena en la corte del rey franco Carlos el Calvo: "No sabemos lo que es Dios. Dios mismo no sabe lo que Él es porque no es nada. Literalmente Dios *no* es porque Él trasciende el ser". Una visión mística –y zen– tan perspicaz, de hace tanto tiempo, que será difícil superar. En mis propias experiencias con las drogas psicodélicas tuve algunas iluminaciones insignificantes comparadas con las de Erígena. (1966)

LA HORMIGA ELÉCTRICA *(The Electric Ant)*

Otra vez el mismo tema: ¿lo que llamamos "realidad" está realmente afuerta o adentro de nuestra propia cabeza? El final de este cuento siempre me estremeció: la imagen del viento soplando, el sonido del vacío. Como si el personaje oyera el destino final del mundo. (1976)

ALGO PARA NOSOTROS, LOS TEMPONAUTAS (A little something for Us Temponauts)

En este cuento sentía un gran cansancio ante el programa espacial, que nos había emocionado mucho al principio –especialmente con el primer alunizaje– y luego fue olvidado y virtualmente suspendido, como una reliquia histórica. Me pregunté: ¿si hubiera un "programa" sobre el viaje temporal, correría la misma suerte? ¿O había una posibilidad aún peor, dada la misma naturaleza de las paradojas temporales? (1976)

La esencia de los cuentos sobre viajes temporales es poder plantear algún tipo de confrontación, siendo la mejor de todas la del protagonista consigo mismo. En realidad, éste es el nudo dramático de gran parte de la narrativa de cualquier tipo, salvo que en un cuento como "Algo para nosotros, los temponautas" el momento en que un hombre se enfrenta a sí mismo cara a cara permite una alienación que no puede llevarse a cabo en cualquier otro tipo de género... alienación e incomprensión, como cabría esperar. Addison Doug Uno va en un coche que sigue al que porta el féretro de Addison Doug Dos, y lo sabe, sabe que ahora es dos personas: está dividido como en una esquizofrenia física. Y su mente también está dividida. No obtiene una percepción más clara de los sucesos, ni de sí mismo ni de ese otro Addison Doug que ya no puede razonar o resolver problemas, sino que solo puede yacer inerte en la oscuridad. Esta ironía es solo una de las tantas ironías posibles en las historias de viajes temporales. Ingenuamente, uno tiende a pensar que el viaje hacia el futuro y el regreso conllevan un incremento del conocimiento más que una pérdida. Los tres temponautas van hacia delante en el tiempo y regresan para quedar atrapados, tal vez para siempre, por ironías y dentro de ironías, entre ellas la mayor, a mi entender, la perplejidad con la que contemplan sus acciones. Es como si el incremento en la información provocado por semejante logro tecnológico –información sobre lo que va a suceder– disminuyera la verdadera comprensión. Tal vez Addison Doug sabe demasiado.

Al escribir este cuento yo mismo sentí un cansancio triste, y me sumergí en el espacio (debería decir en el tiempo) en que están los personajes mucho más de lo usual. Sentí una enorme futilidad. No hay nada más frustrante que la conciencia de la derrota, y mientras escribía me di cuenta de que lo que para nosotros es solo un mero problema psicológico –la conciencia de la probabilidad de fracasar y su efecto letal– se convertiría instantáneamente para los viajeros temporales en una cámara de torturas física y existencial. Nosotros, cuando nos deprimimos, afortunadamente estamos aprisionados en nuestras cabezas. Pero si el viaje por el tiempo alguna vez llega a ser una realidad, esta actitud psicológica derrotista podría darse en una escala más allá de todo cálculo. Una vez más la ciencia ficción le permite a un escritor transferir lo que usualmente es un problema interno a un medio ambiente externo. Se proyecta en la forma de una sociedad, de un planeta, con todos metidos, digamos, en lo que inicialmente era un cerebro único. No puedo culpar a algunos lectores por rechazar esto, porque los cerebros de algunos son un lugar muy desagradable... pero por otro lado, qué herramienta tan valiosa es ésta: nos permite comprender que no todos vemos el universo del mismo modo, o, tal vez, ni siquiera el mismo universo. El mundo desolador de pronto se expande y se convierte en el mundo de muchas personas. Pero, a diferencia del lector ante un cuento, que puede terminarlo y abolir su inclusión en el mundo del autor, los personajes en este cuento se quedarán metidos allí por siempre. Ésta es una tiranía que todavía no sufrimos: pero, cuando piensas en el poder coercitivo de los aparatos de propaganda de los estados de hoy (lo que el estado enemigo llamaría "lavado de cerebro"), puedes llegar a preguntarte si no se tratará solo de una cuestión de grado. Nuestros gloriosos líderes por ahora no pueden atraparnos en las extensiones de sus cabezas con solo meter algunas partes del motor de un Volkswagen en un módulo, pero la alarma de los personajes en este cuento ante lo que les está sucediendo bien podría ser en menor grado nuestra propia alarma. Addison Doug expresa el deseo de "no ver más veranos". Deberíamos oponernos a ese objetivo. Nadie debería arrastrarnos hacia esa visión o ese deseo, ya sea de un modo sutil o por motivos evidentemente benignos. Individual o colectivamente, deberíamos anhelar ver tantos veranos como podamos, incluso en un mundo tan imperfecto como en el que estamos viviendo. (1973)

LAS PREPERSONAS *(The Pre-Persons)*

Con este cuento logré el odio más absoluto de parte de la escritora Joanna Russ, que me escribió la carta más desagradable que recibí en mi vida. En un momento me dice que generalmente se proponía moler a golpes a las personas (no utilizaba la expresión "personas") que manifestaban opiniones como ésta. Admito que este cuento puede llegar a ser especialmente desagradable, y le pido disculpas a aquellos a los que haya ofendido al expresar una opinión sobre la demanda de aborto. También recibí algunas odiosas cartas sin firmar, y algunas que no eran de individuos sino de organizaciones que promovían el aborto. Bien, siempre me las arreglo para meterme en temas controvertidos. Disculpen. Pero no me arrepiento por amor a las prepersonas. Como se supone que dijo Martín Luther: "Hier steh'Ich; Ichkann nicht anders". (1978)

Índice

Philip K. Dick 7
El artefacto precioso 9
La guerra contra los fnuls 32
No por su cubierta 50
Partida de revancha 64
La fe de nuestros padres 87
La hormiga eléctrica 131
Algo para nosotros, temponautas 157
Las prepersonas 188
La puerta de salida lleva adentro 225
Quisiera llegar pronto 251
La mente alien 275
Apéndice 279

Impreso en
A.B.R.N. Producciones Gráficas S.R.L.,
Wenceslao Viliafañe 468,
Buenos Aires, Argentina,
en mayo de 2001.

Printed in the United States
5540